文春文庫

蒲生邸事件

上

宮部みゆき

文藝春秋

蒲生邸事件　上巻　目次

蒲生邸事件　上

ススメ
ススメ
ヘイタイ
ススメ

昭和七年十二月発行
尋常科用　小學國語讀本より

第一章　その夜まで

1

チェックインしたときフロントにいたのは、ちょうど二週間前、ここを引き払うときに宿泊料金の精算をしてくれたフロントマンだった。こちらはすぐにそれとわかったが、先方はどうやら気づかないようだ。もっとも、商売柄、気づいていても気づかないふりをするのが上手なだけかもしれないけれど。

「ご署名をお願いいたします」

カウンターごしに宿泊者名簿を差し出され、尾崎孝史《おざきたかし》は、足元にボストンバッグを置いてボールペンを手にとった。ぶかっこうでごつい軸のところに「風見《かざみ》印刷」という会社のネームが入ったものだった。そのボールペンは、客室のほうにもあった。つまり、ここの宿泊客はみな、一泊するだけで、ホテルで使われている伝票だの用箋《ようせん》だのの印刷を引き受けている会社がどこであるか、知ることができるというわけだ。そのことが、風見印刷にとってもホテルにとっても、お客にとっても、果たして意味のあることなのかどうかは、大いに疑わしいと思うのだけれど。

孝史がペンを置き、提示された額の前払い金を支払うと、フロントマンが言った。

「お部屋のほうにご案内します」

「いや、いいです。わかるから」と、孝史は首を振った。「キーだけ下さい」

そのときのフロントマンの微妙な表情の変化で、あ、こいつもオレのこと覚えてるんだなと、孝史は悟った。知らん顔してるだけで、ちゃんとわかってたんだ。そりゃそうだろう、一泊や二泊の客じゃなかったんだから。

こいつ、腹の底では何を思っているのだろうと、孝史は想像した。おやこの受験生、また上京してきたな。今度も受験かね。でも、今日は二月も末に近い二十四日。国立はもちろん、私立大学の主立《おもだ》ったところの入試は、もうあらかた終わっているはずだ。すると、国立の二次試験を受けるのかな？　それとも首尾よく入学して卒業しても、履歴書の上では染《し》み程度の価値しかないようなところでもいいから入らなくちゃならないと、悲壮な覚悟でやってきたのかな？　それとも専門学校かい？　それとも——

目の前に、ルームキーが突き出されている。孝史はふっと我に返って、それを受け取った。ボストンバッグを持ちあげ、一台しかないエレベーターのほうへ足を向けた。フロントマンはもう何も言わなかった。

ボタンを押し、エレベーターを待っていると、急に、首筋が熱くなるような羞恥心《しゅうちしん》が襲ってきた。

こういうことばかり考えるのはやめなきゃいけない、と思った。会う人誰もが自分をバカにしているように感じるなんて、これはもう立派な被害妄想《ひがいもうそう》だ。しかも、そういう妄想にとらわれるたびに、反射的に脳細胞を総動員して、もしも相手が口に出して嫌味やからかうようなことを言ってきたら、さあどんなふうに言い返してやろうかと考えるなんてのも、ほとんどビョーキだ。

勝手に想像して、勝手に腹を立てている。こんなことを続けていたら、しまいには、道端で通りすがりの誰かを包丁で刺すような羽目になってしまうだろう。そして駆けつけた警察官たちに肘《ひじ》をとられパトカーのほうへ引きずられてゆくあいだじゅう、「オレのことバカにしやがった！　あいつら、オレのこと笑ってやがったんだ！」とわめき続けるのだ。

おっかない、と思った。早く自分を取り戻さなきゃ。

古いホテルの古いエレベーターは、なかなか降りてこない。五階で止まったきりだ。あるいは業務用と兼用で、客室係がリネンやトイレットペーパーを載せたワゴンを押して乗り込み、ついでにそこで掃除までしているのかもしれない。

腕時計を見ると、午後五時を少しすぎたところだ。一階ロビーにはひと気がなく、物音も聞こえない。高級ではないが、静寂だけはたっぷりあるというわけ。それで助かった。もしこれで、フロントの奥の従業員控え室から有線テレビの音が漏れ聞こえてきたりしたら、内装といい設備といい、故郷の町のはずれにあるモーテルとそっくりになってしまって、妙な里心がついてしまうところだ。

所在なくぼんやりとしていて、ふと、エレベーターの右脇の壁に、ぱっとしない観葉植物の陰に隠れるようにして掛けられている額縁が目にとまった。あれ、と思った。前回宿泊したときには、こんなものに注意を惹《ひ》かれることはなかった。それだけ、受験で頭が一杯になっていたのだろう。

飾ってあるのは、上下に並べて、揃いの額縁に納められた二枚の写真だった。かなり古いもののようで、セピア色に退色している。上下どちらの写真も、キャビネ判に毛の生えた程度の大きさだ。

額縁のすぐそばまで近づき、観葉植物の葉を手でどけて、見あげてみた。

下の写真にうつっているのは、古風な洋館だった。中央に小さな三角屋根をのせた時計塔をはさんで、ほぼ左右対称の建物だ。二階建てだけれど、建物の両端には、それぞれ、屋根裏のような小部屋が設けられてあるらしく、そこだけ台形になっていて、丸窓が開いている。向かって左手に煙突が見えるから、暖炉《だんろ》があるのだろう。モノクロだからわかりにくいが、屋根の部分や窓枠は白っぽく、建物のほかの部分は赤煉瓦のようだ。あちらこちらに、煉瓦が欠けたり、黒くすすけて汚れたりしている部分が見える。古い屋敷なのだろう。細かく桟で仕切られた窓の内側に、うっすらと白くカーテンがかかっている。正面玄関は半円のアーチ型になっていて、そこに階段が数段。のぼると、観音開きのドアが待っている。前庭には芝生。植え込みが散らばり、いくらかピントがボケているが、小さい花壇もあって、ちらほらと花が咲いているのがわかる。

額の余白の部分に、金釘《かなくぎ》文字で書き込んである。

「旧蒲生《がもう》邸　昭和二十三年四月二十日
撮影者　小野《おの》松吉《まつきち》」

蒲生邸。ということは、これは個人の邸宅だったのだ。博物館みたいな外観はともかく、それほど大きな建物ではないようなのは、それでうなずける。

それにしても、なんでこんな洋館の写真がここに？　という疑問は、すぐ上の額縁の写真を見あげると解けるようになっていた。

それは肖像写真だった。肩章《けんしょう》のついた軍服の胸に勲章を飾った初老の男性が、カメラに正対している。視線はわずかに上を向き、そのせいか、やや放心したような表情だ。被写体の男性は椅子に腰掛けていて、上半身しか写っていないが、それでも、輪郭のはっきりしたいかつい顔と、がっちりした肩の感じから、いかにも軍人らしい武張《ぶば》った雰囲気が、充分に伝わってきた。

「陸軍大将　蒲生憲之《のりゆき》」

被写体の下に、そう書いてある。写真に並べて、同じ金釘文字の筆跡で綴《つづ》られた長文の文書も掲げてあった。

「現在当ホテルの建っている場所は、戦前、陸軍大将蒲生憲之氏の屋敷があったところです。

蒲生大将は、明治九年千葉県佐倉《さくら》市の農家の長男として生まれました。幼い頃から学業と武芸に優れ、地元の中学を卒業すると陸軍士官学校へと進み、さらに陸士卒業後、陸軍大学校在学中に日露戦争が勃発《ぼっぱつ》すると、中隊長として前線でめざましい活躍を果たしました。

日露戦争が終わると陸軍大学校へ戻り、恩賜《おんし》の軍刀を賜《たまわ》って卒業後は軍務局軍事課に勤務、以降も順調に進級を続け、歩一旅団長、参謀次長などの経歴を経て昭和八年四月に陸軍大将になりました。しかし、翌九年に病を得て予備役に退き、病後の回復がはかばかしくないままに退役。著作と軍務とりわけ補給に関する軍略の研究に打ち込む生活に入りましたが、二年後の昭和十一年二月二十六日、二・二六事件勃発当日に、蒲生大将は、長文の遺書を残して自決しました。この遺書は、当時の陸軍内部の派閥争いと、青年将校の決起をきっかけとして始まる軍部の政治介入と独走を深く憂える内容で、発見当時は遺族の配慮により公開されませんでしたが、戦後蒲生邸が売却された時に大将の書斎から発見され、現在も原本は恵比寿《えびす》の防衛庁戦史資料室に保管されています。大将の遺書は、戦前の我が国の政府・軍部が置かれていた状況と抱えていた問題を鋭く分析した上、起こりうる最悪のケースとしての対米開戦とその敗北まで見通し、軍部の独走を諌《いさ》めた恐ろしく先見の明に富んだ内容で、現在でも、歴史研究家のあいだで高い評価を受けております。

なお、当ホテルの創始者小野松吉は、昭和二十三年に旧蒲生邸を買い取った折、大将の遺書の存在を知り、故蒲生大将の人柄とその慧眼《けいがん》に深い尊敬の念を抱き、創業当時から館内に大将の肖像と経歴を掲げて顕彰《けんしょう》して参りました」

読みにくい筆跡なので、孝史は自然と身を乗り出し目をこらしていた。後ろでエレベーターのドアが閉まる音が聞こえ、はっとして振り返った。ようやく降りてきたエレベーターの箱が、乗り手のないままそこで静止している。急いでバッグを持ち直すと、ボタンを押して乗り込んだ。

（元は軍人の屋敷があった場所……）

いずれにしろ、孝史にとっては縁のない話である。昔はどうだったか知らないが、現在のこのホテルにとって、あの蒲生大将とかいう人物に、大きな意味があるとも思えない。もしもそうならば、あの額縁をあんな隅っこに飾っておくわけもないのだから。

狭い箱のなかには、かすかにトイレの芳香剤の匂いがした。苦笑してしまいつつ、またがっくりと気が萎《な》えた。

今度の部屋番号は２０２だった。この前のときは最上階の５０５、北西の角で、部屋そのものは御粗末きわまりなかったが、窓からの眺めだけは最高だった。足掛け十日間の滞在中、五校六学部の入試を受ける予定の受験生の身には、それは本当に嬉しいものだった。入試から帰って夕暮れ、西側の窓から、皇居を包む深い緑と枯れ木立の浅葱《あさぎ》色の森の向こうに、大きな夕陽が沈んでゆくのを眺めると、一日の疲労が身体から溶け出し抜け出てゆくのを感じたものだ。

そんなときは、この東京の街が、もう自分のものになったように感じたものだった。未来はただひたすら明るい、とさえ感じたものだった。

今とは、全然違う。

２０２号室の窓から見ることができるのは、ホテルの隣にある四階建てのうらぶれた商業ビルの外壁と、排気ダクトの穴だけだ。日差しなど、ほとんど入らない。このホテルの唯一の取《と》り柄《え》みたいなものだった眺望が、前回と今回とでこれほどに違うのは、ただの偶然だろうけれど、なんだか暗示的な気もして、余計にクサクサしてきた。ベッドの上にボストンバッグを投げ出し、ついでに自分も身を投げて、ごろりと仰向《あおむ》けになって天井を眺めた。

この平河町一番《ひらかわちょういちばん》ホテルを探してきたのは、父の太平《たいへい》だった。本当は、探してきたというより、手近にあったというのが正確なところなのだが、ともかく本人が言うところによると、「落ち着いて勉強できるいいホテルを探してきたぞ」ということだった。

この平河町一番ホテルは、東京の赤坂《あかさか》に本社のある、複雑な組織と途方もない資金力とを持つある合弁企業の持ち物だ。そしてその企業にとっては、盲腸みたいな存在だった。害にならないうちは、無理に切ることもない。

太平は、このホテルは一種の幽霊会社であって、ここでつくられた赤字が、その合弁企業全体の収益を確保するために大いに役立っているというようなことを言っていた。が、そんなのは笑い話だ。実際には、ここの経営にかかる金と、ここからあがる微々たる収益の両方をあわせても、その企業の一年分の使途不明金の五パーセントにも満たないことだろう。

つまりは、企業にとってはここはただの土地でしかないということだ。皇居に臨むこの地区に、小さいとは言えホテルひとつ分の土地を持っているというのは、大企業にとっても、悪い気がすることではないに決まっている。バブル景気がもう一年長く続けば、たぶんここは取り壊し、周辺の似たような立場のビルにも買収をかけて、インテリジェント・ビルだかなんだかを建てていたことだろうと、孝史は思う。言ってみれば、平河町一番ホテルはホテルの墓標であり、そこで働く従業員たちは、いずれホテルの遺骨を改葬してここをまっさらな土地に戻す時期がくるまで世話をする墓守りにすぎない。泊まるお客はいい面《つら》の皮だ。

だが父の太平は、商売の関係で、ほんの少し係わりのできたその合弁企業内の一会社の一部署の一課長が、「個人的な好意で、自社のグループ内のホテルを安く提供してくれた」ということだけにしか目がいかない。これから受験する息子のために、東京のあの大企業のなかにいる知り合いが、特別にいいホテルを紹介してくれたのだ——としか思えない。

いや、思いたくないのだろう。

前回の上京のとき、孝史は、太平がいっしょについていくと言い出すかと思った。だとするとうっとうしいなとも思っていた。が、ふたを開けてみたら、おまえの勉強の邪魔をしては悪いからと、ひとりで出てくることを許してくれた。

そのとき、ふと思ったのだ。親父は怖いんだろうな、と。

故郷の家にいれば、自分には、東京の一等地にあるホテルの部屋を、受験生の息子のために空けて待っていてくれる大物の知り合いがいるんだぞ——と自慢していれば済んでしまう。だからうちの孝史は、よその息子どもみたいに都内のシティホテルの受験生パックなんてものを利用しないでもいいんだと、鼻高々にしていられる。

でも、もしいっしょに来て、この部屋をひと目見たなら、どうなる？　父は、心ひそかに恐れていること——恐れている事実——大企業の「知り合い」は下っ端の下っ端で、しかも自分は、その下っ端にさえこんなホテルをあてがわれて陰でニヤニヤされているような小者でしかないんだということを、地方の零細会社の田舎社長でしかないのだということを、目の当たりにしてしまうことになる。

それが怖かったから、出てこなかったのだ。東京の大企業の「知り合い」なんてものを頼らず、受験生パックを利用しろ、でも、料金は多少かかってもいいぞ、おまえの好きなところに泊まれよ——と言うことができるような懐《ふところ》の深さも自信も、親父にはないのだ。

そしてそれ以上に、何よりも、親父は「知り合い」を利用したかったのだろう。おふくろや妹や社員たちの前で、東京の大企業の代表番号に電話し、例の課長を指名して呼び出し、「いや、うちの倅《せがれ》が今度大学受験でしてね。で、都内に十日ほど泊まれるホテルを探してるんですが——あ、そうですか、お願いできますか。いやあ、助かります」なんて、気さくに親しげに会話を交わすところを見せたかったのだろう。いかにも太っ腹な大物の男同士さという口調の会話を聞かせたかったのだろう。俺はただの田舎社長じゃないんだぞとアピールしたかったのだろう。

そういう親父の、どうしようもなく小心で、救いがたいほど見えっ張りなところを、孝史はよく承知していた。そして、それを芯《しん》から憎んだり嫌ったりすることができない。親父がなぜそんなふうになってしまったのか、理由を知っているから。

それはずいぶんと理不尽なことで、親父自身がこれまで五十年間の人生のどこかでとっくに乗り越えていたはずのものだったけれど、親父にはそれができなかった。だから、ひとり息子の孝史に、その問題を解決することを任せてしまっている。

だけれど孝史も、その期待に応えることができなかった。少なくとも今年は。志望校の全《すべ》て、全ての学部の入試に落ちてしまったからだ。

(学歴、か)

薄汚れた天井を見あげて、孝史は心のなかで呟《つぶや》いた。

学歴という「箔」がなかったがために、人生の大半を失意のなかで過ごしてきた——少なくとも本人は過ごしてきたと思っている——親父。嘗《な》めなくてもいい辛酸と屈辱を嘗めてきたと思っている親父。そして僕、賢いひとり息子の孝史は、お父さんのために今ふたたび、来年の捲土重来《けんどちょうらい》を期して、明日と明後日、予備校の試験を受けに行きます。

狭苦しい部屋だけれど、家具がない分、天井のほうがまだ広く見える。ほぼ真ん中あたりに、これまで一度も作動したことがないんじゃなかろうかと思うようなスプリンクラーがひとつぽつんと飛び出している。目をこらしてよく見ると、糸状になった埃《ほこり》があちこちから垂れ下がって、空調のつくりだすわずかな気流のなかで揺れていた。寝てるあいだにあれが顔の上に落ちてきて、鼻から吸い込んじゃったりしたら、きっとひどく悪い夢を見ることだろう。たとえば、大学に落ちたその上に、予備校の試験にまで落っこちるというような夢だ。

縁起でもない。孝史は勢いをつけてベッドから跳ね起きると、床に足をおろした。外に出よう。夕食時だし喉《のど》も渇いた。

そういえば、平河町一番ホテルにはティールームがない。なくて幸いだけれど。

ホテルの近辺には、およそ喫茶店やレストランのたぐいが見当たらない。そのことはよく承知していた。外へ出てすぐ目につくものといったら、要塞《ようさい》のような最高裁判所の威容と、国会図書館の見かけだけはとっつきよさそうなカラフルな外壁と、並木道。眺めとしては美しいけれど、およそ生活感がない。

孝史は皇居のお堀のほうへ足を向け、三宅坂《みやけざか》をのぼり、半蔵門《はんぞうもん》のところを左に折れて、麹町《こうじまち》から四谷《よつや》のほうまで、ぐるりと長い散歩を楽しんだ。気温は低かったが快晴で風もなく、厚いコートを着込んでいたから、寒さも苦にならなかった。

一度は、上智大学の近くの、いかにも学生が好みそうな喫茶店に入りかけたが、自虐《じぎゃく》的な気分になりそうだったので、やめた。結局、ファーストフードの店で夕食を済ませ、コーヒーを飲み、目に付いたコンビニエンス・ストアでスナックを買って、白いビニール袋をぶらぶらさせながらホテルに戻った。そろそろ七時になるところだった。

耳障りな音をたてる自動ドアを通り抜け、ロビーへと足を踏み入れる。コンビニの袋をさげていても遠慮しないでいいのがこのホテルの利点だってことは、認めてやらなきゃな——

と、そのとき、フロントに新しい客がいることに気がついた。さっきのフロントマンがあいかわらず無表情な顔で、宿泊カードに記入する客を見つめている。

ここで相客に出くわすのは、これで三度目だった。前回は十日もぶっ続けで泊まっていたのに、である。自然に、孝史の目は、新しい相客の背中に惹きつけられた。とたんに、驚きのあまりちょっと後ずさりをした。

それは、フロントに立つその新しい相客が——小柄な中年男性だった——ひどく「暗かった」からだった。文字通り暗いのである。彼の立っている周辺だけ、明かりが届かない部屋の隅のように薄暗くなっている。もともとロビーの明かり自体、それほどぱっとしたものではないが、一応きちんと灯《とも》されている。それなのに、カウンターのその一角だけが、墨がにじんだようになっている。

——目がおかしくなったかな?

孝史は何度もまばたきをし、手でまぶたをごしごしこすった。しかし、相客の周囲は依然としてぼんやりと暗い。どうしたっていうんだろう?

視線を感じたのか、中年男性のほうも、孝史を振り向いた。目があった。それからゆっくりとフロントのカウンターのほうへ身体を返した。彼は右手に、例のあのごついボールペンを握っていた。無表情なフロントマンは、この一瞬の幕間《まくあい》劇のあいだも、終始ひらべったい顔で、ぼうっと立っていた。視線は中年男のほうにも、孝史のほうにも向いていなかった。

おずおずと足を前に運んで、孝史はロビーを横切った。なんとなく、自分がここを通り過ぎ、エレベーターに乗って階上へ行ってしまわないうちは、あの中年男性はフロントから動かないだろうという気がした。それでも、エレベーターの箱が降りてくると、こそこそと妙に急いで乗り込んでしまった。

ドアが閉まってひとりになると、思わずため息がもれた。

——ヘンだな。

光の加減による目の錯覚だろうか。こんな経験は初めてだ。

今のとまったく逆のケースなら、経験したことがある。ある人物が部屋に入ってくると、ぱあっと明るくなったような感じがする、というようなことだ。飛び抜けてきれいな女の子や、グループ内の人気者や、活躍しているタレントや——いわゆる「オーラ」を持っている人物には、そういう力があるものだ。

してみると、今の中年男性の場合は、「負のオーラ」を持っているということになるのだろうか。光を放つのではなく、光を吸い込む？　あるいは闇を振りまく？

そういえば、ちらっと視線があっただけだったけれど、あの人の顔も目も暗かった。こちらは表情の方の「暗さ」だけど。なんだか葬式にでも行くような顔つきをしていた。上手《うま》く言葉で言えないけれど……

孝史は、高校のクラスメイトだった、進学組文科系ではトップの女生徒の顔を思い浮かべた。アイツなら語彙《ごい》も豊富だし、きっと、オレよりずっと巧い表現を考え出すに違いない。大学も、一発で第一志望のところに受かっていることだろう……

そんなところにまでコンプレックスが顔を出してくる。自分で自分に苦笑した。

２０２号室に戻り、ベッドに腰かけて、買ってきたばかりのダイエット・コーラの缶を開けた。半分ほどぐいぐいと飲んで、大きく息をついていると、遠くでエレベーターのうなる音が聞こえてきた。さっきの男が部屋にあがってゆくのだろう。

エレベーターはこの階を通過してゆく。ほっとしたような、もう一度彼の顔や姿を見てみたいような、妙な気分だった。こっちにまで伝染してきそうな、あの暗い暗ぁい表情。

オレなんかだったら——そう、たとえば十年に一度というような恋を毎年ひとつずつして、毎回こっぴどく振られて、それを十年続けたら、あんな顔をするようになるかもしれない。それくらいひどい目に遭わないかぎり、オレは一生、あんな表情とは縁がないだろうと思う。

でもそのとき、背中がひやりとした。

そんな能天気なことを言ってられる身分か、おまえは。現実に受験をしくじって、未来の展望などまるっきりないまま、ひとりでこんなホテルに泊まってるくせに。

急に落ち着きを失って、ベッドから立ち上がろうとしたとき、サイドテーブルの上の電話が鳴った。出てみると、フロントマンだった。外線電話がかかっているという。父の太平からだった。

「もしもし？」と呼びかけてきた声には、晩酌のアルコールの気配があった。

「あ、オレ」と、孝史は応じた。「ちゃんとホテルについたよ」

「そうか、よかったよかった。今度の部屋はどうだ？」と、父はきいた。持ち前の大きな声だった。

「広い部屋か？　見晴らしはどうだ」

「居心地いいよ。静かだしね。助かるよ。窓から最高裁判所と国会図書館がよく見える」

静かなのは確かだが、それはさびれているからだ。おまけに今度は見晴らしも最悪だよ。そう言ってしまってもいいのに、父が喜びそうなことばかり口にしてしまう。自動嘘《うそ》つき機になってしまう。

孝史に限らず、母も、ひとつ年下の妹も、そして父の部下たちも、そういうふうにして太平を喜ばせるという習性を、長い年月のあいだに身につけてしまってきた。うっとうしいと思いつつも。

太平は、本当は明日の試験の見通しのことなど聞きたくてたまらないが、おまえに妙なプレッシャーをかけるといけないからきかないよ、と言った。それじゃきいたと同じことなのだが、孝史は黙って笑っていた。

途中で母が電話に出た。夕食はちゃんととったかときいた。母は、父に気兼ねしながらも、ぎりぎりになるまで、本当は受験生パックを利用したほうがいいとこだわっていた。

「ああいうところなら、ご飯にも気を遣ってくれるだろうから」と。だから今も、真っ先に頭に浮かぶのは飯《めし》のことなのだ。

「ホテルの近くにうまい定食屋があってさ。前にも言ったろ？　そこで食ったよ。ちゃんと味噌汁も飲んだ」

前回の宿泊のときと同じ嘘を、孝史は繰り返した。いつか母が、平河町一番ホテルに泊まってみようなどという粋狂《すいきょう》な気を起こさない限りばれる気遣いはないのだから、かまいやしない。

明日の試験は、午前九時から。受付は八時開始だ。母は、朝六時半に電話をして起こしてくれるという。このあたりのくだりも、大学受験に来たときと、そっくり同じだった。ホテルでモーニングコールを頼めるのに、という孝史に、母は小声で言い訳する。

「だけど、お父さんがうるさいから」

なんだかんだで十分ほど話し、ぐったり疲れた気分で、孝史は受話器を置いた。

どうしてこんなに、自分の親に気を遣わなきゃならないんだろう？

立ち上がって、狭いバスルームに入った。フレームに錆《さび》の浮いた小さな鏡に顔を映してみた。

顎《あご》のほっそりした、ちょっと神経質そうな顔つきの青年が、そこにはいた。尾崎家の男は、みんな遺伝的に髭《ひげ》が薄い。だが、目のあたりは母親にそっくりだと、よく言われる。子供のころには気恥ずかしくて、治せるものなら治したいと何度も思った、ぱっちりとした二重まぶた。皮肉なことに妹は父親似の一重まぶたで、父の言う「色気づく年ごろ」になってからは、始終ぶうたれてばかりいる。お兄ちゃんはずるいという。まるで、先に生まれてきた彼が、母親のおなかのなかから見栄えのいいパーツばかり選んで持って出てきてしまい、彼女にはロクなものを残さなかったとでもいうかのように。

オレはどんなオーラを持っているだろう、と思った。頭の上の、安ホテルのくすんだ蛍光灯の光のようなヤツだろうか。

その夜は、寝つきが悪かった。エレベーターの音が気になって仕方なかった。

2

睡眠不足のわりには、翌日の試験は出来はなかなかよかった。

苦手の英語の試験が、いちばん最初にあったのがよかったのかもしれない。大学入試のときには、気が急《せ》くあまり頭が空回りしてしまって、答案用紙の半分くらいしか埋められずに時間切れとなったこともある科目だ。それをわりと無難に乗り切ることができたので、気が楽になったのだろう。

試験は午後二時すぎには終わった。我ながらお調子者で困ると思ったが、のんびり気分になって、そのまま銀座へ出て映画を観た。『ジュラシック・パーク』。昨夏の超話題作を今ごろになって観るというのも妙なものだけれど、自宅にいるときは、立場上、なんとなく気兼ねしてしまって映画館に足を運ぶことができないでいたのだ。

映画が終わって場内が明るくなると、三分ほどの入りの観客の大半は、自分と同年代の若者たちだとわかった。カップルやグループが多い。ところどころに背広姿や住所不定風の身形《みなり》をした男たちも散らばっていたが、彼らは皆、申し合わせたように独りで来ていた。

にぎやかにしゃべり散らしながら階段をあがってゆく若者のグループをやりすごし、

出口へ向かおうとしたとき、観客席の最後列の端に、昨日見かけたあの男が腰かけていることに気がついた。

　さすがに今度はあとずさりこそしなかったけれど、やっぱり足は止まってしまった。

　一瞬、オレにくっついてきたのかなと思った。だがそんなことがあるわけがない。平河町あたりから映画を観に行こうと思うなら、銀座は手ごろな場所だし、映画のモノがモノだ。偶然いっしょになっただけだろう。

　もともと館内の照明が暗いせいだろう。昨夜ホテルで驚かされたときほどには、男の周辺が薄暗いという感じはしなかった。けれど、雰囲気は充分に暗かった。見ているだけで陰鬱《いんうつ》な気分になってくる。負のオーラと、孝史はまた考えた。

　そのとき、向こうも孝史に気がついた。おや、と驚いた顔をして、軽く会釈をしてよこした。口元をちょっとほころばせて。

　孝史も機械的に会釈を返した。また階段をのぼり始めながら、あいつ、俺《おれ》の顔を覚えてた、こっちに近付き、話しかけてきたらどうしようかと、それればかり考えていた。

　だが、それは取りこし苦労だったようだ。男は、何も映っていないスクリーンのほうに顔を向け、まるで面接を受ける学生のように背中をのばして座席に座ったまま、動こうとしなかった。昨日と同じジャケットにスラックスという出で立ちで、きちんとそろえた膝の上にファーストフードの袋がのせてある。どうやら、次の回の上映を待つつもりらしい。SFXで再生された恐竜たちを、もう一度観ようというのだ。よほど気に入ったのだろう。

目を伏せたまま階段をあがりきったところで、先を歩いていたグループの会話が耳に飛び込んできた。

「ねえ、あのいちばんうしろの席にいるおじさん、気味悪くない？」と、女の子のひとりが言う。

「なんか、どろっと暗い顔してるよな」と、男の声がこたえる。チカンじゃないのと別の女の子の声がまぜかえし、すぐに最初の女の子の声がこう言った。

「暗いだけじゃなくてさ、なんかこう、ガラスをひっかく音を聞かされてるような気分になるのよ、あのおじさんの顔を見てると」

そう……残酷だけど、君の言ってることは当たってると、孝史は心のなかで思った。振り向いてみた。問題の男は、灰色のスクリーンに向かってぽつりと座っている。少なくともスクリーンは、彼を嫌って映画を映すのをやめたりはしないと安心している――そんなふうに見えた。

映画館を出てどこかで夕食をとろうと、慣れない銀座でウロウロした。ようやく、和《わ》光《こう》の近くにラーメン屋を見つけた。

もし予備校にうかったなら、高崎の実家を離れてひとり暮らしをすることになる。そうなれば、東京の町にもすぐに慣れることができるだろう。どこに住むのか、心積もりはあった。というより、これまた親の決めたことなのだけれど。

今日試験を受けたところも、明日受ける予定のところも、予備校はふたつとも御茶《おちゃ》ノ水《みず》にある。それだから、歩いてそこに通うことのできる範囲内に住め、具体的には神保《じんぼう》町《ちょう》がよろしいというのが両親の意向だった。五年ほど前、母方の従兄《いとこ》がやはり一浪したとき、孝史と同じように御茶ノ水の予備校に通い、神保町のアパートに住んでいた。それでとても便利だったという話を聞いているものだから、そっくり踏襲しようというのだ。

その従兄は、一浪はしたものの慶応の法学部に入った。そのへんのところもげんをかつごうという気持ちがあるのかもしれない。それに母は、どうせ自炊など無理なのだから、外食する場所の豊富なところのほうが安心だとも言っている。

そういうことになれば、おそらく、法外な家賃がかかるだろう。金のことは心配するなと太平は言うが、孝史の心の底には、親からの借入金がどんどんふくらんでゆく——という圧迫感のようなものがあった。

友人たちのなかには、「気前のいい親でいいなあ」とか、「親の金で遊んじゃえばいいじゃんか」などと言う者もいる。そちらのほうが、現代の受験生としてはまっとうな考え方なのかもしれない。でも孝史は、そんなふうに気楽な発言を投げかけられると、いつも釈然としない思いを味わう。この違和感は——たとえればそう、オリンピック強化選手に選ばれたスポーツ選手が、一般の人々に、「国の金でバンバン海外遠征とかができていいなあ」と言われたときに感じるものと似ているかもしれない。

それでも、家を離れてひとりになる——ということには、何物にもかえがたい魅力があった。だからこそ、予備校にはぜひ合格したかった。今日の試験に手ごたえがあったことで大きな解放感を味わったのも、そのせいだろうと思っている。

本屋に寄ったりデパートの家電売場でひとり暮らし向きの電化製品をひやかしたりで、けっこう時間をくった。陽がとっぷり暮れてから、ホテルへの帰路についた。

丸《まる》ノ内《うち》線の銀座駅から赤坂見附《あかさかみつけ》に出て半蔵門線に乗り換えるつもりだったのだが、ちょっとぼうっと考え事をしているあいだに、押し合いへしあいの赤坂見附駅で降り損なってしまった。引き返すより四谷から歩いたほうがいいやと思って外に出た。昨日の散歩コースを、今夜は逆にたどることになる。昼間もいい天気だったが、夜も空には雲のかけらもなく、星がまたたいている。東京の夜空も、そう捨てたものではないと思う。

半蔵門の交差点まで下り、お堀端まで来ると、国立劇場の向かい側に、テレビのキー局の中継車が停まっていた。国立劇場でかかっている芝居かなんかの中継かと思ったが、近づいてゆくと、見慣れた顔の女性キャスターが、マイクを握り、三宅坂をゆっくりと桜田門《さくらだもん》の方へ歩きながら、国立劇場の方向へ軽く手をあげ、何かしゃべっているのが見えてきた。ニュース番組なのだ。

でも切迫した感じはない。事件ではなさそうだ。わざわざ中継車の停まっている側の舗道を歩いてゆく通行人もいたが、孝史はお堀端を歩いた。

二、三歩先を、年配の男性がふたり、肩を並べてゆっくりと歩いていた。ふたりともきちんとコートを着ている。このあたりの企業の勤め人だろう。

「何かあったんですかねえ」と、ひとりが、孝史と同じようなことを言った。中継車のライトがまぶしそうだった。

「だけど、こんなところで？」と、もうひとりが応じた。「国立劇場じゃないか」

「最近は、どこで何があるかわかったもんじゃないから」

ぶっそうな御時世だからねえ――とうなずきかけた相方《あいかた》のほうが、そこで急に大きな声を出した。

「ああ、そうか。わかったよ」

「なんですか」

ふたりを追越しかけていた孝史も、興味を引かれた。なんですか、おじさん？

「今日は二十五日だろう？　それだよ」

「それって……」

「今夜だろう。今夜っていうか、明日の朝っていうかさ。二・二六事件が起こったのは」

するともうひとりも大きな声で応じた。膝《ひざ》でも叩きそうな様子だ。「そうか、そうでしたなあ」

ふたりは歩調をさらに緩め、まだゆっくりと移動し続けながらしゃべっている女性キャスターをながめた。

「あの人なんか、生まれてもなかったころのことだろうに、レポートしにくるのかね」

「終戦五十周年が近いんで、テレビでもぼちぼちいろんなことをやってますからな」

「しかしこのへんに、事件と関係のあるようなもんがあったかい？」

ひとりが国立劇場のほうへ手を振った。

「あのへんに、陸軍省や参謀本部があったんじゃないんですか。たしかそんな話ですよ」

「そうか、警視庁も近いしね」

うしろでこっそり耳をそばだてていた孝史は、思わず「へえ」と声を出すところだった。

二・二六事件か。ホテルに飾ってある蒲生大将の経歴のなかに出てきてなかったっけ。なんでも、大将はその日に死んだって。

それって、明日のことだったのか。明日が、戦前あそこの主人だった人の命日だってわけか。偶然にしろ、ちょっと気味が悪いような感じがしないでもない。

それにしても、二・二六事件てのは、いったい何だろう。ニュースで取り上げるってことは、有名な事件なんだろう。日本史の授業で出てきたかな？

（だけどなあ……）

前を行くふたり連れは、父の太平よりも年上だろう。その世代の人たちでさえ、ちょっと考えないと思い出すことのできない遠い出来事だ。孝史になど、まるっきり無縁のことである。

「今夜は雪が降ってないからねえ。気分が出ないんじゃないの」

「しかし、降ってたら寒くてやってられんでしょう」

ふたり連れはそんな言葉を交わしながらお堀端を歩いてゆく。三宅坂の交差点で、孝史はふたりと別れた。中継車のライトはまだこうこうとあたりを照らしていた。

昨日と同じ、夜八時をまわったころに、太平から電話がかかってきた。試験はバッチリだったと聞くと、父は喜んだ。

「大学の受験のときは、緊張しちまったんだろうな。気楽にやれば、おまえには力があるんだから、きっとうかるってことだ」

太平の心は、早くも来年の春に飛んでいるようだった。

今さらじたばたしたって無駄だと、昨日は全然そんな気持ちになれなかったのに、今日の成果で少しばかり自信を回復したせいか、欲が出たのだろう、より楽にいい形で明日の試験を乗り切りたくなってきた。昨夜のようにゴロ寝をするかわりに、鞄につめてきた参考書の類を取り出して、机の上に広げた。気の済むところまであれこれやって、ふっと顔をあげて時計を見ると、零時をすぎていた。これには自分でも驚いた。オレって、その気になれば、けっこう集中力があるんだ。

熱いコーヒーが飲みたくなった。缶コーヒーでもかまわない。ジャケットをひっかけて外へ出ることにした。

平河町一番ホテルのなかには自動販売機がない。ビジネスホテルとは違うのだという、格好だけはつけているわけだ。それなのに、ルームサービスはない。幸い、半蔵門線の駅のそばに温かい飲み物の販売機があるので、こっちは全然かまわないけれど。

さすがに寒さが身にしみた。夜半になって北風が出てきたのか、まともに顔に吹きつけてきて、耳たぶが痛い。走っていって、走って帰ってきた。今夜のフロントマンはあの無表情男ではなく、小柄で丸顔の年配者だったが、外から買い物をして帰ってくる客に対して無関心であるということについては同じだった。孝史は小走りにフロントの前を通り抜けた。

エレベーターで二階にあがり、ホールに出る。２０２号室に戻るには、目の前の通路を左に曲がる。右に曲がると通路に沿って２０３、２０４、２０５号室のドアが並び、通路の突き当たりには非常口があって、普段は金属製の防火ドアが閉じられている。

２０２号室へ向かおうとして、右手のほうへ顔を向けたのは、そちらから冷たい風が吹き込んでくるのを感じたからだった。非常口が開いているらしい――

孝史の目に飛び込んできたのは、手前に開いている防火ドアと、そのドアを抜けた向こう、非常階段の踊り場に、手すりに身を乗り出すようにして立っている人の後ろ姿だった。小柄でちんまりとした後ろ姿に見覚えがあった。あの後頭部にも見覚えがあった。昼間、映画館で目撃しているから。

あの中年男性だ。昼間と同じ服装で、コートも羽織らず、この時刻に寒風のなか、非常階段の踊り場なんかでいったい何をしてるのだろう？

中森明菜《なかもりあきな》の以前のヒット曲の歌詞のなかに、『二十五階の非常口で風に吹かれて爪を切る』というのがあったが、父親が大手の建設会社で高層ビルの建築に携わっている友達が、この歌詞にさかんにちゃちゃをいれていたことがある。

「ホテルだかビルだか知らないけど、二十五階の非常口でのんびり爪なんか切れるもんか。風に吹かれてんだから、外階段だろ？　命綱がなくっちゃ一歩だって歩けねえよ。だいたい、そもそもドアが開かねえって」

そのときは「ロマンのねえこと言うヤツ」と笑ったものだったが、今、中年男性の後ろ姿を見ながら、頭に浮かんだのはそのことだった。おっさん、爪でも切ってんですか？

つくづく妙な人だなと思いながらも、ちょっとのあいだ様子をうかがっていた。今夜も、おっさんの周囲が暗く見えるだろうか？　場所が場所だから、あんまりよくわからないかな？　男はじっと佇《たたず》んでいるだけで、動かない。

――バカバカしい。

何を子供みたいにと、急に思った。踵《きびす》を返して２０２号室に向かった。ドアの前に行ってポケットから鍵を取り出し――

そのとき、そこでもう一度非常口のほうを振り向いたのはなぜなのか、自分でもわからない。ひょっとしたら、爪切ってんですかぁというお気楽な考えは表面的なもので、心の底のほうには、「夜中すぎに非常階段に立つ人」という、どう考えてもあまり穏健でない光景に対して、小さく警鐘を鳴らすものがあったのかもしれない。それにあの男のあの暗い顔。あれは自殺志願者の顔なんじゃないかと、ふと思いついたのだ。

あとあとになって、孝史は、このとき振り向いて非常口のほうを見るか、それとも振り向かずに部屋に入ってしまうかということに、自分の運命がかかっていたのだと、しみじみ思うことになる。そこには、ほかでもない彼自身の生死の分かれ目があったのだ。

だが今はまだ、もちろんそんなことなど思いもよらない。心の底のほうから浮かんできたちょっとした衝動につつかれて、ひょいと首を向けてみた。たったそれだけのことだ。あのおっさん、ホントにヘンな人――

孝史は大きく目を見開いた。

孝史が目を向けたとき、あの中年男はたしかにそこにいた。まだ踊り場に立っていた。だが次の瞬間には、彼は手すりの方向へ大きく一歩踏み出した。踏み出したように、孝史には見えた。少なくとも、そっちの方向へ移動したように見えた。階段の上へでもなく、下へでもなく、右でもなく左でもない。廊下のほうへ引き返してくるのでもない。手すりの向こうに。

そこには、隣のビルとのあいだのわずかな隙間を埋める空間があるだけだ。そしてその下側には、ホテルのゴミ置き場のコンクリート剝《む》きだしの地面があるだけだ。

コンクリートの。

そのとき、孝史が息をのんでいる目の先十メートル足らずのところで、あの中年男の姿が、非常階段の踊り場から消えた。

おっさん、飛び降りた！

思った瞬間に、孝史は走っていた。貧相な絨毯《じゅうたん》を敷き詰めた廊下の上を突っ走り、踊り場に飛び出し手すりに飛びついた。ひとつ間違えば自分も勢いあまって手すりの向こう側に転がり落ちてしまいかねない勢いをつけて。危ないところだった。

そのまま上半身をいっぱいに手すりから乗り出し、コンクリートの地面を見つめた。

白じろとしたコンクリートが、建物の隙間から漏れる青白い人工灯の光に照らされている。手前には、ずらりとゴミ箱が整列している。いっぱいいっぱいに乗り出しているので、スチールパイプ製の棚に乗せられた、大きなプラスチックの青いゴミ箱が、ほとんど鼻先に見える。片隅に立てかけられている薄汚れたモップから漂い出る湿った臭《にお》いまで感じられそうなほど近くに見える。

誰もいない。誰も落ちてない。

孝史は息を止めていた。そのまま頭をあげて階段の上を振り仰いだ。金属製の滑り止めのついた階段の裏側をまともに見あげることになった。三階の踊り場へあがる段々のいちばん上のところに、誰かがなすりつけた古いガムがはりついていた。

今度は下を見た。非常階段がこの踊り場のところでひとつ折れて、ゴミ置き場へと続いている。万が一火事が起きたら、宿泊客たちはみんなゴミ箱のあいだを縫って外へ避難しなければならない。ゴミ置き場を抜けていった先に、ホテルの小さな専用駐車場へと通じるペンキ塗りのドアがついているのだから。

誰もいない。足音も聞こえない。

それでも孝史は階段を降りてみた。段々を降りてゆくと、冬の夜中でもゴミ置き場の臭いが鼻をついた。ゴミ置き場を通り抜けながら、大きな箱のあいだをいちいちのぞいてもみた。もしもそんなところにあの中年男が隠れていたりしたら、それこそ心臓が止まるほど驚いてしまうだろうけれど、それでもそこに彼がいてくれたほうがいいような気がした。どんなに妙な状況でも、見つからないよりは見つかったほうがいい。

ゴミ置き場のドアを内側から開けて、駐車場をのぞいてみた。白のカローラが一台、置き去りにされたような風情で停められているだけで、人影はない。引き返して、今度は非常階段を一階から五階までのぼってみた。やっぱり誰もいない。

じゃ、あれは何だった？　目の錯覚か？　あのおっさんが飛び降りたように見えたのは、俺の勘違いか？

強く頭を振って、こめかみを両手で叩いてみた。この癖は太平ゆずりだ。父は仕事に行き詰まると、しょっちゅうこうやって自分を叱咤《しった》していた。昔はよく、映りの悪いテレビをこうやってひっぱたいて直したもんだ。悪い頭だって、ひっぱたいてやりゃ少しは働くようになる、といいながら。

だが、孝史の目も脳も、さっき見たものは錯覚なんかじゃないと主張している。

フロントへ行ってみようか。だけどなんて言う？　お客さんがひとり、非常階段から飛び降りたみたいなんですけど。え？　で、どこに落ちたんです？　それが、見当たらないんです。煙みたいに空中に消えちゃった——

孝史はまた頭を振った。間抜けだ。すごい間抜けだ。みっともなくってやってらんない。

孝史は部屋に帰ることにした。とにかく、缶コーヒーを飲もう。だいぶ冷めちゃったけどかまわない。喉、カラカラだ。

五階からエレベーターに乗って二階のボタンを押した。二階に着き、ドアが開いた。目の前に、ジャケットのポケットに両手をつっこんで、あの男が立っていた。

3

孝史も驚いたが、相手もびっくりしたらしい。顔を見合わせているうちに、エレベーターのドアが耳障りな音をたてて閉まり始めた。孝史は反射的にエレベーターの箱のなかの「開」ボタンを叩いた。

扉は開いた。それでも男は、孝史がそこにいては乗りこむことができないとでもいうかのように、足をもじもじさせて立ちすくんでいる。

彼は孝史の顔を見てはいない。目を伏せている。それでやっと、孝史は、あまりにも露骨にまじまじと、相手を見つめてしまっていることに気がついた。

心臓はまだドキドキしている。ようやく声を取り戻し、孝史はきいた。「下ですか？」

男は律儀に返事をした。

「そうです。乗ってもいいですか」

孝史は反射的に壁際に寄った。男は箱のなかに乗りこんできた。孝史は降りるタイミングを失った。扉が閉まり、下降が始まる。

ちらりと目を動かして、彼の顔をうかがってみた。

無表情というより、表情のないことが表情になっているような、平たい顔がそこにあった。昨夜初めて出会ったときに感じた、あの負のオーラのようなものは、こうして近くにいると、よりはっきりと感じられた。そして今度こそ間違いない、エレベーターの箱のなかは、孝史がひとりで乗り降りする時よりも、明らかに薄暗くなっていた。闇を放つおっさん。孝史は、小さな箱のなかにいて、次第に息苦しくなってくるのを感じた。

すぐそばにいる男は、ネクタイこそしていないが、昼間見かけたときと同じジャケットにYシャツ姿、ズボンの折り目もきちんとついており、靴もきれいに磨いてある。けっして見苦しい服装ではなく、他人に不快感を与えるような格好をしているわけではない。髪も乱れていない。

どこかから落ちたとか飛び降りたあとだとか、あるいは非常階段の踊り場から舞い上がって空を飛んできたあとだ——というような様子は、微塵《みじん》も見えない。怪しいところなど何もない。

だけど孝史は、たしかに見たのだ。ほんの十分ほど前にこの男が、非常階段から姿を消したところを。

がくんと振動があって、エレベーターが止まった。

男が足を踏み出し、箱から外に出てゆく。孝史の脇を通るとき、軽く会釈をした。謝ってでもいるかのように、視線を落として。

そのことが、孝史の心にからんでいた紐《ひも》を切った。男の背中を追いかけるようにして、声をかけた。

「あの……さっき、二階の非常階段のところにいたですよね？」

丁寧な言葉づかいなどしたことがないから、妙な言い回しになった。男が足を止めた。まるで、上着のうしろ襟《えり》を捕まえて引き戻されでもしたかのように、がくんと立ち止まった。そのまま、その場で背を向けて固まった。

孝史はさらに言った。「踊り場に立ってたでしょう？　それでそのあと……そのあと……」

姿が見えなくなったので、僕はあなたが飛び降りたのかと思いましたという言葉を、口にしていいものか悪いものか迷っているあいだに、男がゆっくりこちらを振り向いた。

視線が一瞬だけ、孝史の顔のほうを向いた。そしてすぐそれた。まともに孝史に顔を向けるのは、とても罪深いことだと思っているかのように。そういうことをすると、孝史に迷惑をかけるとでも思っているかのように。

「さあ、それは私じゃないと思いますが」

声は低く、ほんのわずかだが語尾が震えていた。

「そうかな……見間違いかな」

孝史は、自分の声もバカみたいに震えていることに気がついた。どうしてこんなに緊張するんだろう？

「だけどびっくりしたんですよ。煙みたいに姿が消えたように見えて。あなたじゃなかったですか」

男は、ちらっと孝史の目を見た。臆病《おくびょう》なネズミみたいに。そして首を振った。

「私じゃないですよ。私は今さっき部屋から出てきたところだから」

それは嘘だ。そう言いたかったけれど、どんどん頭が混乱してきて、心臓がますます早く鼓動を打ち始めて、はるか昔の初デートのときみたいに、耳たぶが熱くなってくる。どうにかして言葉を続けようと焦っていると、男が言った。「エレベーターを止めっぱなしだと、まずいんじゃないですか」

孝史は扉のところに立ちふさがり、「開」のボタンを押しっぱなしにしていたのだ。あわてて廊下へと降りた。扉が閉まり、エレベーターはそのまま沈黙した。

「一階でよかったんですか」と、男がきいた。歩きだしかけていた。身体が正面玄関のほうを向いている。

「あ、あなたはどこへ行くんですか」

「私？」男は目を見張り、初めて、まともに孝史の顔を見つめた。

「ええ、こんな時間に」

男の口元が、ちょっと歪《ゆが》んだ。笑ったのだった。それを見て、孝史は、オレってやっぱり本質的に救いようのないバカなんじゃないかと思った。知らない人をつかまえて、なんていう会話を交わしてるんだ。

「煙草を買いに行こうと思いましてね」

「煙草なら、フロントにないですか？」

中年男はちょっと笑った。「銘柄がね、私はハイライトでないと駄目なんです」

「はあ……そうなんですか」

孝史は、ジャケットのポケットに缶コーヒーを入れたままであることを思い出した。ポケットを叩いてみせた。

「これ、駅前の自動販売機で買ってきたんです。煙草の自動販売機もあったと思うけど、でもハイライトは入ってたかな」

男は軽くうなずいた。「そうですね。まあ、少し歩いてみましょう。見つかるかもしれない」

では、という感じでもう一度会釈をして、ひと気のないホールを横切り、無人のフロントの前を通り抜けて、男は正面玄関のほうへ歩いてゆく。孝史は突っ立ったままその背中を見送った。だが、彼が自動ドアを踏んで外へ出てゆくとき、我慢のバネがはじけて、思わず、大声できいた。

「ホントに、非常階段のところにいませんでしたか？　俺びっくりして、飛び降りたんじゃないかと思って、探したんですよ」

男は振り向かなかった。どんどん歩いていってしまう。姿が見えなくなった。

そのままじっとしていることに耐えられなくなって、孝史はぱっと走り出した。自動ドアのところまで行った。ドアが渋々開く。そして、その間抜けなああという音を聞き、吹き込んできた外の寒気に頰を打たれて、急に気が抜けた。

いったいどうなってんだよ？　オレ、何をやってんだ？

手をあげて、掌《てのひら》で頭をひとつ叩いてみた。鈍い音がする。かぶりを振って、孝史は踵を返した。

ちょうどそのとき、さっきまで無人だったフロントに、ひょいと人が出てきた。さっき見かけた小柄なフロントマンだった。現れるタイミングがタイミングだったので、孝史は自分でもぎょっとするくらいに大きな声を出してしまった。

その様子に、今度はフロントマンの方が驚いた。丸い顔に丸い目を見開き、フロントのカウンターに両手を突っ張って、ぎゅっとのけぞった。

「あ、えーと、スミマセン」あわてて、孝史は言った。

フロントマンはまだ目をむいていた。「何かございましたか」

職業的な、滑らかな声だった。だが、顔はまだ驚きで突っ張ったままだ。

「いえ、別に」額《ひたい》の生え際に冷汗が浮いてくる。「なんでもないです。ちょっとびっくりしただけで」

「びっくりなすった」と、フロントマンは暗唱するように繰り返した。「何にでございますか」

「何にって……」

孝史は相手の顔を見た。そうして気づいた。フロントマンは、怪しんでいるとか訝《いぶか》っているとかいうより、探るようなというか、何かを期待するかのような表情を浮かべている。

ヘンだな、と思った。

孝史が黙っていると、フロントマンはちらっと周囲を気にして、それから小声できいてきた。

「もしかして、何かごらんになりましたか」

「何か？」

「ええ、ごらんになりましたか」

「ごらんにって――」

何かを見たかと、フロントマンはきいているのである。孝史はカウンターに近づいた。

「僕が何を？」

「ええ。お客さん、怖いものでも見たような顔をしてるから」と、フロントマンは続けた。相手が若造の孝史であるからか、くだけた口調になってきた。

孝史の頭がやっと働き始めた。どきどきしてきた。これはもしかしたら――

「じゃ、あなたも見たんですか？」と、いっしょになって声をひそめる。

フロントマンは熱心にうなずいた。

「見ましたとも」

安堵《あんど》で、孝史は思わずふっと笑った。

「さっきですよね？　二階の非常階段で」

このフロントマンも、さっきの男が消えるところを見ていたのだ、きっと。

「ふっと消えて、しばらくしたらまた出てきた。そうでしょう？」

しかし、フロントマンはかぶりを振った。熱心な表情はそのままで、身を乗り出して、

「いえ、さっきは見てません。それに、消えるところは見たことがないですよ。私は歩

いているところを見かけたことがあるだけだ」

「歩いてるところ……？」

「そうです、そうです。今までに二度ばかりありましたかね。二度とも、恐ろしくて動けなくて、バカみたいにじっと見ているうちに、どっかいっちまいました」

孝史は困惑してきた。なんか話が食い違ってないか？

しかし、フロントマンは孝史におかまいなく、しきりと首をひねりながらぶつぶつと呟く。いやに興奮している。

「しかしね、私が見かけてからずいぶん経ってるし、もう出なくなったかと思ったんですがね。そうか、また出ましたか」

「あの……何が出たんですか？」

やっと孝史がそうきくと、フロントマンはまた目をむいた。

「何がって、決まってるじゃないですか。幽霊ですよ」

「幽霊？」今度は孝史が目をむく番だ。「幽霊の話をしてたんですか？」

「違うんですか？」と、フロントマンは目をぱちぱちさせた。「お客さんは何を見たっていうわけです？」

「いや、僕は……」孝史は頭を抱えたい気分になってきた。「それより、あなたが見た幽霊はどんな？」

　フロントマンは、人間の目を盗んで夜中に食料を荒らしに行くネズミみたいに、小さな目をきょろきょろさせた。まるで、彼の話す「幽霊」が今もそこらにいて、この話に耳を傾けていたらまずいとでもいうように。

　それから、内緒話みたいに声をしぼって、言った。「蒲生大将の幽霊ですよ」

　孝史はぽかんと口を開いた。それにあわせて、フロントマンの口も開いた。

「お客さんが見たのは、違うんですか？」

　孝史は口を閉じ、また開け、また閉じた。非常階段から消えてまた現れた男の話なんて、ここでしてもしょうがない。

「蒲生大将って、昔この土地に建ってた屋敷に住んでいた軍人さんでしょう？」

「そうです。自決した人で」

「その人の幽霊が出るっていうんですか」

　フロントマンは大きくうなずいた。

「見たのは私だけじゃない。ほかにもいます。軍服を着て、杖をついて、ホテルの廊下を歩いていたり、玄関から外に出て行ったりしてね」

「エレベーターの脇に、肖像写真がありますよね。あの人ですか？」

「そうです、あの人ですよ。あの軍服ですよ。もっとも、写真は白黒だからね。色まで同じかどうかはわからないけど」

フロントマンは、丸い肩をちょっとすくめた。

「まあしかし、何か悪さをするってわけじゃないですよ。ただ歩き回るだけです。それに、さっきも言ったけど、ここ一年ばかりは誰も見てません。ずっと出なくなってたんですよ」

「はあ……」

孝史はあいまいな声を出して、ぎこちなく笑ってみせた。

エレベーターの脇で見た、蒲生憲之大将の肖像写真を思い出した。がっちりとした体《たい》軀《く》を軍服に包み、意志の強そうな顎を引き締めたあの軍人が、写真からするりと抜け出してホテルの廊下に降り立つ。その様が、妙にはっきりと頭に浮かんだ。悪さをするわけじゃない、ただ歩き回るだけ——一歩進むごとに胸の勲章が揺れ、杖の先が床を叩いてかちりと鳴る——

目の粗《あら》いブラシで撫《な》でられたみたいに、背中がゾワリとした。見おろすと、腕に鳥肌が浮いていた。

早く部屋に戻ってひとりになりたい。孝史は急いで言った。「僕が見たのも、それだったかもしれません。よくわかんないや」

「ホントですか？」

小柄なフロントマンは食い下がってくる。孝史はそろそろとカウンターから離れた。

「本当です。それに、大してびっくりしたわけでもないんですよ。ま、そんなことですから」

急いで回れ右して、エレベーターに向かった。走りながら、そうしたくないのに、ついつい あの肖像写真を横目で見てしまった。写真は貧弱な照明の届かない暗がりに、観葉植物の陰に隠れていた。それでも孝史は、もう一度鳥肌が立つのを感じた。

ドアが開いて乗り込むときに振り向いてみたが、フロントマンももう追いかけてはこず、あの中年男が戻ってきた気配もなかった。

ましてや幽霊など、影もない。エレベーターのドアが閉まると、孝史は大きくため息をついた。

部屋に戻って、ぬるくなってしまった缶コーヒーを、半分ほど一気に飲み干した。そうして、部屋の壁に取りつけられている鏡に映った自分の白い顔に、大声できいた。

「おまえ、頭プッツンか？」

消えるおっさんに、半世紀以上も前に死んだ軍人の幽霊。そんなものに脅かされるなんて――

だけど、幽霊はともかく、おっさんに関しては、確かにこの目で見たのだ。あのおっさんは二階の非常階段の踊り場から煙のように姿を消し、ほんの五分ほどのちに、同じ二階の廊下でエレベーターの前に立っていた。ホントに確かだ、間違いじゃない。絶対ホント、嘘じゃない。

そもそもあのおっさんには、最初から妙な感じがつきまとっていた。普通じゃないという印象があった。あのコセコセした態度だって変だ。それにどうして――

（どうして、あんなふうに人に嫌がられるような暗い雰囲気を持ってるんだろう？）

いっしょにエレベーターに乗り合わせているとき、孝史は、度のあわない眼鏡をかけているような気分だった。視界が歪んで――

はっと気づいた。そうあの男は、暗いというよりは歪んだ男なのだ。彼の周囲では光さえも歪んでしまう。だから暗く感じられるのだ。

あんな人間に出会ったのは初めてだ。

空の缶をゴミ箱にシュートして、孝史はベッドに寝転んだ。すすけた天井には何の答えも書いてなかったけれど、横たわって自分の心臓の規則正しい鼓動を聞いていると、だんだん気持ちが静まってきた。

明日の試験が終わったら、できるだけ早く家に帰ろう、と思った。

自分では大丈夫なつもりだけれど、やっぱりかなり神経がピリピリしているのだ。だから、小さなことが気になってしまう。両親には、試験が終わったらゆっくり一泊して休んでから戻ってこいと言われているけれど、今のこんな状態では、ひとりきりで薄暗い部屋に閉じこもっていても、あまりいいことはなさそうだ。

（幽霊も出るそうだし）

心のなかで呟いて、またちょっとひやりとして、だけど吹き出してしまった。急に、何から何までバカバカしくなってきた。今夜一晩をここで過ごすのも面倒なような気がしてきた。

よっこらしょと身を起こし、机の上に広げっぱなしになっていた参考書やノートを片付けた。明日の用意をして、それからさっとシャワーを浴びた。さっぱりして出てくると、だいぶ気分がよくなった。

テレビをつけ、三十分のオフタイマーにして、着替えてベッドにもぐりこむ。寝つきが悪い性質《たち》なので、これはいつも習慣だった。番組の内容が気になると目がさめてしまうので、ボリュームを小さくしぼり、映画やドラマのような番組は避ける。

午前一時をまわっているので、映るのは深夜番組ばかりだ。偶然つけたチャンネルでは、トーク番組をやっていた。睡眠薬がわりにするには、こういうのは最適だった。

目を閉じ、身体の右側を下に、枕を抱え込むようにして横になる。テレビの音が、ぶつぶつぼそぼそと流れてゆく。

そのなかの一節が、ふと耳に入った。

「というわけで、昭和十一年の今月今夜、二・二六事件は起こったわけですが――」

孝史は横になったまま目を開いた。テレビ画面がまぶしい。

マイクを前に、トークショーのセットを囲んだ男女が数人。司会役は、ほかの番組でもよく見かけることのある男性アナウンサーだ。斎藤とかいったっけ。しゃべっているのは彼だった。

「さて、今夜の『ナイトで極楽』では、僕らにとっての太平洋戦争と題して、ゲストの皆さんのトークと会場に集まった若者たちとの討論を中心にお送りするわけですが、しかしですね、ただ太平洋戦争と言っても、なんだもう半世紀も昔のことじゃん――という反応が返ってくるのは見え見えでありますので」

と、斎藤アナウンサーは愛想笑いをする。

「ポイントを絞って、学校の授業では教えてくれないような超基本的なところから少しずつお話を進めて行こうと、こういうわけであります。そこでまず、午前一時五十分までの第一部では、我が国が戦争へとこう――何と言いますかね、傾斜してゆくとでも言いましょうか、その大きな分岐点となったクーデター、二・二六事件から、リメンバー・パールハーバーと今でも言われるあの真珠湾攻撃までをひとくくりにして、とりあげて考えてゆきたいと思うわけです」

言葉は真面目だが、口調はほとんどワイドショーの乗りである。しきりににこにこする顔に、うっすらと汗が浮かんでいる。

「そしてですね、第一部のあとは十五分間、おなじみのウイークリー・エンターテイメント情報のコーナーを挟みまして、そのあと第二部として午前四時まで、真珠湾攻撃からポツダム宣言受諾による終戦までの歴史を、皆さんと一緒に学んでいこうと、こういうスケジュールに、今夜はなっているわけでございます」

斎藤アナウンサーの隣には、明るいカナリア・イエローのスーツ姿の女性局アナがひとり、その脇には、若者に人気のある女性タレントの飯島ミチルが、胸の谷間がくっきり剝きだしになるようなドレスを着て、テーブルに肘をついて座っている。

「今日は実に、硬派の企画ですね」と、女性アナウンサーが嬉しそうに言う。

「でしょう？　時期的にも非常にぴったりなんですよ。何と言っても、二・二六事件は今月今夜の出来事ですからね。今月今夜って言っても金色夜叉《こんじきやしや》じゃないよ、ミチルちゃん」

ミチルは、えくぼをつくりながら無邪気に問い返す。

「コンジキヤシャってなあに？」

「関係ないの、本題とは」

笑いながら、斎藤アナウンサーが、隣に座っている三十代半ばの男性に顔を向けた。

「藺草《いぐさ》さんはいかがです？　今夜みたいな企画にゲストとしておいでになることは少ないと思いますが」

藺草と呼ばれた男の前には、「トレンド評論家藺草和彦」と書かれたプレートが置いてある。渋い低音で話し出した。

「そうね、だけどさ、歴史ってのは結局トレンドの積み重ねでしかないものだと僕は思うからね」

「ほほう、なるほど！　歴史はトレンドの積み重ねですか」

「結局そういうことじゃない？　だから、僕なんかがそういう視点から、この国のことを見直してみるっていうのは意義のあることだと思うな。楽しみだね」

彼の台詞《せりふ》に応じてカメラが切り替わり、スタジオに集まっているという若者たちを映し出す。皆、孝史と同じ年代の、服装も髪型も似通った顔、顔、顔。女の子も混じっているが、七・三ぐらいで男のほうが多い。

「でも、なんかみんな眠そうな顔してるな」

斎藤アナウンサーの言葉に、スタジオで笑い声があがった。

「こういう硬い企画をやると、つまんないからチャンネルかえて寝ちゃうって人が多いんだけど、頼むから寝ないでね。ミチルちゃんもしっかりしてよ」

「はあい」ミチルちゃんがくねくね笑う。「だけど斎藤さん、あたしもう最初っからわかんないんだけど、さっきから言ってる二・二六事件てなあに？」

スタジオ中がまた笑う。トレンド評論家も笑っている。

「困るなあ、出鼻をくじくようなことを言わないでよ」

「我が国では希有《けう》の大規模な軍事クーデターのことだよ」と、藺草が注釈する。

「へえ、クーデターってカッコいいわね」

ミチルの言葉に、よく日焼けした闊達《かったつ》そうな顔をほころばせて、藺草が身を乗り出す。

「そうだよな。実は僕は今夜、とっても期待してるんだけど、それはね昭和四十年、五十年代生まれの若者たちをさ、僕は『超戦無派世代』って名付けてるわけ」

「超戦無派ですか」

「そう。我々戦無派世代さえ超越しちゃってる存在だからね。で、その超戦無派から見ると、たとえばクーデターってのはカッコいいだけのことなわけよ。二・二六事件の青年将校たちなんか、悲劇のヒーローだとしか思えないわけね。だけど、これからの日本をつくっていくのはこの世代であってね。妙な過去を引きずってない分、リベラルな社会をつくることのできる、希望の世代だと思うんだな。たとえば今夜のテーマについても、これまでと全然違う角度から解釈をすることができるんじゃないかな」

なんだよ、また二・二六事件か。昨日から今日にかけて、妙にこの事件に縁があるけど、もうたくさんだよ……また幽霊のこととか思いだしちゃうじゃないか……

眠気を覚えながらも、なんとなくテレビから目を離すことができずに眺めていると、画面が切り替わった。黒地に大きな活字で、

「二・二六事件」

と、タイトルが出る。ついで、ナレーションが始まった。

「昭和十一年二月二十六日明け方、陸軍第一師団管下の歩兵第一連隊、歩兵第三連隊、近衛《このえ》師団管下の近衛歩兵第三連隊の青年将校を中心とした決起部隊が、当時の内閣総理大臣・内大臣・侍従長・大蔵大臣などの重臣を襲撃・暗殺した。これが二・二六事件の始まりである。決起部隊は襲撃後、兵力を維持して、政治と軍事の中心部である麴町・永田町一帯を占拠した。彼らの要求・目的は、戒厳令を布《し》いて軍部が国政の主導権を握り、その指揮の元で政治の腐敗の元凶である重臣たちを追い出し、新たな内閣をつくりあげることにあった。彼らはこれを『昭和維新』と考えていた。

このクーデターの発生は、そもそもは当時の陸軍内の、皇道《こうどう》派と統制《とうせい》派の二大派閥の深刻な勢力争いに起因する。決起した青年将校たちは皇道派であり、これに対峙《たいじ》した当時の陸軍中枢には統制派将校が多く存在していたが、青年将校たちに同情的な皇道派寄り勢力も少なくはなく、この微妙な力関係によって、事件は不可思議な展開を見せることになる。

しかし、昭和天皇は、一貫して『重臣を暗殺した暴徒である青年将校たちを断固討伐《とうばつ》すべし』という意見であった。陸軍中枢は決起部隊を叛乱《はんらん》軍と認め、部隊を繰り出して攻撃も辞さない構えで対決、同時に下士官や兵隊たちの帰隊を促した。二十九日に至って青年将校たちも投降、四日間にわたる二・二六事件は終結する。

身柄を拘束された決起部隊の青年将校たちはただちに軍法会議によって裁かれ、死刑を宣告された。弁護人も付かず上訴権もないこの裁判は暗黒裁判とも呼ばれたが、これにより陸軍内部からは皇道派勢力が一掃された。しかしこの事件により、強大な武力を持つ軍部の国政に対する発言力が格段に大きくなり、やがて日本は軍部独走による戦争の時代へと突入してゆくことになる――」

ナレーションにあわせて、当時の新聞の紙面や、武装した兵隊、雪の積もった街路を行進する部隊などのスチール写真が映し出される。有刺鉄線をぐるぐる巻きにしたみたいなバリケードの前を歩く兵士。駅頭に張り出された――あれは号外だろうか――新聞を読む人々。「戒厳司令部」の看板の前に、銃剣を立てて立つ兵士。大きな旅館みたいな建物の前に集まる兵士たち。遠巻きに見る人々。すべてモノクロの、白と黒の世界だ。画面の隅に、「写真提供毎日新聞社」と小さくテロップが出る。

と、ここでまた画面が切り替わり、スタジオのセットに戻った。飯島ミチルのアップだ。カメラに向かって、彼女はにっこりする。とろんとした目つきだ。

「と、いうわけなんですが……」と、斎藤アナウンサーが切り出す。「どうミチルちゃん、今のビデオ見て、理解した？」

ミチルは肩をすくめた。胸の谷間が深くなる。「うーん」と、甘い声を出す。

スタジオでは笑い声が起こったけれど、孝史は眠い目をこすりつつ、オレはこの娘《こ》を笑えないと思った。今の短いビデオを見ただけでは、何がなんだかさっぱりわからない。予備知識のある人ならばあれでも理解できるのだろうけれど、いきなり「コウドウハ」だの「トウセイハ」だの言われたって、素人の耳には暗号みたいに聞こえるだけだ。

スタジオの面々が陽気に笑っていると、ゲスト席の端の一段高くなったところに、ほかのメンバーとはちょっと離れて座っていた年輩の男性が、マイクを引き寄せて口を開いた。

「今の映像と解説は、手際よくまとめてあるとは思いますが、あれだけでは説明不足でしょう」

ネームプレートによると、どこかの大学の教授であるらしい。きちんと背広を着て、白髪の多い髪を丁寧《ていねい》になでつけてある。

「それに、今夜の企画の趣旨を実現するには、二・二六事件からというよりも、少なくともその前の昭和六年の満州事変から取り上げていかないことには、流れとして正しくないのではないかと私は思うのですよ。陸軍内部の派閥争いが一挙に表面化するのも、実はこの満州事変がきっかけで――」

斎藤アナウンサーが、愛想笑いをしながらあわてて割り込んだ。

「いえいえ、多部《たべ》先生、そのあたりのお話はですね、もう少しあとのコーナーでお願いしたいんです。続いて日中戦争の――」

　多部教授は、わかっているわかっているというように、せっかちに小刻みにうなずいた。

「そう、そう、二・二六事件の翌年に日中戦争が起こるわけですが、それまでのあいだに、さっきからあなたが何度かおっしゃっている、軍部の独走ですね、結果としてそれを招くキーポイントとなった出来事が、いくつかあるんですよ。けれどもね、若い方たちにそのあたりのことを理解してもらうには、もう少し前の方から丁寧に説明していかないと――」

　斎藤アナウンサーは気もそぞろという風情《ふぜい》で、画面の端の方に視線を泳がせた。何か合図があったのだろう。

「あ、はいはい、そうですか、では先生のちほど。ここでちょっとコマーシャルです」

　待ちかねていたかのように、ジュエリー専門店のコマーシャルが飛び出してきた。急に音量が大きくなる。孝史が顔をしかめたとき、オフタイマー機能が働いて、テレビが消えた。

　孝史は目をつぶった。あくびが出て、目尻に涙がにじんだ。番組の続きにいくぶん興味を惹かれないでもないけれど――あの教授とアナウンサーの嚙《か》み合っていないことといったら――わざわざテレビをつけるのも面倒くさい。

あのスタジオに集まっている若者たちは、社会人であれ学生であれ、みんな進路が決まっている連中であるに違いない。そうでなかったら、平日の夜中に、のんびりテレビ番組なんか見学に行けるものか。孝史とは立場の違う若者たちだ。

——オレには、そんな余裕なんかないよ。歴史を振り返ったりする暇なんかない。

そんなふうに思いながら、寝返りをひとつ打ってテレビに背を向けた。そして、数秒もしないうちに寝入ってしまった。

4

意識下の警告。

それはどこからやってくるのだろう。文字通り心の底の底か。皮膚の表面に張りめぐらされている敏感なセンサーがキャッチしたものが、複雑な神経の予備回路を通り、日ごろは閉鎖されているゲートを抜けて心へと——脳へと届く。そして赤いライトが点滅を始める。危険、危険、危険。

だがそれには言葉がなく、音もなかった。孝史を熟睡から揺り起こしたのは騒音ではなかった。ベッドの上でパチリと目を覚ましたとき、部屋のなかはひっそりとしていた。

身体の右側を下にして、わずかに背中を丸め、一秒か二秒のあいだ、目覚めた状態のまま、孝史は目を見開いていた。いきなり目覚めてしまったことに驚いていた。夢を見ていたわけでもないのに、どうして？

　眠りは深い性質《たち》だ。一度寝ついてしまえば、たいていのことじゃ、途中で起きたりしない。受験勉強をしているときだって、それが悩みの種だったのだ。どれだけボリュームを大きくしてラジオをかけておいても、居眠りをしてしまうと朝まで目覚めない。隣の部屋にいる妹が騒音で目を覚ましてやってきて、腹立ち半分にラジオのスイッチを切りながら、彼の背中に一発パンチをくらわしていったことがあったそうだけれど、そのときだって、朝飯の時にそう告げられるまでは、何も知らなかったほどだ。

（きっと、殺されそうになったって起きやしないわね、お兄ちゃんは）

　だが今は違う。横たわったまま孝史は、しだいに身体が強ばり、緊張が高まってくるのを覚えた。

　部屋のなかに、誰かいるのか？

　最初に考えたのはそのことだった。人の気配で目覚めたのか。

　動くに動けない。まばたきさえせずに、息を殺して周囲の物音に耳をこらした。でも自分の鼓動ばかりが耳をついて、何も聞こえない。心臓が耳の奥にせりあがってきてしまっているみたいだ。

　よし、寝返りをうってみよう。できるだけさりげなく、自然にやるんだ。そうして気配をうかがう。部屋のなかに誰かいるのなら、きっとリアクションがあるはずだから。目を閉じる。それから身体を反転させるために、勇気をふりしぼらなければならなかった。悪い予感ばかりがどんどんつのっていた。絶対、普通じゃない。なんかおかしい、今のこの状態は。

一、二の三で身体を動かそうとしたそのとき、頭上のどこか遠くのほうで、ガラスが割れる音が響いた。それを追いかけるようにして、甲高《かんだか》く短く、女の悲鳴。

孝史はベッドの上で跳ね起きた。闇に慣れてきた目に、室内の家具や壁、窓の存在をうっすらと見てとることができる。動悸《どうき》は高まるいっぽう、背中には冷たい汗をかいていた。

起きると同時に、反射的にベッドの右側に手を伸ばした。ランプのスイッチをさぐる。サイドテーブルの電話機に手がぶつかり、がたがたと音を立てて受話器が床《ゆか》に落ちた。

スイッチを探りあて、押した。その瞬間、青白い火花がパッと飛び散って、ランプの電球が割れた。孝史はあわてて手を引っ込めた。手の甲に、チクリとガラスが刺さった感触があった。

ランプの周囲に、金気《かなけ》臭いような焦《こ》げ臭いような異臭が漂う。目の裏に、稲妻のような青白い線が残像になって焼きついていた。ショートしたんだ。

いったいどうなってるんだよ？　叫びだしそうになりながらも動けずにいるとき、再び頭上で物音がした。今度は重く、腹の底にこたえるような、ズシーンという音だった。天井からパラパラと何かが落ちてきた。

　今やすべての分別を忘れ判断力も失って、孝史はベッドから飛び降りた。裸足で床に降りたとき、さっきのランプの電球の破片を踏んでしまった。ガラスのかけらが右足の裏に食いこんだ。バランスを失くして横っ飛びになりながら、孝史はドアのほうへと突進した。

　チェーンをはずし、ドアノブを握ったとき、なぜかしらそれが温かいことを、ほんの一瞬意識した。だが深く考える間などなく、孝史は廊下にまろび出た。

　廊下は一面、煙っていた。しかも照明は全て消えている。

　左手の「非常口」の青白いランプが、うっすらと白いもやの向こうに霞んで見えている。そして右手の突き当たり、わずか二メートルほどのところにある窓は、真っ赤に照り映えていた。

　認識が、膝のあたりから駆けのぼってきた。神経全体がピンと張ったワイヤになって、その一端をつかまれ、強く一振りされたみたいだ。孝史が摑《つか》んだ認識は、それ自体が恐怖でわなわな震えながら、身体のなかを駆けあがってきた。

　火事だ。どうしよう、ホテルが燃えてる。

　どうして非常ベルが鳴らないんだ？　スプリンクラーはどうして動かないんだ？　ホ

テルの連中は何をしてるんだ？

立ちすくんだまま無駄に頭を空回りさせ、膝から力が抜けてゆくのを感じた。いきなり嗚咽《おえつ》がこみあげてきた。このホテルには防火設備なんかないんだ。そんなもの、最初からどこにもないんだ。ここはホテルの墓場なんだから。

そうしているうちにも、煙はどんどん濃さを増し、息苦しくなってきた。熱気もはっきりと肌に感じとることができる。よろめいて壁にもたれると、びっくりするほど熱くなっていた。

はじかれたようにそこから離れ、孝史は姿勢を立て直し、青白く輝く「非常口」へと向かった。ガラスを踏み抜いた右足がずきりと痛み、前のめりに倒れて床に両手をついた。だがそれで、床に近いところのほうが呼吸が楽だと気がついた。火事に遭ったら脱出するときは姿勢を低くしろと、テレビで言ってたことがあったじゃないか。

孝史は這《は》って廊下を進んだ。二階の他の部屋には宿泊客がいないらしく、孝史はひとりぼっちだった。それでも途中で一度声を張り上げて、「火事だ、火事だぞ！」と叫んでみたが、応える声も、動きもなかった。

非常口までのわずかな距離を進むあいだに、額から汗が流れ落ち、顎を伝って滴《したた》る。だんだん、煙が目にしみるようになってきた。あと七メートル。あと五メートル。時おり顔をあげて青白い「非常口」を確認しながら、孝史は半泣きになってじりじりと進んだ。鼻で呼吸をするとひどく熱い。だが口で息をすると、そのたびに咳込《せきこ》んだ。

あと一メートル。さあ「非常口」の青白いライトのそばまできた。孝史はひと息に立ち上がった。このときは右足の痛みも忘れていた。つかみかかるようにしてドアのノブを握り――

悲鳴をあげて後ろに飛び下がった。

ノブは焼けていた。まるでアイロンみたいだ。手のひらが真っ赤になり、ついで柔らかな部分が白く膨れ上がってゆく。

これじゃドアを開けることができない。開かない、開けられない、外に出られない。

そのとき、孝史を哀れむように二、三度またたいて、「非常口」の青白いライトがふうっと消えた。今や廊下を照らしているのは、反対側の窓に照り映える真っ赤な炎の色だけとなった。

「ちきしょう！」

孝史は膝をがくがくさせながら回れ右をした。これじゃ駄目だ。ノブがあんなに熱くなってるんじゃ、向こう側はきっと火の海になってるにちがいない。あのゴミ捨て場のゴミが盛大に燃え盛り、炎が手すりをなめているのだろう。

安全な外へ、二月末の寒い夜気のなかへ、深呼吸することのできる当たり前の空気のなかへ、たった壁一枚、ドア一枚通れば出てゆくことができるのに。

廊下の煙は灰色に濃くたちこめ、目がヒリヒリして、絶えまなくまばたきをしていないといられなくなってきた。孝史は這って非常口から離れ、やっとの思いでエレベーターのすぐ近くまで戻ってきた。

こんなとき、エレベーターは危険だ。それにどうせ動きやしない。炎の色が照り映えている窓は論外。あの外側も火炎地獄なのだろうから。

何ていう火事だ。出火場所はどこなんだろう。ホテルの建物全体がパン焼き釜みたいになっちまってる。

懸命に自分を落ち着かせ、孝史は考えた。残る道はふたつ。エレベーターのすぐ脇にある業務用の階段室を通って下に降りるか、部屋に戻って窓を割り、二階の高さから地上に飛び降りるか。幸い、ここには客室ドアのオートロック・システムなどないから、202号室には戻ることができる。

部屋に戻ろう。即座に決めた。階段室も、きっと煙突みたいになってしまっているはずだ。無理して降りてみても、降りたところがどんな状態になっているかもわからない。

孝史は思い切って立ち上がった。もう這っていても呼吸は苦しい。エレベーターの前を駆け抜け、部屋に飛び込むのだ。煙の向こうに、それが唯一の安全な脱出口であることを保証するかのように、202号室のドアがなんの変化もなく、うっすらと見えている。

足を踏み出した。ほんの二歩ぐらい。エレベーターの真ん前にさしかかる。そのとき、一瞬思わず目を閉じてしまうほどの熱風が、エレベーターのほうから横殴りに吹きつけてきた。

孝史は反射的にそちらを見やった。エレベーターの両開きのドアの中央に、真っ赤な線が一本入っていた。もともと、ぴっちりとは閉まらないドアだった。万事に建てつけが悪くなっているホテルなのだから。

でも、あれほどの隙間が空いていただろうか？　しかもこの熱風は何だ？

危ない。

このとき前に踏み出していたのは、怪我をしている右足だった。もしこの右足が完全で、ぐっと体重をかけることができていたなら、孝史は迷わず身体を前に向けて、エレベーターの前を駆け抜けていただろう。が、熱気にさいなまれている身にも、右足の裏の鋭い痛みははっきりと感じられ、孝史は一瞬躊躇《ちゅうちょ》した。体重が左足にかかった。尻餅をつきかかって、孝史はたたらを踏みながらあとずさりし、エレベーターから離れながら、とうとう床の上に転がった。

次の瞬間、エレベーターのドアがふっ飛んだ。

床に倒れた孝史の目にも、ドアの半分が逆くの字形に曲がり、廊下の天井近くまでふっ飛ばされた瞬間が、ありありと見えた。ドアを壊した爆風は、炎といっしょに廊下に吹き出し、耳をろうするような轟音《ごうおん》をたてて天井にまで舞いあがった。

孝史の目の前で、飛ばされたエレベーターのドアが、202号室のドアに激突し、そこを封じてしまった。エレベーターを繋《つな》いでいたワイヤが数本、瞬間的な爆風にあおられてひらひらと飛び交った。まるで孝史にサヨナラを言うように。

もう、腰を抜かして床に座りこみ、燃え広がってゆく炎を見つめることしかできなかった。今の爆風の直撃を受けずに、まだ無事でいることのほうが不思議なくらいだった。

もう、駄目だ。

俺は死ぬんだな——と思った。それは諦《あきら》めではなく、すべてのスイッチが切れてしまった、機能停止状態のようなものだった。もう恐怖さえ感じにくくなっていた。

息を吸うと、喉が焼けた。鼻毛が焦げるのさえ感じられた。髪がチリチリし始めている。頭がもうろうとして、おかしなことに眠気がさしてきた。気を失うのかな。本当に、妹の言ったように眠ったまま死ぬことになるのなら、それでもいい。

さようならだ。もう家族にも友人にも会うことはできない。こんな死に方をするなんて、思ってもみなかった。どれほど貧弱だろうとみっともなかろうと、自分には未来があると思っていた。

それなのに、ここでこうして焼け焦げて死んでゆく。運命なんて、残酷なものだ。死んでしまったら、なぜ、何が原因でこんな火事が起こったのか、その理由を知ることさえできないじゃないか。

新聞にはなんて書かれるだろう。父は——太平はどう思うだろう。自分のせいだと思うだろうか。それとも、こんな老朽ホテルを紹介してよこした知人を恨《うら》むのだろうか。

床が熱い。尻も熱い。身体中が熱い。もう目を開けていられない。天井は火の通路だ。退路はどこにもない。孝史は目を閉じた。

そのとき、背後からいきなり肩をつかまれた。

孝史は目を開かなかった。錯覚だと思った。炎にあぶられた感触を、そんなふうに勘違いしたのかとも思った。だが、その手は孝史の肩をつかんだだけでなく、揺さぶった。

「おい、しっかりしろ！」

耳元で、怒鳴るような大声が響いた。それでやっと、孝史のなかにわずかに残されていた力が働き、目を開けることができた。

すぐ近くに、あの中年男がいた。

濡れタオルで口を覆っていたが、額も頬も真っ赤だった。寝間着姿ではなく、ちゃんとシャツとジャケットを着ていた。その肩が焦げていた。髪も焦げていた。両目は充血して真っ赤だった。

——こんなときでも、俺はあのおっさんの幻を見てる。

かすんだ意識の上っ面を、男の声が滑ってゆく。

「しっかりしろよ。今助けてあげるから。いいかね、聞こえるか？」

聞こえてはいるけど、身体が動かない。だいたい、どうやって助けるっていうんだ。

「手を貸せ！」

男が手を伸ばし、孝史の右腕の肘のあたりを、むんずと握った。

「私の服に摑まりなさい。どこでもいいからつかむんだ。つかめ！　しっかり！」

孝史の腕を引っ張り、ジャケットの裾《すそ》のほうへ導く。かすんだ目に、真っ赤に染まってふくれあがったように見える指先が、どうにかこうにか動いた。

孝史は、男のジャケットをつかんだ。感覚の失《う》せかけた指に、男のジャケットのウールの感触がした。

突然、強く腕を引っ張られた。身体が前に動いた。軽々と持ち上げられたような感じがした。どこへいく？　どっちへ？　逃げ場などないのに。

次の瞬間、すべてが消えた。あたりが真っ暗になった。


暗転。

ブラックアウト。闇がやってきて孝史を包み込んだのではなく、孝史の方が、闇の中に頭から飛び込んだという感じだった。

周囲から熱気が消えた。それも瞬時に。だが孝史の肌に残った熱気は、まだ彼を焼き続けていた。頭皮が熱く、頬がヒリヒリする。パジャマのズボンがどこかやぶれたのか、ふくらはぎがむきだしになっているようだ。とても痛い。火傷したのだ。そういえば、非常口のドアのノブをつかんだ右掌《てのひら》もずきずきする。

死ぬとはこういう暗黒のなかに飛び込むことなのか。でも、それにしては熱さも痛みもそのままで、ちっとも消えて失くなってくれない。破れたパジャマの袖がひらひらして手首をたたく、その感触さえわかる――

なぜひらひらするのだろう。

俺は動いてる。移動してる。それに気づいたのは、火傷で痛む頬を、かすかな風がなぶっているのを感じたからだった。

いや、風ではない。空気の動きではない。そうではなく、孝史の身体がふわふわと漂っているから、だから微風に吹かれているように感じるのだ。

いったい、どこにいるんだろう？

目を開けてみようとする。でもまぶたが動かない。どうしても駄目だ。まるで貼りつけられてしまったみたいだ。

身体を包んでいた熱さが、次第しだいに薄れてゆく。それに比例して、ところどころ、局所的に熱くて痛いところがあるのがはっきりしてきた。怪我をした部分だ。思ったよりも少ない。右掌と右肩のあたりと、両方の頬と額とふくらはぎ、指先、そして足の裏。

右足の裏には、ガラスを踏んだ傷の痛み。まだ血が出てる。感じる。痛みを感じる。生きているしるしだ。俺は助かったんだろうか。

身体は宙を漂う。右手が何かつかんでいる。絶対に放すなと言われたからつかんでいるんだ。なんだったっけ？　何を放すなと言われたんだっけ？　あれは誰だったっけ？

頭が混乱して意識が薄れてきた。とても眠い。眠ってしまいそうだ。

そこでぷつりと、意識が途切れ——

孝史は気を失い、時間の観念も消えた。自分の内側の暗黒のなかに転がり込んだ。

そして次には、そこから転がり落ちた。身体が落下してゆく。その感じが孝史を目覚めさせたのだ。耳元で空を切る風の音を聞き、指先が冷たい外気に触れているのを感じた。

下へ、下へ、下へ。身体はどんどん落ちてゆく。破れたパジャマがはためく。今度は本当にはためいている。目が開かない。強い向かい風が顔を打っている。

下へ。

そして突然、鈍いどすんという音と共に地面に叩きつけられた。

右肩から落ちた。あまりの痛みに、ちょっとのあいだ呼吸が停まってしまった。

本能的に身体を丸めたので、頭は強くぶつけずに済んだ。苦痛の波が過ぎてしまうまで、しばらくその姿勢のまま、動かず目を開かず、ぐっと縮まっていた。意識の空白の真っ黒な波が、ゆっくりと寄せ返してきて、孝史を包んだ。

その波は、今度はすぐに引いていった。頭のほうから足のつま先へ。潮騒《しおさい》のように、その引いてゆく音さえ聞こえそうなほどにはっきりと。

孝史のなかに、現実感が戻ってきた。

目を閉じたまま横たわっている。ずっとこうしていたかった。こうしていれば、誰か助けにきてくれるだろう。

うつ伏せになって、半身をぺったりと地面につけている。ひどく冷たい。まるで氷のようだ。火傷した頬や額には、とても心地好い。うんと手をのばして、右手のひらを地面に押しつけると、すっと痛みが遠のいた。

いくら二月だといっても、アスファルトの地面って、こんなに冷たいものだったのだろうか。それに、こんなに感触が柔らかいものだったのだろうか。

寒い。今度は全身を寒気が包んでいる。それに、身体の上に、ちらちらと冷たいものが降りかかってくるような感じがする。

まばたきしてみようとする。うまくできない。睫毛《まつげ》が焦げついているのだ。

身体を動かそうとすると、思わずうなり声がもれた。閉じた目の奥がくらくらして、吐き気が込みあげてきた。途中で断念して、孝史はまた地面に伏した。

ややあって、もう一度試みた。慎重に身体を起こし、痛みの度合いの少ない左腕を地面についてて、膝を引き上げる。そうしておいて、どうにかこうにか地面の上に横座りになり、右手をあげて、顔をこすった。

目が開いた。

最初に見たものは、一面の白い地面だった。輝くような白い地面。その上に、孝史はへたりこんでいる。

まばたきを繰り返すたびに、かすんでいた視界が少しずつはっきりしてくる。それでも地面はまだ白く、身体を包む寒気は凍えそうなほどに強く、頭や額、頰にちらちら降りかかる冷たい粒の感触も消えてなくなりはしない。

錯覚じゃない。頭がおかしくなっているのでもない。

孝史は頭上を見あげた。灰色に閉ざされた夜空から、無数の白く輝く破片が舞い落ちてくるのが見えた。

雪だ。雪が降っている。

5

信じられないままぽかんと口を開けて、孝史は頭上を見つめ続けた。雪は次々と降り落ちてくる。大きな、見事なぼたん雪だ。地面にも積もっている。ところどころで丸く山のようになっているのは、植え込みでもある場所だろうか。

背後で人の動く気配がして、孝史はびくりと振り向いた。孝史が何かを認めるよりも早く、腕が二本のびてきて彼のパジャマの裾をつかみ、乱暴に引っ張った。孝史は、すぐうしろにあった大きな雪の吹き溜《だ》まりのうしろへ引きずり込まれた。

叫ぼうとしたところを、また背後から腕で口をふさがれた。耳元で押し殺した声が聞こえた。

「声を出しちゃいかん」

ぐっと息が詰まった。

そのとき、頭の上のほうで、パッと明かりがついた。窓を開けるようなガタガタという音も聞こえてきた。

「なんだろう、今のは」

男の声が、そう言った。

驚きで、孝史は声を出しそうになった。それを予想していたのか、背後の腕がぐっと強く締め付けてきて、孝史を押さえた。

声を出すなと言われたのは、あの声の主に気づかれないためだろうか？　だけどどうしてだ？　助けを求めてしかるべきところなのに。ホテル火災から逃げ出してきたところだというのに、どうして隠れなきゃならない？

「猫でも屋根から飛び降りたんでしょう」

今度は女の声だった。ちょっとトーンの高い、甘ったるい口調だ。

「また大雪になりそうな具合だね」

男がそう言い、窓を閉めるような音がした。明かりはしばらくついたままだった。そのあいだじゅうずっと、孝史は羽交《はが》い締めにされていた。

やがて——五分もしたろうか——明かりが消えた。それから十ほど数えて、やっと孝史を締めつけていた腕が緩んだ。

背後で身動きする気配がして、あの中年男——そう、彼だった——が孝史の顔をのぞきこんだ。

「大丈夫か?」ひそめた声で、そうきいた。

彼は煤《すす》けた顔をしていた。服はあちこち焼け焦げだらけ。ただ、火傷はあまりひどくない。鼻の頭がちょっと赤くなり、眉毛が焦げている程度だ。

「身体がバラバラになりそうですよ」

男がそうしているので、孝史も自然に声を小さくした。男の真剣な顔、態度を見ていると、そうしたほうがよさそうに思えた。

「僕ら、窓から飛び降りたんですね?」

それ以外のやり方で、あそこから逃げられたはずはない。

「あなたが僕を引っ張って、どこかの窓を破って飛び降りてくれたんでしょう？　どうしてそんなことができたのかわからないけど。どこかエレベーターから離れた部屋に、２０４とかそのへんに飛びこんだんですか？」

男は黙って、孝史を見つめている。焼け焦げた眉毛のところに、雪の粒がくっついていて、だんだん白くなってゆく。普通だったら吹き出してしまいそうな眺めなのだが、孝史は笑えなかった。

妙だ。この雰囲気。それにどうして消防車のサイレンが聞こえてこないんだろう。救急車のライトも見えない。野次馬もいない。

だいいち、燃えている平河町一番ホテルはどこにあるんだ？

「あの……」

言葉を探しながら続けようとする孝史に、男は黙ったまま、先ほど窓が開《あ》け閉《た》てされ人声がした方向へ、ずんぐりした顎をしゃくってみせた。孝史はそちらを見あげた。

灰色の雲にとざされた夜空を背景に、降りしきるぼたん雪のカーテンの向こうに、黒い建物の影が浮かびあがっていた。

二階建てだ。半円のアーチ型をした玄関のところに、小さな黄色い明かりが灯されている。縦長の窓、格子で細かく仕切られた窓がいくつか見えるが、今は明かりがついているのは、二階のいちばん向こう側の端だけだ。

視線を動かして、孝史は建物の輪郭をなぞっていった。ショックのさめやらぬ、かきまわされたばかりの頭のなかにも、この建物の記憶が残っているような気がした。かすかだが、どこかで見たことのある建物であるように思った。

洋館だ。今時の東京では珍しい。博物館か、銀行の本店みたいな感じだ。大きさはさほど大きくないけれど、中央にはちゃんと三角屋根つきの時計塔まである。それにこの赤煉瓦の外壁——

髪に雪を降り積もらせたまま、男が静かに言った。「ホテルのエレベーターの脇に、この館の写真が貼ってあっただろう。気づかなかったかい？」

孝史はあっと声を出しそうになった。

そうだ、その写真なら知っている。モノクロの小さな写真だったけれど、ちゃんと額に収められていた。金釘文字で書き込みもしてあった。

ゆっくりと、男が言った。「蒲生邸。そう書かれていたはずだ」

蒲生邸。そうだ。一緒に掲げられていた陸軍大将蒲生憲之の肖像写真も覚えている。あの軍人の顔を思い出すことができる。今、前方に見えているあの洋館は、確かに彼の家、彼の屋敷だ。

孝史は男の顔を見た。ふたりとも雪まみれで、顔は青白い。くちびるも真っ白だった。

「あれは——だけど——」

「昭和二十三年に撮影されたものだよ」

「そうですよ。だから、あなたが今言ったことは正確じゃないんだ。あの写真には『旧蒲生邸』とあったんです」

孝史は建物を振りあおいだ。やっと少し、笑みを浮かべることができた。

「それでわかった。これは、その蒲生邸とかいうお屋敷の、新しいほうなんですね？　建て直されたほうだ。これ、平河町一番ホテルのどっち側にあるんです？　そんな建物があったなんて、僕は全然気づかなかった」

男は目を伏せている。その口元に、かすかに笑みのようなものが浮かんでいることに、孝史は気づいた。もしもなめてみたら、きっととびきり苦いにちがいないだろうな、あの笑みは。

「オレ、おかしなことを言ってますか？」

男はゆるゆると首を横に振った。笑みは消えていなかったが、孝史を笑っているわけではなさそうだった。

「おかしなことを言ってるわけじゃないよ。事実がおかしなことになっているだけだ。君にとってはね」

「どういうことです？」

男はちらりと屋敷の窓のほうに目を向け、様子をうかがうような素振りを見せてから、言った。「話せば長いことになる。ここじゃ凍えちまうよ。それにここは前庭だから、人に見とがめられる危険がある。建物の脇を通っていくと裏庭に出られるんだ。薪《まき》小屋がある。とりあえず、そこで休もう」

男は孝史の全身を、検分するようにながめた。

「着るものが必要だし、手当ても要りそうだね。とにかく移動しよう」

中腰で立ち上がりかけた男の袖をとらえて、孝史は言った。「待ってくださいよ。何がなんだかわかんないな。なんで薪小屋なんかに隠れなくちゃならないんです？　ここを出て、助けてもらいましょうよ。あんな凄い火事なんですよ。救急車も消防車もわんさと来てるはずだ。オレ、病院で診てもらいたいですよ」

「だけど、救急車や消防車の来ている気配があるかい？」

素っ気ない男の言葉に、孝史は詰まった。

「なんか手違いがあって……」

「それにこの雪は？」男は手をあげて、ぼたん雪を掌で受け止めた。「夜のあいだに、こんなに降り積もってたんだと思うかね？」

「寝てたから気づかなかっただけでしょう。雪は静かに降るからね」

ため息をつき、今度こそはっきりと苦笑を浮かべて、男は言った。「じゃあ、平河町一番ホテルはどこにある？　どこに見える？　君の言ったとおり、あれだけの火事だ。

煙が立ちのぼってるだろうし、空が赤くなってるだろう。探せば、どっちの方向かすぐにわかる。どっちだい？」

そんな意地悪い言い方をされるまでもなく、孝史だってヘンだと思っていた。なんだか、とんでもないペテンにかけられたような気がしてきた。将棋の駒のなかに混ぜこまれた、たったひとつのチェスの駒みたいに、孝史ひとりだけがルールも何もわかっていなくて、状況を理解していないのだ。

「——ホテル、見えませんね」

渋々、そう認めた。とても怖かった。

「俺たち、今どこにいるんです？　教えてください。あなたは俺を、あのホテルからどこへ連れ出してきたんですか」

中腰になっていた男は、もう一度座り直した。説明しなければ、孝史を動かすことはできないと思ったのだろう。

「もう一度言うよ。あの写真はね、昭和二十三年に蒲生邸が取り壊される直前に撮影されたものなんだ」

「ええ、聞きましたよ。昭和二十三年。ボクなんかが生まれるずっとずっと前だ」

孝史はごくりと唾を飲み込んだ。

「その昭和二十三年の建物が、どうして今ここにあるんです？」

男は孝史の目を見据えて答えた。「今が、昭和二十三年より以前だからさ」

そんな馬鹿な、と言いかける孝史の口を封じるように、男は素早く続けた。

「こうするよりほかに、あの火事のなかから逃げ出す方法がなかったんだ。信じられないのはよくわかるよ。でも、事実なんだ」

「何が事実だっていうんです」

男は孝史を見つめ続けた。軽く息を吸い込み、白い息を吐き出しながら、言った。

「我々はタイムトリップしたんだ」

タイムトリップしただと？

言葉もない孝史に向かって、男はわずかに後ろめたそうな顔をしてみせた。

「私はね、時間旅行者なんだよ」

6

じかんりょこうしゃ。

ちょっとのあいだ、孝史の頭のなかには、その言葉が意味をなさずに、バラバラの音として存在していた。あまりにも突飛な言葉だ。突飛すぎた。

やっと、声が出た。「時間――」

「旅行者」と、男があとを引き取った。

「タイムトラベラーという意味？」

「漢字よりカタカナのほうがいいのなら、そう呼んでくれてもいい。私はあまり好きじゃないがね」

「そんなものがこの世にいるわけないじゃない」

相手にというより、自分に向かって孝史は呟いた。笑おうとすると、火傷した頰が引きつってひどく痛んだ。

「小説じゃあるまいし。いったいどうやったらタイムトリップなんてことができるっての？　俺たち、ラベンダーの香りでもかいだんですか」

「ラベンダー？」

「『時をかける少女』ですよ。知らないの？　タイムトラベラーのことを書いた小説だ。すごく面白い」

髪にくっついた雪をはらいながら、男は首を横に振った。「少しでも時間旅行についてふれているようなものには、小説だろうと子供向け科学読み物だろうと、いっさい手を触れないことにしてるんでね」

「ウソだろ」孝史は思い切って痛む頰を歪め、意地悪そうな顔つきをしてやった。「そういうものをいっぱい読んで、あんた、自分の妄想《もうそう》をつくりあげる参考にしてるくせして」

　男は黙って孝史の顔を見た。しばらくそうしていた。その表情のあまりの暗さに、孝史は、ひどく卑《いや》しいことを言ってしまったような気分にさせられた。

「とにかく、場所を移そう」声をひそめて、男は言った。「それとも、一〇〇パーセント私の言葉を信じずに、君は他所《よそ》に助けを求めにゆくかい？　それならそれでもいいよ。ただ、断っておくがその場合、君の身の安全の保障はできないからね」

　口調は厳しく、顔も強《こわ》ばっていた。何かを恐れているかのように見えた。

「そんなパジャマ姿で――それも一九九四年のパジャマ姿で、やれホテル火事から逃げてきただの、警察を呼んでくださいだの、家に連絡させてくださいだの言ってごらん。どうなるかね」

「どうなるっていうんです」

「問答無用で警察に引っ張られるか、病院に閉じ込められるか――」暗い旋律の歌をうたうように抑揚《よくよう》をつけて、男は言った。「あるいは、射殺されるかだろうな」

　孝史は吹き出した。ホントにこの人、どうかしてるぜ。「撃ち殺される？　そんな馬鹿な。僕は犯罪者でもなんでもないんですからね。どうして警察官が、いきなり僕を撃つんです」

「警官がそうするとは言ってないよ」

ここで男は、左手首にはめた古風な形の腕時計を、ちらりと見た。

「それに、そういう最悪の事態になる可能性が出てくるまでには、まだちょっと間がある。ほんの一時間程度だろうけれど」

「何がなんだかさっぱりわかんないよ」

孝史にかまわず、男は慎重に周囲をうかがいながら立ち上がった。「とにかく、私は薪小屋へゆくよ。凍えそうだ」

真っ白な雪におおわれた蒲生邸の前庭は静まり返り、降り続く雪のさやさやという音しか聞こえない。さっき見たときは明かりのついていた、二階の端の窓も、今は真っ暗だ。ふたりが話をしているあいだに、消えたのかもしれない。

そのことが急に、孝史をひどく震えあがらせた。

ここで孝史とあの男が非現実的な会話をかわしているあいだにも、あの館のなかには確かに人がいて、明かりをつけたり消したりしていた。何か夜業をしていて、それが終わったからさあ寝ようとでもいうことかもしれない。

ここには、ごく当たり前に動いている世の中があるのだ。この豪華な洋館はけっして舞台装置でも書き割りでもなく、そのなかにいる人も役者ではなく、孝史とあの男の存在になど、今はまったく気づかずに暮らしており、もしもふたりの存在に気づいたなら

（どんな騒ぎになるだろう？）

少なくとも、「あのホテル火事から逃げてきたのか、さあ入りなさい、今救急車を呼んであげるからね」というようなことにはならないだろう。だいたい、もしもここが平河町一番ホテルのすぐ近くであるならば、館の住人たちがこんなにも平和に寝静まっているはずがないのだ。みんな飛び起きて表に走り出て、延焼はないか、爆発はないかと、パニックに近い状態で見守っているはずだ。

それなのに、現実は、事実はどうだ。こんなにも静かで、こんなにも平和だ。

ここはホテルの近くじゃない。孝史とあの男はホテルの窓から飛び降りたわけじゃない。ここは孝史の知っているどこでもない。ここでは何か、とてつもなく異常なことが起こっているのだ。

いやそれとも、孝史とあの男の存在の方が異常なのか？

目をあげると、男は中腰の姿勢のまま、植え込みをまわって館の脇を抜け、裏庭のほうへ行こうとしていた。孝史はあわててあとを追った。

が、立ち上がったとたんに、すぐよろよろとよろけ、あげくには顔からまともに雪のなかに倒れこんでしまった。まるで両膝がスポンジにでもなったみたいだ。全然力が入らない。

雪のなかで起き上がろうとしてもがいていると、男が引き返してきて助け起こしてくれた。

「オレ、どうかなっちゃってます」と、孝史は震えながら言った。「一酸化炭素のせいかな」

男は落ち着いていた。「そうじゃないよ。タイムトリップの後遺症だ」

なかば男におぶさるようにして、孝史はやっと立ち上がった。身体中の骨という骨がやわらかいパンみたいなものに変わってしまったような感じがする。

「タイムトリップは、身体におそろしく負担をかけるんだよ。回復には少し時間がかかる。本当なら、どこかで横になっていられるといいんだがな」

「あんたは大丈夫なんですか」

「私もしんどいよ。でも、だいぶ慣れてきているし、準備もそれなりにしていたからね」

「準備？」

「まあ、その話はあとにしよう」

ふたりはよろけながら、蒲生邸と館のぐるりを取り巻いている低い生け垣――今はそれも雪で真っ白におおわれている――とのあいだを通り抜け、裏庭へとまわった。雪明かりのなかに、男が言ったとおりの、小さな小屋が建っているのが見えた。板張りの、粗末なつくりの小屋だ。

裏庭は前庭よりもずっと狭く、薪小屋のトタン屋根の庇《ひさし》が、生け垣の上におおいかぶさっているような状態だった。

孝史はここで初めて、周囲の景色を見た。

灰色の夜空と、降りしきる雪。館の背後を取り囲む、背の高い木立。ごく限られた視界の内側に、目立つ建物など何もなく、ただ舗装されていない道が一筋、木立のなかを抜け、蒲生邸の背後をまわって右手のほうに通じているだけだった。

目に降りかかる雪をまばたきしてはらいながら、孝史はそのとき、雪をまぶされた木立の枝を透かして、はるか遠くのほうに、明かりがひとつふたつまたたいているのを見つけた。

「あれは何です？」

できるだけ物音をたてずに薪小屋の扉を開けようと苦心している男に、孝史はきいた。男は顔をあげて孝史の視線をたどり、すぐに答えた。

「陸軍省の窓だ」

孝史の身体を支えながら、またちらっと腕時計をのぞいた。「この時刻じゃ、まだ明かりもあの程度のもんだろう」

孝史は呆《ほう》けたように、黙って男の横顔を見つめていることしかできなかった。耳の奥で、今の言葉が繰り返し響いた。陸軍省、リクグンショウ、リクグン——

昨夜のどこかで、この言葉を耳にした覚えがあると思った。どこでだったろう？　誰から聞いた言葉だったろう？　陸軍？　現代の日本では、それは死語だ。存在しない言葉。陸軍省？　厚生省の間違いじゃないのか。

薪小屋の前には雪の吹き溜まりができており、そのために、扉がなかなか開かない。それでも、ひと一人どうにか擦り抜けられる程度に扉を開けると、男はまず孝史を押しこみ、周囲の様子をひとわたりうかがってから、自分も小屋のなかに入ってきた。

幸い、小屋の床は地面が剝きだしではなく、ちゃんと板が張ってあった。孝史は、四畳半ほどの広さの部屋の中央に積みあげてある薪の山にもたれて、崩れるように腰をおろした。めまいがひどくて、ちょっとのあいだ、自分がどっちを向いているのかわからなかった。

鼻先に、湿った木の匂いが漂う。背中に触れているごつごつしたものは、まぎれもなく薪の山だ。湿気《しけ》らないように、また取り出しやすいように、十本ずつぐらい互い違いにして積みあげてある。

混乱している頭にも、その事実——それが指し示すことの意味が、じわりとしみこんできた。今日日《きょうび》、銭湯だって電気で湯をわかす時代だ。しかも東京のど真ん中で、どうしてこれだけたくさんの薪を必要とする家があるだろう？

男の言葉が、今さらのように蘇ってきた。昭和二十三年よりも以前。今我々がいるのは、昭和二十三年よりも以前。

本当にタイムトリップした？

この小屋は物置も兼ねているらしく、男がどこからか古毛布を一枚探し出してきて、それを孝史にかけてくれた。ひどくかび臭く、ぼろぼろだったけれど、有り難かった。

「もう少したてば、館の使用人たちが起き出してくる。そうしたら、訪ねていこう」と、床に腰をおろしながら、男が言った。「それまでに、私は君を連れてきた理由をでっちあげないとならない。それに、どうして君がこんなひどい火傷を負っているかという理由もね。鉄工所に働きに出ていて、親方に折檻《せっかん》されて逃げてきた、とでもするか」

毛布にくるまれたとたんに、ショックと疲労もまた孝史を包みこんだ。口を開くのも辛かったけれど、やっときいた。「ひとつ教えてください」

「なんだね？」

「ここは東京ですか？」

「東京だよ」

「あんたの背中には羽根がはえていて、ホテル火事から逃げるために、俺を連れて、軽《かる》井《い》沢《ざわ》の別荘地まで飛んできたっていうことじゃないんですね？」

男は薪の山をちらっと見あげ、微笑した。

「別荘地か。なるほどね。そういうところなら、今でも薪を使うだろうが、でも、そうじゃないよ。ここは東京だ。正確に言えば、我々はまだ、平河町一番ホテルの敷地内にいる。位置的には、そうたいした距離を移動したわけじゃないし、その移動は、さっき我々がよろよろしながらここまで歩いてきた結果だ。タイムトリップでは、空間的な距離を移動することはできないんだから」

　男はちょっと肩をすくめた。「そのへんのことを、小説や映画ではどう書いてあるか知らんけど」

「『バック・トゥ・ザ・フューチャー』じゃ、どうだったかな……」おかしくもないのに、孝史のくちびるが、ふっと緩んだ。

「そうそう、やっぱり距離的な移動はしてませんでしたよ」

「なかなか正確なものもあるんだね」と男は言って、孝史に笑みを見せた。

　小屋の壁の上のほうに空けてある明かりとりの窓から、時おり雪がちらちらと舞い込んでくる。おかげで、お互いの顔を見ることができる程度の明るさもあった。孝史は、ひどく疲れたような様子でぐったりと座りこんでいる男と、しばらくのあいだ意味もなく顔を見合わせていた。

「あんた、頭がおかしいんですか」

　男はかぶりを振った。「残念ながら、私は正気だ」

「じゃ、あくまでも、俺たちはタイムトリップしたんだ、あんたは時間旅行者なんだって言い張るの?」

「それが事実だからね。正確には、私は時間軸を自由に移動することのできる能力を持っている人間である——ということだが」

それから、小声でつけ加えた。「不幸にも、ね」

孝史は目を閉じた。疲労でクラクラする。泣きたくなってきた。

「わかったよ、信じますよ。だからさ、提案します。現代へ帰ろうよ」

目を開き、男を見た。彼はあぐらをかいて、その上に肘をつき、子供のように両手で頬をおおっている。

「俺をここに連れてくることができたんだ。連れ戻すこともできるでしょう? 帰りましょうよ」

「それはできない」

「どうして?」孝史はうめきながら身を起こした。「距離的な移動は、歩けばすむことでしょう? ここだとまだ、火事の燃え盛ってるホテルの敷地内にいるってことなら、歩いてここから離れて、そこからタイムトリップすりゃいいじゃないですか。国会図書館のなかだろうと最高裁判所の玄関だろうと、どこでもいいよ。あのへんは家がたてこんでるところじゃないから、どこへ出たってそう面倒なことにはなんないもの。現代に帰れるなら、どこでもいいよ」

「それはできないよ」男は頑固に首を振り続けた。「ひとつには、君は野次馬や報道関係者の存在を忘れてる。平河町一番ホテルの周辺は、今や大騒ぎだろう。我々がどこへトリップして戻り、現代に降り立とうと、目撃される可能性はわんさとある。誰かに見られたら、どんな騒動が起こると思う？ 私はそんなことに巻き込まれるのは御免だね」

「じゃ、遠く離れりゃいいじゃないか。どこまでだって歩いて、ここから遠く離れりゃいいじゃないか」

男は、孝史の苛立《いらだ》ちを無視して続けた。

「ふたつめには、君は今、自分がどれだけ衰弱してるかわかってないだろう？ タイムトリップは身体に大きな負担をかけると言ったろう？ こんな短い間隔で、しかも怪我をしている状態でもう一度やってごらん。間違いなく、君の心臓は止まっちまうよ」

たしかに男の言うとおり、孝史はひどく弱っていた。落ち着いてくるにつれ、自分でもそれがよくわかってきた。身体が重く、めまいがおさまらず、吐き気もする。足はあいかわらずスポンジになってしまったみたいだ。

「それなら、ひと晩ここに隠れて、それから帰りましょうよ。それだったらいいでしょう？ 休めば、俺だって大丈夫だし、ひと晩たてば、ホテルのまわりの騒ぎだっておさまってるでしょう」

すがるような思いでそう言ってみたのに、男は素っ気なく首を振る。

「駄目だ。できないんだよ」

「どうしてです？」

食い下がる孝史に、男は頬杖をつくのをやめて座り直し、逆にきいてきた。

「君はさっきから、一度もきかないね。我々が今、いつの時代に来てるのか。私は昭和二十三年より前だと言ったきりで、ほかには何も話してないのに」

「いつだっていいよ」孝史は喧嘩ごしになった。「さっきは陸軍省とかなんとか言ってたから、戦前の日本なんでしょうよ。それならいつだって同じだよ」

「同じじゃないんだよ」と、男は静かに言った。「場所によってはね」

意味有りげな口調に、孝史はじっと男を見つめた。

たった今自分が口にしたばかりの「陸軍省」という言葉が、不意に記憶を刺激した。その言葉を聞いたのは昨夜──そう、あのお堀端を歩いていて──テレビ局の中継車が来ていて──年配のサラリーマンのふたり連れが──

（何かあったんですかね）

（今日は二十五日だろう？　それだよ。今夜っていうか、明日の朝っていうかさ）

（雪が降ってないから気分が出ないんじゃないの）

（陸軍省や参謀本部が、あの辺にあったんじゃないですか）

（警視庁も近いしね）

すべて、平河町一番ホテルのすぐ近くで、昨夜聞いた会話だった。そしてこの雪。そうそれにあのテレビの深夜番組。今月今夜に起こった事件なんですよ。

孝史のなかで、急に何かが焦点を結んだ。だけどまさか、そんなことって——

孝史が気づいたことを悟ったのか、男はゆっくり、ゆっくりと大きくうなずいた。

「そう……我々は今、昭和十一年二月二十六日未明の東京、永田町にいるんだよ。間もなく——あと三十分もしないうちに、二・二六事件が始まる。この一帯は封鎖され、人の出入りは難しくなる。まして君のような何も知らない人間が歩き回るには危険すぎる四日間が、これから始まるんだ」

7

孝史の顔に、小窓から舞い込むぼたん雪が降りかかる。さっきまでは寒く冷たいだけだったけれど、今ではそれが心地好い。熱が出てきたのかもしれない。

「どうして俺を、こんなところに連れてきたんです？」

男はしばらく無言のまま、答えなかった。孝史から目をそらし、床板の上に舞い落ちては溶けてゆくぼたん雪のかけらを見ていた。それから、小声で呟いた。

「自動車に乗るようなわけにはいかないんだ」

言い訳しているような口調だった。

「え？」

「なぜここへ、この時代へ連れてきたかと訊《き》くからさ。これがその答えだ。確かに私は時間旅行者だけど、お手軽にいつでもどこでも行きたいところへポンと飛べるわけじゃない。ある場所へ到達しようと思ったら、経験と訓練を積まなきゃならないんだ。君が、たとえばホテル火災の始まる十分前の世界に連れていってくれればよかったのに――と文句をつけたくなるのはもっともだよ。だけどそれは、私にとっては難しいことだったんだ。十分前の世界より、昭和十一年へたどりつく道の方が、私にとってはずっと勝手知ったる道だった。そう、文字通り、すでに〝道〟がついているからね。しかもあの火災のなかで、私自身も取り乱していたから、なりふり構わず脱出して、気がついたらここへ降りていたという感じだった」

やがて、静かに訊いた。「助けないほうがよかったかね？」

「意地悪な質問だな」と、孝史は言った。

「助けてもらったことは、感謝してます」

口にした本人にも、あまり心のこもった言葉とは聞こえなかった。男は苦笑した。

「いいんだよ、無理するな。実を言うと、どうして君を助けようと思ったのか、自分でもわからないんだ」

事の次第を説明すると、長くなるよ――と、男は言った。

「いいですよ。どこへも逃げられないんじゃ、時間だけはくさるほどあるもんね」

「それだったら、どうして私がこんな能力を持っているのか、そこから始めることにするかな」

身震いして上着の襟を立て、男は話し始めた。

「もともとこの能力は、私の一族――正確には母方の一族なんだがね――に、代々受け継がれてきたものなんだ。血のなかに眠っている特殊能力というべきものなんだろうね。能力というより、私に言わせれば、これは病気みたいなものだけれど」

「病気……」

「そうだ。ちょうど思春期になると表れる」

男は、遠くを見るような目をした。

「私が初めて自分にこの能力があることを知ったのは、十四歳のときだった。おくてだった私が、初めて女の子に恋をして、生まれて初めてラブレターを書いてさ、それを見事につっ返された日の夜のことだったよ。

そのころ私が住んでいた町は――ゆくゆく現代に帰る君には、本当の地名は教えられないな――仮に、坂井《さかい》という町にしておこう。私をフッた、その女の子の名字《みょうじ》だけど。

その坂井という町で、私の両親は小さな乾物屋をしていた。子供は五人。男、男、男、女、女の順でね、私は次男だった。私の年代にしては、子供の数は多いほうだ。だから暮らしは結構きびしかった。両親は、とても優しい人だったけれどね。

ただ私には、子供のころから、あまり親に可愛がってもらったという記憶がない。親だけでなく親戚とか、兄弟のあいだでもそうだった。妹たちは、ほかのふたりの兄たちにはしょっちゅうまつわりついているのに、私にはなついてこない。長兄は、ほかの兄弟姉妹たちにとっては父親がわりのような頼りがいのある存在だったのに、私にはほとんどかまってくれなかった。

そしてあるときふっと気づいてみたら、私には友達もいないんだ。親しい友は、一人も。誰も私を草野球に誘ってくれない。うちへ遊びに来てくれない。いや、一度や二度来てくれても、みんなすぐにつまらなそうな顔になって、次からはやってこなくなってしまう。

どうしてだか、子供心にも不思議だったし、寂しかったよ。自分なりに一生懸命考えて、どこが悪いんだろうと悩んだりもした。

でもそのかたわらで、なんとなく漠然とではあるけれど、自分がみんなとなじめず、みんなからはじき出されてしまうのは、自分がほかの人とは違った人間であるからだ――ということに、気づいていた。みんなとは、決定的にどこか違ってるんだと。

言っておくけど、それは優越感をくすぐる発見でもなければ、少しも誇らしいことでもなかった。私はその『違い』が、かなり異常なことであると、子供なりに感じていたからね」

「どう異常だっていうんです？」

「子供のころは、うまく言葉で言えなかった。今ならこう言うよ」

男はちょっと口をつぐみ、考えてから続けた。

「私には、いつどんなときでも、自分がここにいる――という現実感が無いんだ。家族で夕食を食べているときでも、自分もそこにいてみんなと一緒に箸を動かしているというより、自分は一歩離れたところにいて、自分の抜け殻が家族と飯を食べている光景をながめている――という感じがするんだよ。大人になってから調べてみたら、そういう症状を起こす心の病気も、実際にあるらしい。『離人症』というそうだけど。

とにかく私には、そんな奇妙な『現実離れ感』がつきまとっていた。だから、家族や友達と、心から一緒に笑ったり泣いたり楽しんだりすることができない。いつも一歩退いた観客でしかないからね。

そしてそんな子供時代、私はよく空想をした。最初のうちは、そんな空想も、孤独だからすることだと思っていた。でも、それもちょっとおかしいと思えてきた。だってそういう空想のなかでさえ、私はいつも独りぼっちなんだよ。空想のなかの私は、たいてい、知らない町を歩いていたり、どこともわからない駅にいたり、真新しいピカピカのビルディングを見あげていたりするんだけれど、やっぱりいつも独りでいるんだ。孤独な子供が空想することにしては、現実とくっつきすぎていやしないかい?

それで、次第に考えるようになったんだ。自分が時おりはまりこむこの『空想』は、自分が頭のなかでつくりあげているものじゃなくて、実は現実に存在しているものなんじゃないかって。

ただ、今はまだ無いだけで。あるいは、今はもう無いだけで。

最初にそのことを思いついたのは、そう、それは十三歳の冬だった——真冬の、空っ風の吹く寒い日だった。学校の帰り道に、急に頭がぼうっとしてきてね。そのうち、あ、僕は『空想』のなかにはまりこんでいるなあっていう気分になってきたんだ。そのころにはもう、私はそういう気分に慣れてきていたからね。

現実の私はそのとき、学校から家へ帰る途中にある、大きな国道を渡る交差点にさしかかっていた。その地方でもいちばん最初に整備された道で、四車線の道路をいつもダンプカーがうなりをあげて走っていた。三十二年前といえば、ちょうど、高度経済成長の始まるころだったからね。一面にアスファルトで舗装されて、埃《ほこり》っぽくて、およそ味もそっけもない風景さ。

それなのに、『空想』のなかの私は、菜の花がたくさん咲き乱れている、舗装されていない田舎道を歩いているんだよ。

春の花と土のかぐわしい匂いが、はっきり鼻に感じられた。私は学生カバンを持って、とぼとぼ歩いていく。すると右手のほうに崩れかけた古い井戸があるんだ。おそるおそるのぞいてみると、底のほうで水が光っているのが見えた。井戸の脇に、ひときわ丈《たけ》の高い菜の花がはえていて、私はそれを摘《つ》んで、右手に持って、振り回しながら歩いてゆくんだ――

そして気がつくと、『空想』の外に出ていた。現実に戻っていた。いつのまにか国道を渡っていて、家に向かう細い道を歩いていた。両側にしもたやがごたごた建ち並んでいて、緑の気もない。足元のアスファルトに、風に飛ばされて飛んできた枯れ葉が落ちて、カサカサ舞っているだけだった。それなのに私の手には、みずみずしい菜の花が握られていたんだ。

私はそれを、家に帰る前に道に捨ててしまったよ。初めて、怖いと思った。

それから間もなく、国道でトラックが防音壁に激突するという事故が起こった。補修のために周囲を壊して掘り直していると、古井戸の跡が出てきたという話を聞いた。そして私は、自分の『空想』がただの幻ではなく、過去の光景を見た――そのなかを歩いて、菜の花を持ち帰ってきたんだ――ものであったんだと、理解したんだ」

そして翌年の春、同級生の女の子にふられて悲しんでいるとき、その「空想」のなかに入りこむことが、ひとつの特殊な能力であり、訓練することによって自在に操ることができるものであるということを知ることになった——と、男は続けた。

「私にそれを教えてくれたのは、母の妹——叔母《おば》にあたる人だった。そのころで三十代のはじめだったと思う。そして、とても暗い人だった」

話に聞き入っていた孝史は、はっとした。さりげなく口にされた「暗い」という言葉に、頬をぶたれた気がした。

男にも、それがわかったらしい。孝史にうなずきかけながら、言った。

「そうなんだよ。叔母はとても暗い人だった。それも、表情や顔がどうのという次元ではなくて——」

「その人のまわりで光が歪んでいるような?」と、孝史は訊いた。「その人を見ていると、ガラスをひっかく音を聞かされているような気がしてくる、そんな感じじゃないですか?」

男は微笑した。その微笑も暗かった。白い雪の世界で、男の周囲だけが薄墨を流したようになっている。

「ぴったり、君のいうとおりだよ。残酷だけどね」

「すみません……」

「まあ、いいさ。事実だから」と、男は続けた。「実際、叔母はそういう人だった。当時まだ独身で、その後も結婚しなかったと思う。友達もいなかったし、ずっと独り暮らしで、兄弟姉妹のなかでいちばん親しかった私の母のところにさえ、何年かに一度、ふらりと顔を見せにくるだけだった。しかもその短い訪問と滞在は、いつも、まるっきり歓迎されていなかった。叔母はそう、人に疎《うと》まれる歪んだ人だったのさ。私とそっくり同じように」

孝史は黙って目を伏せていた。

「さっきも言ったように、その春私は十四歳で、初恋に破れて傷ついていた。私の書いたラブレターは、封も切られずに返されてきた。私の恋した女の子は、こう言ったよ。子供だから、率直で残酷だったんだ。『悪いけど、あんたって暗くて気味悪いから嫌なの。あんたって人間じゃないみたい』」

思い出すと、今も痛む部分が心のなかにあるのだろう。男はしばし、言葉を切った。

「叔母が訪ねてきて短い滞在をしたとき、私はそれこそ死んでしまいたいほどに苦しんでいる最中だった。そんな私に、叔母がちょっとしたお使いを頼んだんだよ——煙草を買ってきてくれとか、そんなことだったと思う。私は小銭をもらって煙草を買い、うちの裏庭で待っているという叔母のところに持っていった。叔母は私に駄賃をくれて、それから私を引き止めて、こう言った。『どうやら、話してあげなきゃならない時期がきたみたいだね』とね。そして私に、母方の一族のなかに流れる時間旅行能力者の血について、話してくれたんだ」

「おばさんも、その力を持ってた?」

孝史の問いに、男はうなずいて答えた。

「かなり強い能力者だった。訓練の仕方もうまかったのかもしれないが」

叔母の話は、信じ難い内容ではあったが、単純だった。

「代々、母方の一族のなかにひとりだけ、時間軸を自由に移動することのできる能力を持った子供が生まれてくるというんだな。その子は例外なく『暗く』、気味悪い雰囲気を持っていて、人に愛されないという宿命も背負っている。しかもみんな早死にだ。だから当然、子孫も残せない。次の世代の時間旅行能力者は、彼もしくは彼女のごく普通の兄弟たちの子供たちの世代――つまり甥《おい》や姪《めい》たちのなかから、またひとりだけ生まれてくるんだ。

叔母にこの秘密について教えてくれたのは叔母の伯父《おじ》だったそうだ。そこで叔母は叔母で、自分の甥っ子や姪っ子たちのなかにそういう子供が現れてこないかと、ずっと観察してきたと言っていた。

そうして、赤ん坊の私をひと目見たら、すぐにそれとわかったそうだ。小さいときからはっきりしていたと言ったよ。あんた、写真が少ないだろうと言われた。その通りだったよ。家族にさえ、写真を撮ることをためらわせるような、歪んだものを身にまとって生まれてきたんだ、私は」

「どうしてそんな……」孝史は男の暗い顔に目をやりながら、呟いた。「その能力と、歪んで暗いことと、何か関係があるのかな」

「わからない」と、男は首を振った。「ただ、私なりに考えていることはあるよ」

時間は「光」だ——、わずかに謳《うた》いあげるような口調で言い出した。

「光こそが時間だ。だから、時間軸を離れているときは、そこには光がない。さっきも真っ暗だったろう？」

燃えるホテルを飛び出して、虚空を飛んでいたあのとき——

「光である時間の束縛を逃れて動き回ることのできる私のような存在は、光にとっては異分子なんだ。人間の身体に飛び込んだインフルエンザのウイルスみたいなもんさ。異物だよ。だから、光の恩恵を受けることができない。私たち時間旅行者の周囲では、光が本来持っている力を削られてしまう。だから暗く歪んで見えるんだろうね」

初めてこの男の姿を見かけたとき、あのホテルのロビーで、そこに小さな小さなブラックホールがあるみたいだと思った。ブラックホールのなかには、光さえも吸い込まれてしまうそうだ。ブラックホールのなかには、時間はあるのだろうか？

「それともうひとつ、これは一種の『安全措置』でもあるのだろうね」

「安全措置って何ですか？」

男の顔が、自嘲《じちょう》的に歪んだ。

「だってそうだろう？　時間軸を自由に移動することのできる人間が、当たり前の人間的魅力や温かみを持っていたら、どうなる？　行く先行く先の時代で大勢の人間たちと係《かか》わり、それだけ多くの影響や足跡を残していくことになる。その分、かきまわしてしまう危険性も増えるじゃないか」

孝史は目を見張った。「それ、タイムパラドックスってやつですか？　ちょっとでも過去を変えたり、歴史に影響を及ぼしたりしたら大変なことになるっていう――」

勢い込んで問いかけたが、男は妙な反応を見せた。彼の顔に浮かんでいた歪んだ笑みが、すっとしぼんだ。視線が下がった。一瞬、男は孝史がそばにいることさえ忘れているかのように見えた。それほど孤独で、荒涼とした姿に見えた。

「タイムパラドックスか」と、ぼそりと呟いた。「君も、そういう言葉は知っているんだな」

思わせぶりな口調に、孝史は困惑した。

「そうでしょう、タイムパラドックス」

「どうかな。まあ、そう思っていてくれていいよ」

「違うんですか？」

悪寒《おかん》がだんだんひどくなり、男の話に注意を集中することが難しくなってきた。孝史は両手で頭をはさむようにしてぴしゃりと叩き、自分にカツを入れた。

「変わったことをするんだな」と、男がちょっと面白そうな顔をした。「痛くないのかい？」

「痛いですよ。だからいいんだ。ボケた頭が働くようになる」

「ラジオやテレビの調子が悪いとき、ボカンと叩いてやると直るのと同じように？」

「そう。これ、もともとはうちの親父の癖《くせ》なんですよ。親父も、今のあんたと同じようなことを言ってた。昔はよくそうやって、調子の悪い機械を直したもんだって」

「その『昔』が『今』になってるんだよ。そのことを忘れないように」

真顔で、男は言った。孝史は目をしばたたいた。

「だけど、まだ信じられない――」

つっかえつっかえそう言い出したとき、突然、男がぱっと身を乗り出して孝史の口を手でふさいだ。腕を首に巻きつけ、孝史が動けないように押さえつける。

「シッ、静かに」

声を殺してささやき、そのままの姿勢で、頬を強ばらせ、あたりの様子をうかがっている。

ぼたん雪は降り続いている。さわさわというその静かな音以外に、聞こえてくる物音はない――

が、その時、遠くからごく小さく、車のエンジン音のようなものが聞こえてくることに気がついた。

近づいてくる。こっちに。

男に押さえつけられたまま、孝史は目を動かして男の顔を見あげた。男は車の音が近づいてくる方向へ視線を向け、軽く目を細めている。

エンジン音が近づいてくる。この雪道だ。タイヤはくぐもった音をたてている。車の進み方は、いらいらするほどにゆっくりだ。半ば男に押しつぶされたような格好のまま、孝史はぼんやり考えた。あの車、タイヤ・チェーンを巻いてないぞ。いや、それともこの時代には、まだチェーンなんてものは普及してなかったのかな？

のろのろと近づいてきたエンジン音は、蒲生邸の前で止まった。続いて、車のドアが開《あ》け閉《た》てされる音が聞こえてきた。

男の手がゆるんで、口が自由になった。孝史はささやいた。「誰か来た」

男がうなずく。

「どうしよう？」

「ここへは来るはずがないから大丈夫だ」

ふたりはじっと息をひそめていた。車から降りた人物の――単数か複数かわからないが――目的地が蒲生邸であることに間違いはなさそうだった。ほどなくして、玄関のドアを叩く音と、声が聞こえてきた。

「ごめんください、ごめんください」

男性の声だった。ひどく急《せ》いている。ここにいてこれほどはっきり聞こえるのだから、よほど大声を出しているのだろう。

ややあって、蒲生邸のほうで誰かが玄関のドアを開けたのだろう。先ほどの来訪者の声が、「おはようございます」と挨拶《あいさつ》した。

玄関のドアは、すぐに音高く閉じられた。あの来訪者が屋敷のなかに入っていったのだ。

「誰だろう？」孝史はつぶやいた。

「そのうちわかる」と、男が言った。「というより、だいたい想像はついてるんだ」

「誰なの？」

返事の代わりに、男は孝史を押さえこんでいた腕を離して、腕時計を見た。

「ずいぶん早くに、報《しら》せに来たんだな」と、独り言のように言った。

「何がなんだかわかんないよ」

ぼやく孝史を、男はまた「シッ」と制して、耳を澄ます。さっきの来訪者の声が、

「では、失礼いたします」と告げているのが聞こえてきた。号令でもかけているかのよ

うな、きびきびとした威勢のいい口調だ。

ややあって、車のエンジンがかかった。雪道を四苦八苦しながら、遠ざかってゆく。

車の音が消え去ったところで、ようやく、男は元の場所に腰をおろした。

「ぐずぐずしてはいられないな。よし、話を決めよう」

「話って？」

「君の身分をつくるんだよ。いつまでもここにいられるわけがない。凍死しちまう」

では、いよいよ蒲生邸のなかに入るのだ。

「君は今から、私の甥だ。いいな？」

「甥っ子だね」

「そう。私の妹の子供ということにしておこう。君、名前は？」

「孝史——尾崎孝史」

「名前はそのままでいい。いくつだ？」

「十八」

「じゃ、君は一九一八年の生まれということになる。大正七年だ。いいか？」

頭がクラクラしてきた。俺が大正生まれだって？

「ちょっ、ちょっと待ってよ——」

男はかまわずたたみかけるように続けた。

「現在は昭和十一年。一九三六年だ。ただし、この時代の一般庶民は——まして君のような無教養な労働者は西暦なんか使わないからな。今は昭和十一年。君は大正七年生まれ——そうそう、生まれはどこだ？」

「俺の家？　群馬だけど。高崎市」

「高崎か——」男はくちびるを噛《か》んだ。「まずいな。さっぱり土地カンのないところだ。君、郷土の歴史ってやつに詳しいか？　昭和十一年当時の高崎市が——まだ市になってもなかったかもしれないが——どんな様子だったかわかるか？」

「わかるわけないじゃない」

泣きたくなってくる。

「そんなもの知ってるくらいなら、入試だって落ちないよ」

「それじゃしょうがない。もしも何かきかれたら、東京の深川区の、扇橋《おうぎばし》というところで育ったと言うんだぞ。いいな？　深川区、扇橋だ」

「あんたもそこの生まれなの？」

「そうではないが、一時そこに住んでたことになってるもんでね」

じれったそうに、男は吐《は》き捨てた。

「いいか、今ここでの私は、平河町一番ホテルにいたときの私じゃないんだ。別の名前を持ってる。生まれ育ちも違う。別の身分と戸籍を持ってる別人なんだ。ここでの私は四国の丸亀という土地の生まれで、家は農家だ。故郷を捨てて、東京に出てきた男だ。この時代での正式な身元を手にいれるために、私はさんざん苦労してきたんだよ。だからそれを台無しにしてくれるな。いいか？」

ごくりと喉を震わせて、孝史はうなずいた。

「深川区の扇橋だぞ。そして君は鉄工所で働いていた。事情があってそこを逃げ出し、昨日の深夜に私のところに転がりこんできた」

男はひとつひとつ確認をとるように、孝史の顔に指をつきつけながら言った。

「君は追われていたので、私はひとまず君を、今日から住み込みで奉公することになっていたこの蒲生邸まで連れてきた。二、三日私のところに匿《かくま》って、それから他所へ逃がすつもりだ。ぐずぐずしていられなかったので、私は自分の身の回りのものさえ持って出てくることができなかった。いいか？」

頭のなかで復唱して、孝史は何とかうなずいた。

「わかったよ」

「先方が何もきいてこなければ、何もしゃべらなくていい。口下手で、頭もあんまりよくないようなふりをしていろ。それがいちばん安全だ」

てきぱきとそれだけ言うと、男は口元を引き締めて腕時計に目を落とした。外へ出て、この屋敷の人たちに接触する時が近づいている。その覚悟を固めたという表情だ。

だが、男のその決意の顔が、逆に孝史を怖じ気《おけ》づかせた。落ち着きとか理性とか頑張りとかいうもののスイッチが一度に切れて、迷走するラジコン飛行機になったみたいに、心がフラフラしてきた。

なんとか逃げられないか——なんとか。その思いが、弱気な言葉になって口から出た。

「ねえ、あんただけ屋敷のなかに入るわけにはいかないの？」

「なんだって？」

「今日から住み込みで働くことになってたんだろ？　あんただけで行ってよ。僕はこのままここに隠れてるからさ」

男はじいっと孝史を見つめた。「死んでしまうぞ」

「大丈夫だよ」

弱った身体を強いて動かして胸を張り、請け合ってみせた。

「そう簡単に参りやしないって。二日でも三日でも、あんたの都合がつくまで、またタイムトリップできるようになるまで隠れてるよ」

男は険しい表情で首を振った。断固、という感じだった。

「鏡で自分の顔を見てないからそんなことを言うんだ。君には手当てが必要だ。医者を呼んではもらえないだろうが、傷を消毒して水分をとって、少なくとも一日安静に寝てなきゃいけないよ。こんな寒い場所にいちゃ駄目だ。いいから言われたとおりに——」

「嫌だ！」

大声が出てしまった。自分でも情けないほどに、すべてのことが恐ろしくなった。とてもじゃないけどこなせない。こんなこと、本気でやれるわけがない。

「行かないよ。面倒くさいよ。芝居する自信なんかないよ。つくり話を覚えていられないよ」

「できないできないじゃ、話にならない」

「お願いだから勘弁してよ」

ああオレ泣き出しそうだと思ったときには、もう涙が頬を伝っていた。

頭を抱え、孝史は身を縮めた。小さくなって、周囲のもの全てから隠れてしまいたい。

「嫌だよ、行きたくないよ。それぐらいならここにいるよ。それより現代に帰してくれよ。ホテル火事のどまんなかでもいいよ。帰してよ、帰してください」

そのとき、孝史の前に仁王立ちになっていた男が、いきなり、薪小屋の出入口のほうを振り向いた。そのまま、絶え間なく吹き込む北風と舞い込む雪のために凍りついてしまったかのように棒立ちになっている。

おそるおそる、孝史は目をあげてみた。

薪小屋の扉が、三十センチほど開けられていた。そのわずかな隙間から、降りしきる雪が、いく筋もの真っ白な線となっているのが見えた。

そしてその雪の白い斜面を背景に、若い娘がひとり、わずかに身をかがめ、こちらをのぞきこむような姿勢で立っていた。

着物姿だ。肩から小さい毛布のようなものをかぶっている。髪は長いのだろうが、古風な形に頭のうしろでまとめてあり、寒さで真っ赤になっている耳たぶがよく見える。片手に大きな籠のようなものをさげ、足は裸足に下駄履きだ。見ているこっちのつま先まで凍りそうだと、孝史は思った。

整った顔だちに、肌は真っ白だ。大きな瞳は目尻が少しさがり気味で、ふっくらした頬に睫毛が影を落としている。飾り気も化粧っ気も髪の毛一筋ほどもない。

それでも、とてもきれいだ。

孝史に背を向けて突っ立っていた男が、その姿勢のままそろそろと両腕をうしろに回し始めた。何をするのかと思えば、両手を背中にかくして、左腕にはめた腕時計をはずしているのだった。

はずし終えると、時計を孝史の膝の上にぽろりと放って寄越した。孝史はあわててそれをつかみ、パジャマのポケットに押し込んだ。

そのとき、娘が初めて口を開いた。

「平田《ひらた》さん？　こんなところで何してるんですか？」

平田と呼ばれたのは、孝史の目の前で突っ立っているあの男――孝史をここへ連れてきた諸悪の根源だった。彼は空咳《からせき》をひとつすると、いかにも弱り切ったという声を出した。

「すみません、驚かしちまったでしょう」

若い娘は薪小屋の扉を開けると、なかに一歩踏み込んできた。視線は、平田と孝史のあいだを往復している。孝史はあわてて顔を伏せ、古毛布にしっかりとくるまった。

「どうしちゃったんですか？」と、娘は言った。ほんの少しなまりがある。「そちらの人は？」

「私の甥なんです」と、平田がすかさず言った。「ちょっとゴタゴタがありまして――私といっしょにやってきまして――ここへ隠していただいてるわけでして……」

平田は、孝史にとって名前も知らない時間旅行者であったときには一度も出したことのない、卑屈でへりくだった口調で話していた。

「このことは、旦那様や奥様には……」

「申し上げないほうがいいんですか？」と娘がきいた。

平田は平身低頭という様子だった。「お願いしますよ」

娘はしばし、無言だった。それからまた、孝史のほうに視線を向けた。孝史は彼女の瞳の動きを、身体全体で感じとっていた。

「怪我を、してるんですか」

孝史を指してきいたらしい。

平田が答えた。「火傷を少し。私の住まわせてもらうことになっているお部屋に寝かせてやりたいんですが、いかんでしょうか」

娘は男には答えず、手にさげていた籠をその場に置いて、薪小屋の扉を閉めると、孝史のそばへ近づいてきた。孝史はますます小さく丸まった。

白い小さな手が孝史のほうに伸びてきた。孝史は身を引いた。手は追いかけてきた。孝史の顔のすぐそばでちょっと迷い、それから思い切ったように動いて、額に触れた。

「熱がありますね」

優しい口調だった。可愛い声なのに、少しかすれているように聞こえた。孝史の耳のほうがおかしいのかもしれない。

白い手はやわらかかった。冷たくて心地好かった。孝史はそのまま、目を閉じた。身体がゆっくりと、横に倒れてゆくのを感じた。

8

——遠くで人の話し声がする。

目を覚ましたとき、最初に見ることができたのは、灰色のしっくいで塗られた低い天井だった。そのほぼ中央から、裸電球がひとつ、殺風景な風情でぶらさがっている。明かりは今、つけられていない。それでも室内は薄明るく、およそ四畳半ほどの広さの天井を、隅々まで見渡すことができた。

額に何か、濡れた生暖かいものが乗っている。触れてみると、手ぬぐいだった。孝史はゆっくりと半身を起こし、見慣れない、狭い部屋のなかを見回した。

布団に寝かされていた。この部屋の戸口から遠いほうの壁に寄せて敷かれている。床は板張りだが、古い畳が三枚、部屋の中央部分に並べて敷いてあり、孝史の寝ていた布団もその上にあった。

布団の足元の壁に、ドア一枚分ほどの幅の引き戸がある。同じ壁のもっと右端に、上の部分に曇りガラスがはめ込まれた引き戸がもうひとつ。たぶん、右側のほうがこの部屋の出入口で、足元の引き戸は物入れだろう。

この明かりはどこからくるのだろうと、首をめぐらしてみた。すぐ頭のうしろに、三つ並んだ明かりとりの窓があった。そこから、白く輝くような光が差し込んでいる。窓は引き戸ではなく、窓枠の下のところに取っ手がついていて、向こう側に押して開けるタイプのもののようだった。

畳の端に、花柄の模様のついた、ひとかかえほどある火鉢が据えてあった。火箸がひとつ、無愛想な感じにぶすりと突き立ててある。この部屋の暖房といったら、それだけのようだった。

空気は冷えきっている。ほうっと息を吐くと、その息が白く見えた。畳の下からも冷気があがってくる。こういうのを、底冷えがするというのだろうか。

遠くのほうで、また人の会話する声が聞こえてきた。何をしゃべっているのかはわからない。ついでぱたぱたと足音がし、ドアが閉まる音が聞こえて、ぱったりと静かになった。

孝史はひとりになった。

俺はいったいどこにいるのだろう。何がどうなっているんだろう。頭のなかは、綿か何かがぎっちりと詰まったみたいにぼんやりとして、いっこうに血がめぐらない。しかもこの綿は石綿だ。頭の内側を、がさがさと刺激する。我慢できないほどのものではないが、起きたときから頭痛を感じていた。

頭だけではない。身体中の関節が痛む。頬っぺたや、手の甲や、ちょっと身体を動かしてみたら、右の太ももにもびりりと電流のような痛みが走った。そう、これは火傷の傷だ。そしてそのことが、孝史にこれまでのことを思い出させた。

――ここは、蒲生邸のなかか。

俺はあの薪小屋で気を失ったんだっけ。で、あの時間旅行者の男がここへ運びこんでくれたのだろう。

(君は少し休まなくちゃいけない)

倒れる直前の、薪小屋での会話を思い出してみた。

(私の住まわせてもらうことになっているお部屋に寝かせてやりたいんですが、いかんでしょうか)

すると、ここはあの男がこれから暮らす部屋なのだ。たしか、ここで住み込みで働くと言っていた。どんな仕事であるにしろ、要するに使用人だ。ここは使用人部屋か。

まだ、濡れ手ぬぐいを手に持っていた。枕元には水を張った金《かな》だらいがある。誰かが、こうして額を冷やしてくれていたのだ。

孝史は寝床の上で立ち上がってみた。ふらふらした。ちょっと壁に手をついた。その冷たさにびっくりした。壁もしっくいだ。湿り気を帯びている。

関節の痛みと折り合いをつけながら、布団の足元の引き戸に近づき、開けてみた。中には、大きな布製の旅行鞄がひとつ、ぽつんと入れられている。その脇に、革靴が一足。底の部分をあわせて、横向きに置いてある。孝史の記憶に間違いがなければ、これはあの男がホテルで、そしてここまでくるあいだにも履いていた靴だった。

物入れの引き戸を閉め、今度は窓に歩み寄った。孝史の背丈なら、背伸びしなくても楽に窓の取っ手に手が届いた。取っ手を回し、窓を向こう側に開けようとする。が、動かない。ほんの一センチ足らず、隙間があいただけだ。何度かやっているうちに、小さな雪の固まりが、窓枠の隙間から転がりこんできた。

ちょっと考えて、得心がいった。たぶん、ここは半地下にある部屋なのだ。今、地面には雪が積もっている。だから窓が開きにくい。この真っ白な外光も、雪のせいなのだ。短い時間に、夜の闇のなかで、雪明かりで見ただけだけれど、この蒲生邸はずいぶんと豪華な洋館のようだった。それでも、使用人にあてがわれる部屋といったらこの程度のものなのか。

孝史は窓を元どおりに閉め、冷たく凍えてしまった指先をこすりながら、火鉢に近づいた。真っ白な灰のなかに、炭が埋もれて赤くおこっている。手をかざすと、そこだけはかあっと熱くなった。

これまで、いったいどこで、炭なんてものを目にしたことがあったろう？　一度も見たことがないなんてことはない。

そうか……焼き鳥屋だな。だけど昔は、普通の住まいのなかで、こうやって暖《だん》をとっていたんだ。

昔——昭和十一年。

今は何年だったっけ？　考えてみた。平成六年だろ？　てことは、昭和にすると——昭和六十四年が平成元年なんだから——昭和六十九年か。差し引き五十八年前の時代に、俺は来ていることになる。

いや、違うんだと思い直した。昭和十一年のほうが「今」なんだ。俺が予備校の試験を受けるために上京して、平河町一番ホテルに泊まって、あのクソったれホテルが火事になって逃げ出した——その昭和六十九年のほうが、五十八年先の未来の彼方にあるんだ。

本当に、人間がタイムトリップすることなんかできるんだろうか。時間軸を自由に移動することのできる能力を持つ人間なんて、本当にこの世に存在するんだろうか。ひょっとしたらこれは、ものすごく手のこんだペテンか何かで、俺は完全に騙されてるんじゃなかろうか。

まだ、ホテルに泊まっていたときのパジャマを着たままだった。孝史は自分の身体を見おろし、パジャマの袖口や身ごろに触ってみた。

湿っぽい。鼻をくっつけると汗の臭いがした。熱があるせいだろう。

(熱がありますね)

薪小屋で会ったあの娘。彼女がそう言っていたっけ。

きれいな娘だったなと、孝史は思った。あの娘はここの女中さんだろうか。それとも、それとも——

(ペテンの仲間か)

ぶるりと、身震いが出た。

事実を確かめるには、どうしたらいいんだろう。何を根拠に、今のこの状況を判断したらいいんだろうか。

孝史はゆっくりと室内を歩き回った。灰色にくすんだしっくいの壁。釘を打ったあとが数カ所に残されている。前の使用人の痕跡だろう。畳には一カ所、煙草の焼け焦げがある。

火鉢に手をかざす。つま先が冷たいので、代わりばんこに足を持ち上げて温める。急に、バカみたいな気がしてくる。

この部屋、なんだか変だよな……と思いながら見回していて、急にその理由に気がついた。そうか、テレビがないんだ。

ぐるぐると、壁沿いに部屋を調べてまわる。コンセントもない。テレビアンテナの引込線もない。昭和十一年。

日本でテレビの商業放送が始まったのは、いつのことだろう？　一般家庭に——使用人クラスの部屋でも——あって当たり前で無いと変だと感じるくらいにまで受像機が普及したのはいつのことだろう？

堂々巡りを繰り返しながら、孝史は自分で自分をごまかしていることを知っていた。おいおまえ、心の半分くらいで、自分はペテンにかけられてるんじゃないかと疑っているのなら、どうしてこの部屋から外に出てみないんだ？　表に出てみりゃいいじゃないか。歩けないほどひどい怪我じゃないんだから。

突っ立ったまま動けずにいると、下腹が不吉な感じでぐるぐるっと鳴った。差し込むような痛みが走る。

雪で冷えたんだ――両手で腹をさすりながら、ため息をついた。なんてカッコ悪いんだろ。『バック・トゥ・ザ・フューチャー』のマイケル・J・フォックスは、五〇年代に戻ったって、元気でバリバリ活動してたぞ。

トイレに行きたくなってきた。ますます情けない。どうしようもないまま下腹を押さえていると、また遠くのほうでドアの開け閉てされる音が聞こえてきた。足音もする。こっちに近づいてくる。

孝史は急いで布団に飛び込んだ。目の下まで掛け布団を引き上げて様子をうかがっていると、足音は引き戸の前でとまった。

かたんと音をたてて、引き戸が開けられた。

そっと顔をのぞかせたのは、あの娘だった。孝史は急いで目を閉じたので、彼女は孝史が眠っていると思ったらしい。部屋のなかに入ってきた。

戸が閉められる音がする。孝史はそうっと目を開いた。

確かにあの娘だ。さっき会ったときと同じ着物姿で前掛けをかけ、足袋《たび》をはいている。左腕に何かたたんだものをかけ、右手には小さな瓶のようなものを持っていた。

ほっそりとして、色が白くて、ホントにきれいな娘だ。横顔が特に——頰の線がいいな——などと考えていると、彼女がこちらを向いた。いきなり視線があってしまった。

「あら、目がさめたんですね」

口元をほころばせて、娘は言った。笑みを浮かべると、目尻のところに小さなしわが寄った。若い娘であることに違いはないが、ひょっとすると俺より年上かもしれないなと、孝史は思った。

娘は近づいてきた。足袋を履いて畳の上を歩くと、衣擦れの音がするんだなと、初めて知った。

孝史の枕元に膝を折って座り、娘はこちらをのぞきこんだ。

「気分はどうですか？」

孝史はちょっと言葉が出なかった。すごくあっちこっち痛いしおまけに腹をこわしちゃったみたいで……なんて、とても言えそうになかった。

娘は着物の袖をたくしあげて腕をのばし、孝史の額に掌で触れた。孝史はとっさに目をつぶったが、白い二の腕が、鮮やかにまぶたの裏に焼きついた。

「まだ熱があるわ」と、娘はつぶやいた。

「寒くないですか」

ようやっと、孝史は声をしぼりだした。

「平気です……」

「これ、着替えです」

腕にかけていたものを枕元に置いて、娘は言った。孝史は首をのばして見た。浴衣《ゆかた》のようだった。

「それとこっちは馬油《ばゆ》」小さな瓶を孝史に見せて、娘は続けた。「火傷にはいちばんよくきくからって、ちゑさんが」

初めて耳にする名前に、孝史は多少とも戸惑った顔をしてしまったのだろう。娘はクスッと笑って、言った。

「ごめんなさい、ちゑさんはここの女中です。あたしといっしょ。いろんなことを知ってる人だから、ちゑさんの言うとおりにしてれば間違いないですよ」

それから声をひそめて、

「平田さんから頼まれて、あなたがここにいることは、お屋敷のみなさんには言ってません。あたしとちゑさんが知ってるだけです。だから安心していいですよ」

親しみをこめたその言葉は、孝史の心にすうっとしみこんできた。孝史は黙ってうなずいた。

「孝史さんていうんですってね」と、娘は続けた。「たいへんな目にあわされたんですね。平田さん、あなたを三日か四日ここへ匿って、それから大阪のほうへ逃がすんだって言ってましたよ」

平田——そう、それがあの男がここで名乗ることになっていた名前だ。孝史は頭を整理した。そして俺は、平田の甥っ子だ。

「伯父さんは、どこにいるんですか」

ようやく口を開き、そうきいた。情けなくなるほどの小声だ。

「平田さんは今、表の雪かきをしてますよ」と、娘は言った。「ここは平田さんの部屋だし、この階には使用人しかいませんからね。心細いでしょうけれど、じっとしてれば誰にも見つかりません」

娘は、孝史の落ち着きのない様子を、あくまで「追われる身」のそれと解釈しているらしい。どこまでも優しく、なだめるような口調だった。

「着替え、ひとりでできますか？　あたし手伝いましょうか」

娘に見つめられて、孝史はあわてて言った。「いいです、ひとりでできます」

「油も塗れます？」

「できます、できます」

娘は笑った。「平田さんが、あなたは恥ずかしがりだからって言ってたけど」

「すいません」

娘は微笑して、すっと立ち上がりかけた。

「じゃ、着替えたら、今着てる寝間着はそのへんに置いておいてくださいね。洗濯しますから」

娘のてきぱきとした態度に、孝史は口をぱくぱくさせていたが、そのとき、また下腹が大きくぐるぐるっと鳴った。痛みがきた。

「あら」立ち上がりかけた娘はまた膝を折った。「おなか？」

孝史は顔から火が出る思いだった。「冷えたみたいで……」

「そうかもしれないわ。雪のなかを、寝間着一枚で歩いてきたんですものね。ちょっと待ってて」

止める間もなく、娘は小走りに部屋から出ていった。そして本当に、すぐに戻ってきた。赤い蓋《ふた》のついた黄色い瓶と、小さな湯飲みを乗せた盆を持っていた。

「これ、飲んでおけばいいでしょう」

孝史はその小瓶を見た。どこかで見覚えのある形と色だと思ったら、正露《せいろ》丸《がん》だった。だが、孝史の知っている正露丸とは、ラベルが違っている。字も違う。こちらのラベルには「征露丸」とあり、商品名の下のところに小さな戦車の、上のところには複葉機の絵が描いてあった。

娘の見ている前で、孝史は正露丸を飲んだ。湯飲みの中身はぬるま湯だった。

「薬だけだと毒だから、すぐにおかゆを持ってきますね。おなかもすいたでしょう」

娘は言って、孝史から湯飲みを受け取り、盆に乗せて立ち上がった。

「お手洗いは、この部屋を出たすぐ右側ですよ」

出ていこうとする娘に、その笑顔にもう一度振り向いてもらいたくて、孝史は衝動的に声をかけた。

「あの、名前は？」

娘はきょとんとした顔をした。それから、さっきと同じように、ほうっと心の緩むような笑顔を見せてくれた。

「ふきです。向田《むこうだ》ふき」

第二章　蒲生家の人びと

1

寝間着を着替え、傷口に馬油を塗り、金だらいの水で手ぬぐいを湿して頭に乗せ、孝史は布団にもぐりこんだ。

と、またさしこみが襲ってきた。今度こそトイレに行かないともちそうにない。下腹を押さえて、戸口のところまで行った。

引き戸に手をかけ、そっと力をこめる。戸は動かない。もっと力を入れて引いてみる。あまり力むと腹に響く。へっぴり腰になって、息をぜいぜいいわせながら引っ張る。するといきなり、戸がぴしゃん！　と開いた。

大きな音が、この階全体に鳴り渡ったように思えた。孝史は縮みあがり、首をすくめて身を固くした。誰かが今の騒音を聞きつけてやって来はしないだろうか？

しかし、誰も来なかった。足音も聞こえない。周囲は静かなままだ。ほっと息をつき、孝史はあわててトイレを探した。ふきの言っていたとおり、部屋のすぐ右側に、上部に曇りガラスをはめこんだ別の引き戸があった。開けるまでもなく、そこが目的の場所だとわかった。悪臭が漂っていたからだ。

戸を開けると、臭いはいっそう強くなった。古風な和式便器の内側には、どろんとしった。

真っ黒な闇がよどんでいる。落とし式便所、くみ取り便所だ。こんなの、小学校一年生のときのキャンプ旅行で泊まった山小屋で、たった一度お目にかかったきりの代物《しろもの》だった

トイレットペーパーなんてものもありっこない。便所の隅に置いてある、四角いざるのようなもののなかに、灰色っぽいガサガサした手触りの紙が入れてあるだけだ。

何もかも、勝手が違う。用を足したあと、このまま外へ出るのは変だという気がして仕方なかった。ボタンを押すとかレバーを引くとかしないと、出てはいけないような気がした。身に染み付いている一九九四年の暮らしが、こんなところで孝史に追いついてきた。

部屋に戻って横になるとすぐに、ふきが小さな土鍋を盆に乗せてやってきた。今度は着物の袖をたすきでくくっており、鼻の頭にうっすらと汗を浮かべていた。きっと忙しいのだろう。

ふきの、ここでの仕事はどういうものなのだろうかと、孝史は考えた。彼の世代は「女中」という存在を知らない。現代——というか孝史の暮らしていた時代には、ホームヘルパーや家政婦というものはいるけれど、「女中」はいない。ましてや、ふきのような若い娘が、家事の仕切りをするために他家へ住み込むなどというのは、想像の範囲をこえたことだ。

そんなことをぼうっと考えながら、炭火をかきたてたり粥《かゆ》をよそったりしてくれているふきの横顔に見とれていた。見れば見るほどきれいな頰の線だ。優しいまなざしだ。こういうのを一目惚《ひとめぼ》れというのかな――と思う。それでいて、ふきの横顔に、何かしらひどく懐かしいような面影があることに、初めて孝史は気がついた。どこかで会ったことのある人だ――そんな気がする。

そうなのだろうか。ふきは孝史の知り合いの誰かに似ているのだろうか。でも誰に？　現代の孝史の周囲に、ひとつふたつ年上くらいのこんな女の子がいただろうか。

いや、いるわけがない。いたら覚えていないわけがない。それよりもむしろ、これが一目惚れの効能なのだ。初めて会ったような気がしない、というのが。

孝史に見つめられていることに気づいたのか、ふきはちょっとはにかんだような目をした。

「見られてると、食べにくいでしょうから」

そう言って、さっさと部屋を出ていってしまった。残念な気がしたが、食事のことについては、彼女の言うとおりではある。孝史は土鍋の蓋を開けた。

粥は熱くて旨《うま》かった。食べるにつれてますます食欲が出てきて、どんどん口へ運んだ。身体も暖まって、元気が出てくるような気がした。

あいかわらず、あたりは静まりかえっている。ふきは「この階にいるのは使用人だけだから」と言っていたが、そういう人々は、昼間は自室になど、ほとんど降りてこないのだろう。追い使われ、忙しく働いているのだ。

孝史が粥を食べ終えたころ、明かりとりの窓の方で、ざくざくという音が聞こえ始めた。なんだろうと見つめていると、窓の外側の雪が、だんだん取り払われてゆくのがわかった。誰かが雪かきをしているのだ。

あの平田という男かなと思いながら見あげていると、いちばん右端の窓の外側の雪がきれいにかきとられ、そこに人の手の影が映った。コンコンと、その手は窓ガラスを叩いた。孝史は立ち上がり、窓を押して開いた。

思ったとおり、平田の顔が、そこからのぞいた。膝《ひざ》の出たズボンをはき、丸首セーターの上から綿入れのチャンチャンコみたいなものを着ている。首には手ぬぐいを巻きつけて、足元はぶかっこうな編み上げ靴みたいなもので固めてある。

「気分はどうだ?」

しゃがみこんで窓に顔を寄せているので、彼の声はつぶれて聞こえた。

「少しよくなってきました。ありがとう」

「顔色はひどいもんだがね」と、平田は言った。

「あんたのほうは健康そうに見えますよ。さっそく仕事ですか?」

平田はちょっと腰をあげてあたりをうかがい、声を落とした。

「あんまり大きな声を出さないでくれよ」

「すみません。小さくなって隠れてますよ」

「雪かきが済んだら、一度そっちへいくよ。いろいろ、心得ておいてもらいたいことがあるから」

平田は仕事に戻った。孝史は窓を閉めた。そのまま寝床に戻らず、しばらく平田の仕事ぶりをながめていた。なかなか手早い。雪かきに慣れているように見える。

一応、彼の身の上話らしきものは聞かせてもらった。そしてそれを全面的に信じるにしても、わからないこと、知りたいことはまだまだたくさんある。彼のこれまでの人生——家族や友人関係、仕事のこと。彼の言う「時間軸を自由に移動することのできる能力」を駆使して、これまで、別の時代へ行ってみたことがあるのかどうか。

それに、いちばん不思議なことが、ひとつある。平田はなぜ、よりによってこの時代を選んでトリップしてきたのかということだ。

歴史の知識が乏しい孝史の頭で考えても、昭和十一年というこの時代が、人々が好んで住み着きたいと願う時代であるとは思えない。現に、ここからほんの数キロ、いやもしかしたら数百メートル離れただけの場所では、現在あの二・二六事件が勃発・進行中なのだ。

中学や高校の日本史の授業では、現代史についてはほとんど教えない。受験には必要ないからだ。それに、教科書のページ順に縄文式土器《じょうもんしき》のあたりから歴史を解きほぐしてゆくと、明治維新をひととおりやり終えて、明治の元勲《げんくん》の名前を覚えてゆくあたりまでたどりついたところで、三学期の期末試験が来てしまう。それだって、相当スピーディな授業をする先生にあたったらの話だ。孝史がかつて習った中学の社会科の教師は、廃藩置県以降のページは授業では教えられないので、自分で教科書を読んでおけばよろしいと断言したほどだった。

そんな孝史でも、二・二六事件が軍部によるクーデターであるということぐらいは知っていた——というより、白状すれば、今は知っている。平河町一番ホテルで眠りにつく直前、テレビ番組のなかでそう言っていたからだ。

軍がクーデターを起こすということは、それだけの力を持っているということだ。だからこそ、その軍部の方針によって、日本は太平洋戦争へと突入していったのだろう。少なくとも、戦争については、孝史はそう教えられて育ってきた。火事の直前にホテルで見ていたテレビでも——あれは、孝史の体感時間感覚で言えば、ほんの数時間前のことだった——同じように言ってはいなかったか。かの戦争は、全部が全部、暴走した軍部のせいでした、と。国民は物資の欠乏と飢えに苦しみ、非戦闘員までバタバタと空襲によって殺されていった、と。

二・二六事件というものは、日本が暗黒の時代へとなだれこむ、その転換点であったのだろう。この先に待っているものは、死の恐怖と欠乏と飢えという、忌《い》まわしいものばかりなのだ。

一九九四年という豊かで満ち足りて安全な時代に生きる人間が、いくら時間軸を自由に移動して旅行できるからといって、どうしてまたそんな暗い時代に行きたがるものだろう？　ちょっとのぞいてみようという観光気分ならまだわかるが、あの男は、ここで「平田」という名前と戸籍とを手にいれて、ここで暮らし、ここで働くというのだ。

粋狂《すいきょう》としか思えない。

やっぱりこの話、でっちあげなんじゃないか？

濡れ手ぬぐいを額にあて、孝史はゆっくりと考えた。俺、騙されてるんじゃなかろうか。そもそも、時間旅行ができるわけがないんだから。超能力なんてものは、夢幻の世界の話だ。

そのとき、引き戸をとんとんと叩く音がした。曇りガラスにぼんやりと、ふきの着物の色が映っている。孝史は小さく、はいと答えた。

ふきはまだ、たすきで袖をくくったままの格好だった。昼間はずっとこうなのだろう。

今度はどびんと湯飲みの乗った盆を持っていた。近づいてきて、孝史がきれいに粥を平らげているのを見ると、うれしそうににっこり笑った。

「すごい旨かったです。ありがとう」

礼の言葉に、ふきはちょっと戸惑った顔をした。どうしたのだろう？

「着替えは？」

「しました。脱いだパジャマは――」

枕元に丸めておいてある。が、そちらへ手を伸ばしながら、孝史ははっとした。

ふきの出してくれた寝間着は浴衣だ。自分は現に今それを身につけている。ふきにとっては、寝間着とはそういう類のものだろう。このパジャマを、どう思うだろうか？初めて出会ったときから今までのあいだには、「変なものを着てるんですね」と言われたことはなかった。でもそれはそれ。手にとって、しかも洗濯をしようというのだから、じっくり見ることになれば、どう感じるだろう？

これ、ものは何だっけ。綿一〇〇パーセントだったかな。それならいいけど、ポリエステルやレーヨンとの混紡だったりすると、話が面倒になってくる。この時代には、まだそういう化学繊維は存在してなかったろうから。

「洗いますから、こっちにください」

パジャマを手にしたまま動かずにいる孝史に、ふきが声をかけてきた。

「どうかしたんですか？」

孝史の手のなかで、薄いパジャマがくしゃくしゃになってゆく。手のひらに汗が浮いてくる。

どうしよう？

これをこのまま渡してみようか。そしてふきの反応を見てみようか。

これが本当のタイムトリップである場合と、企《たく》まれた大掛かりな芝居である場合とでは、ふきの反応が違ってくるのじゃないかと思った。後者ならば、わざとびっくりしたような顔をするかもしれない。あるいは、まるっきり気づかないふりをするということもあり得る。

だが前者なら？　人は、それまで見たことがないものをいきなり見せられたとき、どんなふうに反応するものだろうか。

どきどきしてきた。自分で自分の考えていることがわからなくなってきた。こんなにも気持ちを動かされている女の子を、一方では疑っている。俺って、なんてヤツなんだろう。

「洗濯、しないほうがいいですか」

柔らかな、ふきの声が聞こえた。

「恥ずかしいですか」

パジャマを握り締めたまま、孝史は一度ぐっと目を閉じた。それから振り向いた。

「いえ、そんなことないんだけど、悪いから」

ふきは首を振った。「遠慮することはないですよ。それ、いい寝間着だもの。洗って持っていったほうがいいです。もったいないもの」

震える手で、孝史はパジャマをふきのほうに押しやった。ふきはすぐにそれを手にとると、しわをのばし始めた。

「こんなにくしゃくしゃ」と、微笑する。「これ、いい生地ですね」

「……もらったものだから」

「鉄工所で働いていたんですってね。じゃ、そこの誰かがくれたんですか?」

「親方が」

嘘というのは、実に滑らかに出てくるものだ。そのかわり、止められない。

「あたしもこういうの、見たことがあるんですよ」と、ふきはパジャマの上着を広げながら続けた。「貴之《たかゆき》さまが、欧州旅行のお土産に買っておいでになったんです。あれは正絹《しょうけん》だったけど」

タカユキ。さま付けで呼ぶところを見ると、この家の家族だろう。してみると、富裕階級の屋敷で女中をしている娘にとっては、この形のパジャマも、仰天《ぎょうてん》するほど珍しいものではないということか。

「でも、貴之さまのより、これの縞柄《しまがら》のほうがずっと鮮やかだわ。染めがいいんでしょうね」

ふきはじっくりとパジャマを観察している。孝史の脇の下を、冷汗が滑り落ちた。

「変だと思いませんか？」

自分でも意識しないうちに、そんな言葉が口をついて出ていた。カマをかけるというやつだ。

「何がです？」ふきは大きな瞳で孝史を見た。

「俺みたいな貧乏人が、そんないいパジャマ着てるなんて変でしょう？」

ふきはじいっと、孝史を見つめた。実際には、呼吸をひとつふたつするくらいのあいだのことだったろう。が、孝史には、それが一時間にも感じられた。喉の奥で言葉が外に出たがって暴れていた。

（俺ね、今君のいるこの時代の、五十八年先の未来からやってきたんだよ。その時代では、こんなパジャマ、大きなスーパーへ行けば二千九百円ぐらいで売ってるんだ）

信じるかい？　それとも、信じたふりをするかい？　あるいは、信じられないふりをするかい？

だが、ふきは紅の気もないくちびるを開いて、ぽつんと問いかけるようにこう言った。

「盗んできたんですか？」

孝史はめまいを覚えた。それが安堵のせいだったのか、混乱のせいだったのか、自分でもわからない。

「親方のところから、盗んできたの？」続けて、ふきは言った。「それがわかってしまって、そんな折檻をされたんですか?」

ほらほらこっちが抜け道だよと、嘘のヤツが手招きしている。孝史は目をつぶった。

「そうなんだ……」

ふきはパジャマを持ったまま、両手を膝の上におろした。孝史を見つめている。

「俺、手癖が悪いんです」と、孝史は続けた。「だから憎まれて」

意外なことに、ふきはちょっと笑った。孝史はびっくりした。

「あたしには、ふたつ年下の弟がいます。川崎《かわさき》の造船会社で働いてるの」

孝史は黙ってふきの顔を見ていた。

「勤めが辛いって、ときどき手紙を寄越します。おかげで、辛いっていう字を覚えてしまいました」

「弟さん……」

「ええ。あなたもきっと、そうなのね。弟は、来年徴兵検査なんです。あなたと同じ年くらいじゃないかと思います」

徴兵検査。初めて耳にする言葉に、孝史は面くらうしかない。また冷汗が流れ出した。

「俺——昭和——じゃないや大正七年の生まれだけど」

ふきの顔がぱっと明るくなった。「あら、じゃあ弟と同じだわ」

来年、徴兵検査。この時代にいれば。孝史の頭のなかに、その言葉が重々しく鳴り響いた。

2

向田ふきは、孝史のパジャマを小さく折りたたむと、袖の下に隠すようにして部屋を出ていった。やはり、きれいに洗って返してくれるという。

ふきが出ていってしまうと、孝史にはすることがなくなった。それでも、もう横にはならず、寝床の上に半身を起こして座ったままでいた。まだ身体はだるいし火傷の傷も痛むけれど、今朝がたに比べれば、ずっと気分がよくなった。

ぽつねんとしていると、(外へ出てみようか)という考えが、ここへ来て初めて、頭をかすめた。身体が元気を取り戻したからだろう。現金なものだ。

その考えを頭のなかで転がしていると、次第に動悸《どうき》が高まってきた。掌の内側が汗ばんできた。

もし、このすべてがペテンであるならば、蒲生邸から外へ走り出た瞬間、すぐにそれとわかるだろう。ここが本当はどこであれ——たとえば周到に用意されたセットのなかであるとしても、そんなものがそうそう広い場所を占めているわけはない。屋敷のぐるりを取り囲んでいるあの低い植え込みなど、飛び越えるのは簡単だ。そうしてまっしぐらに道路を走ってゆけばいい。どっちに行ったってかまわない。もし方角がそれとわかれば、今朝まだ真っ暗なときに遠くにぽつりと見えたあの明かり――平田が「陸軍省の窓だ」と教えてくれたあの明かりの見えた方へと走ってゆくのがいいかもしれない。

あのとき、孝史はとても弱っていた。冷静な判断能力を失くしていた。だから、陸軍省の窓だなんて言われても、笑い飛ばすことができなかった。今、昼間の光の下で見てみたら、あの窓明かりは、皇居の堀端に建つビジネスビルのどれかの窓のものだとわかるかもしれない。そしたら、大笑いだ。

逆に、もしもこれがペテンでなく、あの平田という男の言っていることがすべて本当なのだとしたら、どうだろう。外に出ることで、孝史はそれを確認することができる。なんだか中途半端なときめきを伴ったふきへの疑いを、きれいさっぱり解消させることもできる。

同時に、それは平田に強いプレッシャーを与えることにもなる。

なぜなら、孝史がふらふら出歩き、この屋敷の住人たちに姿を見られ、不審に思われるようなことがあったら、いちばん困るのはあの男なのだから。彼はこの時代で平和に生きようとして、そのために身分と職とを手にいれた。孝史に騒ぎを起こされ、やれ時間旅行者だの超能力だのとごたくを並べられたら、この先大いにやりにくくなるに違いない。

戦前のこの時代、そんなことを言い触らしたら、ひょっとすると警察に逮捕されてしまうかもしれない。ちょっと大げさかなと思いつつも、孝史は考えた。だって孝史でさえ、戦前のこの時期には、日本に「神」はたったひとりしかいなかったと知っている。それなのに平田は、その「神」でさえできないこと――歴史の上を自由に行き来することが自分にはできると言っているわけだから。

よし、と、孝史は決心した。できるだけ慎重に、まずはこの部屋を出て、蒲生邸の内部を探ってみよう。この屋敷の主人やその家族がどういう人物であるのかも知っておいたほうがいい。だって、もしかして、ここが時間旅行を研究している科学者の家だったりしたら、そして平田がその協力者であるのだとしたら――

自分で考えて、吹き出してしまった。

笑いが顔から消えないうちに、戸口のほうで物音がした。と思うと、がらりと戸が開いて、当の平田が顔をのぞかせた。

孝史はあわてて真顔に戻ったが、平田は鋭く見咎《みとが》めたようだった。ずかずかと寝床のそばにやってきて、どすんと腰をおろすあいだも、孝史の顔から目を離さない。

「楽しそうだな」と、いきなり言った。

「だいぶ元気になったから」と、孝史は答えた。「それに、いろいろ珍しい経験をしてるし」

平田は雪かきのときと同じセーター、同じズボンで、右手にくるくると輪にした新聞紙のようなものを持っていた。あぐらを組みながら、孝史にそれを差し出した。

「読んでごらん」

広げてみると、それは本当に新聞だった。「東京日日新聞《とうきょうにちにちしんぶん》」。日付は昭和十一年二月二十四日の朝刊と、二十五日の夕刊だった。

「物置のなかに古新聞の置き場があってね。そこから失敬してきた」と、平田は説明した。

新聞を目の前に、実を言えば孝史は、その発行日を確認するためにさえ、少し暇がかかった。横組の活字が右から左へと並んでいるからだ。欄外の上部に印刷されている「東京日日新聞」という名称も、ぱっと見たときには「聞新日日京東」と読めてしまった。

二十四日の夕刊の一面は四段に分かれており、ひとつひとつの段に、黒地に白抜きの大きな活字が並んでいた。

いちばん上の段は縦書きだ。「高橋是清《たかはしこれきよ》自傳」——「自傳」は「自伝」だろう。「活ける明治史」という推薦文が付けてある。ところが、この立派そうな本といっしょに、「男女生活の設計」という、思わず笑い出したくなるようなタイトルの本の広告も載せられているのだ。どうやら版元が同じであるらしい。千倉書房《ちくらしょぼう》という出版社だ。

二番目の段には、端から端までいっぱいに、横組の「座講學古考教佛」という活字が並んでいた。その下に縦書きで「佛教は東洋思想の精華であり我國文化の一大要素であります」と書いてある。

孝史は目をあげて平田の顔を見た。

「昭和十一年にはまだ、こんな広告が許されてたの？」

平田は意外そうな顔をした。「え？」

「太平洋戦争に突入する以前の日本は、国家神道《しんとう》一色に染められていて、ほかの宗教が生きる余地なんかなかったんじゃないんですか？　こういう広告は、ヘンだよね」

平田の顔に、日向《ひなた》の雪がとけてゆくときのように、ゆっくりと笑みが広がってゆく。

「それで君、鼻の頭に汗なんかかいているわけか？」

孝史は自分の鼻の頭に触ってみた。たしかに湿っていた。

「どうして俺が汗かかなきゃならないんです？」

「インチキの証拠をつかんだと思ったからだろうさ」平田は愉快そうだった。「君、今でも、私の言ってることを信じていないんだろう？　これは大掛かりな芝居か何かだと思っている。この新聞もまがいものだと。だから、仏教講座の広告を見て、私がまがいもの作りに失敗したと思ったんだ。そうだろう？」

グウの音《ね》も出なかった。

「大学を受験しようという人でも――いや、だからこそ、現代史なんか勉強しないもんな」と、平田は言った。「たしかに君の言うとおり、太平洋戦争前の我が国では、国家神道が文字通り国の宗教だった。でもそれが定められたのは昭和のことじゃない。もともとは、慶応四年に神仏判然令が出されたときに、始まったことなんだ」

平田は孝史の手から新聞を取り上げた。

「それでも、この新聞も広告も本物だよ。君が信じようと信じまいと、ここは昭和十一年の東京だ。第一、こんなものまで偽造して、なんで私が君を騙さなきゃならない？」

孝史はムッと口をつぐんでいた。心中を見抜かれたことも悔《くや》しいし、平田の言っていることがあまりにまっとうであるような気がすることも腹立たしいし、それでいてどうしても言いくるめられているような気分がとれないことも苛立たしい。

新聞に目を落として、平田はさらに笑みを広げた。

「ごらんよ」と、三番目の段の右側を指さす。

「これなんか、三省堂《さんせいどう》の広告だ。なんと英和辞典のコンサイスだよ。懐かしいな。学生時代、さんざんお世話になった。このころからの人気商品だったんだな」

コンサイス英和新辞典のこの広告には「いつもポケットから離す事の出來ない感じのよい辭書！」と書かれている。不本意ながら、孝史は微笑した。素朴なもんだと思った。ヘッドフォンステレオの広告にでも使ったら、かえってウケるかもしれない。いつもポケットから離すことのできない感じのいいウォークマン。

「皮肉だと思わないか？」と、平田が言った。視線は最上段の広告に向けられている。

「何がです？」

「最上段の、高橋是清自伝の広告さ」

と言われても、孝史には意味がわからなかった。すると平田は失笑した。

「そうか、ホントに何も知らないんだね。この高橋是清という人は、昭和十一年のこの現在の我が国の大蔵大臣なんだよ。で、今この時間には、もう青年将校たちの軍刀と拳銃で暗殺されてしまっている。襲撃は、今朝の五時ごろのことだからね」

孝史はまじまじと平田の顔を見つめた。じいっと凝視していると、彼の身体全体から放たれる負のオーラ、他人に嫌悪感を催させる暗い雰囲気を、ことさらに強く感じとることができるだろうと思ったからだ。それほどに、孝史は今、徹底的にこの男を嫌ってやりたかった。

「私をにらんだってしょうがないよ」と、平田は言った。「歴史的事実と、君がそれについてまったく無知であるという事実に変わりはないからね」

「どうせ、オレはバカだよ」

「誰もそんなことを言っちゃいないよ」平田は言って、ズボンの尻ポケットを探り、小さな箱を取り出した。孝史に見せる。

「甘いものは好きかい？　ちゑさんがくれたんだ。甥っ子さんに食べさせろって」

森永《もりなが》のキャラメルの箱だった。エンゼルマークの商標はかわっていない。ただ、横書きの「森永」が「永森」になっているだけだ。

「半分残ってる」カサカサと箱を鳴らして、平田が言った。「大きい箱だから、ひと箱十銭だ。ちゑさんの唯一の楽しみだし、彼女の給金を考えれば、けっして無駄にしていい好意じゃない。甘いものが嫌いなら返してくれていいよ」

「ちゑさんて、あのふきって娘の……」

「いっしょに働いてる先輩の女中さ。もう六十歳近い人だがね」

「ふきって娘さんとは仲がいいの？」

「親子みたいにね。どうしてそんなことをきく？」

ふきって娘がちょっと可愛くて、気を惹かれたからだよ、とは言えない。キャラメルをひと粒とって、包み紙をむきながら、孝史は別のことを呟いた。

「だけど平和な雰囲気だね。本当に今は二・二六事件の最中なの？　ここは静まり返ってて、誰も騒ぎもしていない。本当にクーデターなんか起きてるのかな」

「君が知らないだけの話さ」平田は素っ気なく答えた。「そしてそのままでいたほうがいい。じっと息を殺して、クーデターが終わるまで隠れていてくれよ。せいぜい、今日を入れてあと四日の辛抱だ」

「事件のことで、マスコミは騒いでないの」

「陸軍が新聞記事の差し止めをかけているんだよ。だから、東京日日新聞でも、第一報が載るのは明日の朝刊だ。いちばん早い報道は、今日の夕方のラジオのかな」

平田は、孝史の目の奥を見通そうとしてでもいるかのように、すくうような強い視線をぶつけてきた。

「それを聞こうなんて思うなよ。外の様子を見ようなんてことも考えるな。いいな？」

孝史はうなずいた。キャラメルが喉につかえた。

「ひとつ教えてあげるよ。君は事態がどうなっているのかまったく知らない。でもそれは、この時代の平均的な庶民の感覚とほとんど変わらないんだ。私がここで名乗っている名前の持ち主だった男は、薪小屋で話したように、この当時深川区の扇橋というところに住んでいたんだがね。二・二六事件のことなど、ほとんど気にとめてもいなかった。官庁街のほうで何かどんぱちがあったらしいという程度の知識しかなかったんだ。たしかに、事件の現場に近い丸ノ内だの永田町、麴町の一部、あるいは海軍の陸戦隊がものものしく上陸した品川のあたりでは、『内戦の勃発だ』とか、『日本中が焼け野原になる』なんていう流言《りゅうげん》が飛び交ったりもしたよ。でも、それはほんの一部でのものだった」

孝史は肩をすくめた。「だけど、この蒲生邸は襲撃された場所のすぐ近くなんでしょう？　陸軍省とかさ」

「陸軍省はこの近くではあるけど、襲われた場所じゃない。襲撃されて、今現在占拠されているのは桜田門の警視庁だし、陸相官邸だ。ここから歩いていける距離にあるがね。興味ないだろう、君は」

平田の口調に、孝史はまたカチンときた。またオレのこと、バカ扱いしてる。

「そんなことはともかく、近くで騒ぎが起こってるのに、この蒲生邸の人たちが落ち着いているのはヘンじゃない？」

平田は少しのあいだ、考えるように間《ま》を置いた。一度口を開きかけ、やめて、また少し考え、ようやく言った。

「この屋敷の主人は、陸軍の退役軍人だ。タイエキってわかるか？」

「それぐらい知ってる。軍の現役を退いた元軍人という意味でしょう」

「退いたと言っても、予備役と退役とでは意味が違うんだけどね、まあいいか」平田は早口に続けた。「名前を蒲生憲之という。憲法の憲のノリだよ。名前にふさわしく、明治憲法を頭に押し頂いて生まれてきたような人柄だ。明治九年の生まれだから、今は六十歳。そしてこの人は、かつては陸軍のなかでも皇道派のシンパで、青年将校たちとも親しかった。だから間近で事が起こっているとしても、いきなり襲撃されたりする危険はないだろうということなんだけど、君には今の説明じゃわからないだろうね」

孝史は平田をにらみつけた。

「オレをからかうのが楽しいのなら、ご自由に」

「そんなつもりはないよ」

平田はあぐらを解いて立ち上がった。

「ここに隠れていることが辛いわけはないと思うよ。ちゑさんも、ふきちゃんも親切だろう？　たった四日の辛抱だ。現代史のことなんか知る必要もない君としては、終日ここで身体を休めて、現代に帰ったときに待ち受けている厳しい受験の過当競争に勝ち抜くための力をたくわえておけばいいじゃないか」

平田は部屋を出ていった。彼が後ろ手に引き戸をぴしゃりと閉めたとき、孝史は、何か大切なもののそばから締め出されたような気がした。

外へ出てみよう。今やその気持ちは、臆病な自己保全本能から生まれてくるものではなくなっていた。孝史にだって意地がある。腹が立っていた。

寝床から離れると、孝史は寝間着の紐《ひも》を締めなおした。初めて、本当の意味で周囲の様子をうかがうために、耳を澄ませた。

それからゆっくりと、ゆっくりと、引き戸に手をかけた。あたりには人の気配もなく、足音や声も聞こえない。それなのに手が汗ばむのが、自分でもおかしかった。

（なにも死ぬか生きるかの分かれ目じゃあるまいし）

気楽に考えればいいんだと自分を励ます。たてつけがよくないことは、さっきトイレに行ったときによくわかったから、今度は物音をたてないよう、慎重に、戸を持ち上げるようにして静かに引いた。

思ったとおり、今度は音もなく引き戸は動いた。車が錆びているのかもしれない。こういうことにはわりとマメな方だから、その気になれば直してやれる。ふきにそう言って、やってあげようかと思った。思ってから、苦笑した。オレもアホだ。そんなことにかまってる場合じゃないだろ?

足元は裸足だから、猫のように歩くことができた。部屋を出た右手にはトイレしかないことを確認してある。行くべき道は左。孝史は身体をそちらに向けた。

右側には壁が、左側には、たった今出てきたのと同じような引き戸が三つ、等間隔に並んでいる。これはみんな、使用人の部屋だろう。今気がついたが、引き戸はみな、外側だけ白いペンキが塗ってある。これがぞんざいな塗りかたで、むらもあるし塗り残しも目立つ。またまた几帳面《きちょうめん》な性格が頭をもたげてきて、オレだったらもうちょっときれいに——と、思った。

これはいい兆候かもしれない。自分のペースを取り戻して来つつあるのだ。孝史はゆっくりと前に進んだ。廊下の突き当たりまで行く。三つめの引き戸の少し先で廊下が右に折れ、その先に階段があった。

あれが屋敷のなかに続いているのか。そう思うと、わずかに、心臓がスキップした。思ったとおり、この階は半地下だった。階段は数えて六段。普通ならこの倍はあるだろう。のぼり切ったところについているのは引き戸ではなくドアで、古風なガラス製のノブがくっついていた。上半分に、曇りガラスがはめこんである。

と、そのとき、その曇りガラスの前を人影がよぎった。孝史はぱっと身を屈《かが》めた。白っぽい人影で、小柄な感じだ。廊下の折れているところまで戻り、そこから首だけ突き出して様子を見ていると、その人影はそこを通過して、また戻ってきた。なにかしゃべっている。

「白木屋《しろきや》に行けばあるかもしれない――」

そんな言葉が聞き取れた。年配の、女性の声だ。するとあれが、キャラメルをくれたちゑさんかもしれない。

（どうしよう……）

階段を駆けあがり、あのドアを突破してちゑさんを驚かし、「今は何年です？」と詰問してみるのもひとつの手かもしれない。あるいはそのまま屋敷のなかを走り抜け、玄関を探して表に飛び出すか。それも手だ。

でも、どちらの手も使いたくない。というのは、ちゑさんの声に続いて、ふきの声が聞こえてきたからだ。

「それでもきっと、高いでしょうから」

ちゑさんの声が応じる。「なんとか買って送ってやりたいんだけどねえ」

「アヤコちゃん、喜ぶでしょうからね」と、ふきが笑う。「うらやましいな」

あのドアの向こうは、屋敷のなかと言ってもまだ、使用人たちのスペースなのだろう。ふきとちゑさんは、なにやら作業をしながらおしゃべりをしているのだ。

孝史は壁に背中をつけ、ふたりの気配をうかがった。首をひっこめてしまうと、会話の内容までは聞き取ることができなくなる。ただ、時折ふたりが歩き回る足音と、話し声の断片は流れてくる。

当分、あそこから立ち去りそうな様子はない。

いいじゃないか、と思った。思おうとした。ひょっとするとオレは騙されてるかもしれないんだろ？　だったら階段をあがっていって、核心にぶちあたれ。あのふきって娘だって、詐欺師の仲間かも知れないと、さっきまでは思っていたじゃないか。

でも足が動かない。

カッコつけてるんだと、自分でも思う。ふきに変な顔をされたくない。悪く思われたくない。どうしてかっていったら、親切にしてもらったからだ。優しくしてもらったからだ。そしてあの娘が――あんまりきれいで可愛かったからだ。男ってのはどうしようもない生き物だ。

孝史はそろそろと来た道を引き返した。ただし、自分の出てきた引き戸の、ひとつ前の引き戸のところで足を止めた。

まず、ここから調べてみよう。鍵がかかってなければの話だけど——

かかっていない。引き戸はすっと、十センチほど開いた。用心を重ねるために、今度も戸を持ち上げるようにして開けた。

造りも広さも、平田の部屋と同じだった。だが、内容は全然違う。右手の壁に、小さいけれどがっしりした造りの和簞笥《わだんす》がひとつ。擦り切れた畳の上にはござのようなものが敷いてあり、ぺったんこになった座布団が一枚、ぽつんと置かれている。そのそばに、おなじみの火鉢がひとつ。出入口の脇には、脚をたたんだ丸いテーブルが、壁にたてかけてある。

こういうのを、なんていうんだっけ？　テレビドラマのなかで見たことがあった。NHKの朝のテレビ小説とかで——

そう、卓袱台《ちゃぶだい》だ。こういう丸いやつ。たたんで片付けることができるやつ。

反対側の壁には、木の板が打ち付けてあり、そこに鉤《かぎ》をつけて、ハンガーをさげることができるようにしてあった。着物が一枚かけられている。その着物の色合いで、ここはちゑさんの部屋だろうと見当をつけた。

いったい、何年ぐらいこの蒲生邸で働いているのだろう。長く住み込んでいるにしては、部屋のなかがあまりに簡素で、物が少なく、いくら使用人とはいえ、寂しすぎるような気がした。それともこれも、物余り時代から逆行してきた人間の感覚であって、昭和のこの時代の人々は、生活してゆくために、それほど多くの物を必要としなかったのだろうか。

孝史はそっとちゑさんの部屋を離れ、隣へ移動した。この引き戸も簡単に開いた。そして、期待半分、うしろめたさ半分で予想していたとおり、そこはふきの部屋だった。今度も、かけてある着物でそれとわかった。

古ぼけた畳や火鉢はちゑさんのと同じだ。あてがわれたものかもしれない。だがふきの部屋には卓袱台はなく、箪笥もない。かわりに、あの明かりとりの窓のすぐ下に、小さな文机が据えてあった。そしてその隣に、小物入れの引き出しのような物の上に乗せた、玩具みたいな鏡台があった。上に手ぬぐいがかけてあったが、形でそれとわかる。

孝史はゆっくりと部屋を横切り、鏡台に触れてみた。手ぬぐいをとりはらう。丸い鏡は、曇りひとつないように、きれいに磨かれている。鏡台には小さな引き出しがひとつついており、金具の取っ手を引っ張って開けるようになっていた。

一度うしろを振り返り、うしろめたさを追い払っておいてから、孝史は引き出しを開けた。

ヘアピン。つげの櫛《くし》。黒いゴム――これは髪を束ねるためのものだろう。化粧品のたぐいは見当たらない。妹の部屋の鏡の前に林立している、あの化粧品の瓶の群れと比べることさえできない簡素さだ。

　引き出しの底に、新聞の切り抜きらしいものが一枚入っていた。取り出してみる。

「パピリオ」と、大きく片仮名で書いてある。さっき見た東京日日新聞の広告の書体と比べると、やや洒落《しゃれ》ているというか、モダンな字体だ。それもそのはず、よく読むと化粧品の広告であるとわかった。

「粉白粉十二色」「定價六十錢」「世界一の粉白粉が日本で出來ました」

　ふきはこれが欲しいのかな、と思った。いつか買おうと思って切り抜いてとってあるのだろうか。

　孝史はそれを元どおりにしまうと、ちょっと迷ってから、下の小物入れの引き出しに手をかけた。いちばん上の段は、どうやら針箱がわりに使われているらしく、糸やはさみ、端切れの類でいっぱいだった。二段目には鉛筆や小刀、そして千代紙が数枚。折りかけになったものもある。

　そしてその下には――葉書が数枚、束ねてあった。

（弟が、ときどき便りをよこします）

　急にどきどきしてきた。引き戸のほうを振り返る。幸か不幸か誰もこない。

　ゆっくりと、孝史は葉書の束を取り出した。いちばん上になっている一枚を抜き出してみる。

拙《つたな》い字だ。表書きの宛先は、東京市麹町で始まっていた。「蒲生憲之陸軍大将様お屋敷内向田ふき」と、くちゃくちゃとくっついた字面《じづら》が並んでいる。差出人は「向田勝《かつ》男《お》」とあるだけで、住所は省略してある。

裏を返す。縦書きの、やはり汚い字が、時々うねうねと曲がったり戻ったりしながら文章を綴っている。

「姉さん、お元気ですか。

この前の便りから、ずいぶんとあいてしまひました。自分はとても元気ですが、寒いときですから、姉さんは若《も》しかしたら風邪でもひいては居りませんか。

自分は仕事は忙しくすごしてをります。前の便りにもかきましたが、自分の班の班長はとても厳しい人なので、怒られてばかり居ります。お国のために大事な軍艦をつくる仕事ですが、ときどきうちが恋しくなります。姉さんはじやうずにパンをつくれるやうになりましたか。

休みがとれたら、きつと銀座へ行きませうね。映画をみませう。また手紙をかきます。

サヨナラ　勝男」

孝史はこれを、二度繰り返して読んだ。読み終えると、その下の葉書にも手をかけた。が、そこでやめた。急に恥ずかしくなってきた。

この勝男という名のふきの弟は、孝史と同い年なのである。お国のために、怖い班長さんに――たぶん作業長のような立場の上司なのだろう――叱られながら、軍艦をつくっているという。ネジをはめたり、部品を磨いたり、資材を運んだりという単純作業なのだろう。この文面からしても、高い教育を受けているとは思えない青年のことだ。きっと、日々を雑用まがいのことに追われ、こきつかわれて過ごしているのだろう。

（きつと銀座へ行きませうね。映画をみませう）

これはその弟が、離れたところで住み込みの女中奉公をしている姉に、一字一字、それこそ刻むようにして書いて寄越した手紙だ。ひらひら盗み読みなどしていいもんか。

取り扱いに気をつけて、そっと、孝史は葉書を元の場所に戻した。引き出しをしめ、立ちあがった。

（ときどきうちが恋しくなります）

ふきの故郷はどこなんだろうと思った。そして、あのパジャマの一件のとき、（盗んできたんですか）と尋ねたふきの気持ちが、初めてわかったような気がした。この時代は、まだまだそういう時代だったんだ、と。少なくとも、ふきや勝男のような人々にとっては。

踵《きびす》を返して、孝史はふきの部屋を出た。廊下に戻ると、先に進んで、三つ目の引き戸の前に立った。この引き戸も鍵はかかっていない。開けてみると、そこはこれまでのどの部屋よりも殺風景で、人の暮らしている気配がほとんど感じられなかった。畳の一部には穴さえ空いている。誰か、辞めてしまった使用人の部屋だったのだろう。

そうして再び、孝史はあの階段の下に立った。

曇りガラスの向こうには、人影が見えなくなっていた。声も聞こえない。ちゑさんとふきが何をしていたにしろ、今はもうその作業を終えて、別のことをしているのだろう。そういえば、ガラスの向こう側が、さっきよりも薄暗くなっているようにも見える。

あがってみよう。孝史は階段のステップに足を踏み出した。

一歩一歩、やっぱりドキドキした。ただ今度の胸の動悸は、以前のとは少し種類が違っていた。ペテンにかけられているとかいう疑いが大きく退き、ただ純粋に、今は誰にも見つかりたくないという思いだけが先行していた。もう少し、この周囲のことがよくわかるまで、知識が増えてくるまでは、誰にも見咎《みとが》められずにいたい。

一段、二段。あがってゆく。六段あがって、ドアの正面だ。ガラスのノブを握る。ひんやりと冷たい。角ばったカットを、掌のなかに感じる。

回してみる。ぎいっというような音がする。そして、ドアがほんの少し、向こう側に開いた。

十センチほどの隙間から漏れ出てきたのは、陽光——自然の明るさだった。どこか近いところに窓があるのだろう。続いて、何か甘い匂いが漂ってくるのを感じた。ホットケーキとか、クッキーみたいないい匂いだ。

ドアの隙間から、孝史は首を出した。

この部屋は使用人たちの作業部屋だろうという予想は、半分だけ当たっていた。実際にはそこは、部屋というよりちょっと広めの廊下というくらいのものだった。床は板張り、壁もそっけない白塗りで、右側にも左側にもドアも壁もない。手前の壁際に、奥行が五十センチくらいの細長いテーブルのようなものが造り付けてある。よく見ると、アイロン台であるらしい。そのテーブルの端に、だんだら模様の布で巻かれた太いコードにつながれた、いかにも重そうなアイロンが一台、どすんという感じで鎮座していた。

コードは、壁のコンセントからは抜いてある。孝史はしみじみとコンセントを見つめた。馴染《なじ》み深い形を、久々に見た。

指先でアイロンに触れてみる。まだ熱い。すぐ隣には、こちらはたぶん炭を使って熱くするのだろう、取っ手のついたコテみたいな形のものが、斜めに立て掛けてある。これもまだ熱い。さっきまで、ちゑさんとふきは、ふたりでアイロンがけをしていたのか
――ふっと微笑した。

右手に続く廊下の先で、不意に女の悲鳴のようなものが弾《はじ》けたのは、そのときだった。

3

孝史はその場で凍りついた。あまりびっくりしたので、息が止まった。

だがそれはほんの一瞬のことだった。最初の悲鳴に続いてもう一度叫び声があがり、それがふきの声だとわかったときには、孝史は走り出していたからだ。考えるより先に動いていた。

声が聞こえてきたのは、孝史がいる場所から見て左手のほうだった。アイロン台のある通路のような小部屋をつっきり、左に進むとそこに三段ほどの小階段がある。それをあがると右手にどっしりとした木製のドア。前後を忘れ、孝史は急いでそのドアを開けた。開けたところにまた短い廊下があった。ドアがふたつ。左手にひとつ。突き当たりにひとつ。ふきの声は、突き当たりのドアの向こう側から聞こえてきた。

孝史はそこで足を止めた。汗が額から頬をつたって流れた。

今そちらの方向からは、何か足音のようなバタバタする音が聞こえてくる。そして、驚いたことに、今度は笑い声がはじけた。若い女の声だ。だが、ふきの声ではない。

この木のドアのノブも、凝《こ》ったカットのガラス製だった。ドアの中央にも、幾何学模様にカットされた飾りガラスがはめこまれている。そこにうっすらと人影が映っている。

孝史はノブを握った。それはくるりと回った。ドアを十センチほど開けてみる。女の笑い声がさらに高くなった。

「ほら、ほら、鬼さんこちら」

歌うような陽気な声だ。孝史はドアの隙間から室内をのぞきこんでみた。

若い女の姿が見えた。派手な柄の、朱色の着物を着ている。髪はふきと同じように頭のうしろで髷《まげ》に結《ゆ》ってあるが、そこにもきらきら光る髪飾りがつけてある。

二十歳ぐらいだろうか。着物の女性は年齢の見当がつけにくい。彼女は両手をぽんぽんと打ち、いかにも楽しそうに声をあげて笑っている。

「ほら、ふきってば、そっちじゃないわよ、こっちよ」

心臓の高鳴りをおさえて、孝史はふきの姿を探した。目の前に背もたれの高い椅子が一脚あって、視界をさえぎっているのだ。

「お嬢さま――」と、ふきの声がした。右手の奥のほうだ。

「お許しくださいまし。困ります」

意外と冷静な、丁寧な声だった。少し笑いを含んでいるようにも聞こえる。

ちょうどそのとき、孝史ののぞきこんでいる部屋の、どこか違う場所でドアの開く音がした。足音が響く。誰かが入ってきたらしい。

朱色の着物の女が、「あら、お兄さま」と声をあげた。孝史の視界から消える。

これがチャンスだ。孝史は姿勢を低くすると、急いでドアの内側にすべりこんだ。頭のなかは真っ白で、そのあとどうするという計画があったわけではない。だが、ドアのすぐ内側の壁際に、金屏風が一枚、壁の角を覆うようにして立てられているのが目についた。孝史はその裏側に逃げこんだ。

幸い、誰にも気づかれなかったらしい。そこから用心深く首を出すと、室内の様子がよく見えた。孝史は震える息を吐き出した。

この場の登場人物は三人。ひとりはあの朱色の着物の女、もうひとりは――これが「お兄さま」と呼びかけられた人物だろう――二十代の半ばくらいの年齢の男性だ。灰色のズボンに白いシャツ、スリッパをはいている。ほっそりと面長の顔の青年で、短く刈りあげた髪型は、あまり似合っていない。

そして三人目がふきだった。孝史は仰天した。ふきは、頭からすっぽり風呂敷のようなものをかぶせられているのだ。手には雑巾《ぞうきん》を持っている。いったい何事が起こったのだろう?

「珠子《たまこ》、何をやってるんだ」と、青年が言った。咎める口調だった。

「遊んでいるのよ」と、朱色の着物の女が答えた。「ふきと目隠し鬼をしていたの。ねえ、そうよね、ふき?」

「はい、左様《さよう》でございます」

ふきは雑巾を手に、風呂敷をかぶったままうなずいて返事をした。と、青年がふきのそばに近寄り、その風呂敷を取り去った。うなじのところに結び目があり、それをほどくのに少し手間がかかった。

風呂敷から出てきたふきの顔は、少しばかり歪んではいたものの、目元も口元も笑っていた。

「こんないたずらをして、よくないとは思わないのか」

さっきの青年が、珠子という朱色の着物の女を叱りつけた。するとふきが、とりなすように言った。

「貴之さま、お怒りにならないでください。ちょっとしたいたずらでございますから」

「そうよ」珠子は着物の袖をにぎってぶらぶらさせた。「雪ばかり降って退屈なんですもの。お父様は外に出てはいけないっておっしゃるし」

「だからと言って、こんな子供じみたことをしていいわけがない。危ないじゃないか。ふきは働いているんだよ」

珠子はわざとらしくすねてみせた。「お兄さまは、いつもそうやってふきの味方ばっかりなさるのね」

そうして、これもまた下手な芝居のような仕種でぷいと横を向くと、くるりと回れ右をして、部屋の左手にあるドアのほうへぱたぱたと駆けてゆき、そこから出ていってしまった。ドアを閉めるとき、朱色の着物の袖がひらりとひるがえった。

孝史はあっけにとられた。なんなんだ、あの女。

だが、部屋に残ったふたりには、珠子という女の行動も、さして不思議なものではなかったらしい。ふきは進み出て頭を下げた。

「申し訳ございません」

貴之という青年は、腹立たしそうに風呂敷をひとふりすると、それを腕にかけた。

「ふきが謝ることはない。珠子があんなことをしたら、遠慮は要らないから叱ってやりなさい。あいつは本当にどうしようもないやつだ」

本気で怒っているようだ。青年のよく目立つ大きな耳が、かすかに赤くなっている。そこには若干の「恥」の意識もあるように見えた。

「掃除をしているところへ、いきなりこれをかぶせられたのかい?」と、貴之がきいた。

「はい」ふきは笑顔を見せた。「でもすぐに、お嬢様が『だぁれだ』とおっしゃいましたから」

「悲鳴を聞いて、びっくりしたよ」

「不作法なことをして申し訳ございません。お恥ずかしゅうございます」

ふきはまた頭をさげる。貴之がふきの肩に手をおいて、

「そんなふうに謝る必要はないんだ。悪さをしたほうがいけないんだから。いいね?」

そう言い残すと、貴之は風呂敷を手にしたまま部屋を出ていった。珠子と同じドアを通ってゆく。

部屋のなかに、ふきがひとり残された。彼女は小さくため息をついた。顔は微笑でゆるんでいる。

「ふきさん」と、孝史は小さく声をかけた。

ふきは小さく飛びあがった。皮肉なことに、さっきよりももっと驚いたような声をあげかけ、雑巾を放り出してあわてて両手で口を押さえた。孝史もあわてた。この声を聞きつけて貴之が戻ってきてはまずい。

「オレです。ここ、ここ」

孝史は屛風から首を出すと、手を振ってみせた。ふきは目を真ん丸に見開いて突っ立っていたが、急いで貴之たちが出ていったドアのほうを振り向いた。誰もやって来る様子がないのを確かめてから、椅子のあいだを飛ぶように縫って孝史のところへすっとんで来た。

「こんなところで何をしてるんです?」

孝史はザクッと傷ついた。

「オレも、悲鳴が聞こえたからびっくりしてとんできたんです」

「あら、まあ」

ふきは両手で頬を押さえた。それから、ぷっと吹き出した。

「どうもありがとう。ごめんなさいね」

「あれ、誰です？　子供っぽいいたずらをする女だなあ」

ふきはもう一度あたりの様子をうかがうと、孝史のそばにしゃがみこんだ。

「このおうちのお嬢さまです。珠子さま」

「あの男は？　兄さんですか」

「はい、貴之さまですよ。あの男なんて呼んだらいけません」

ふきは真顔でたしなめた。孝史は面白くないと思った。さっきのやりとりからしても、また、ふきとパジャマの件で話をしたときに貴之の名前が出てきたことからしても、なんとなく、ふきが貴之に好感を持っているように思えたからだ。

「お部屋に戻ったほうがいいですよ。ここには、お屋敷の皆さまがおいでになりますからね」

「すごい部屋ですね」

あらためて、孝史は室内を見回した。

天井の高い洋間である。普通の家の二階分くらいの高さがあるだろう。天井の四辺に太い梁《はり》が走り、その内側は、六角形を組み合わせたような形に、これもまた太い梁で仕切られている。梁のない天井部分はすべて布で張られており、しかもその布には、凝った刺しゅうがびっしりとほどこされていた。その布も刺しゅうも、全体に、渋い小豆《あずき》色というか、落ち着いた赤色系のトーンで統一されている。

　壁紙も同じだった。こういうの、なんて呼ぶのだろう。手で触れてみると、ちゃんと凹凸が感じられる。印刷ではないのだ。手刺しゅうだろう。天井のそれはよくわからないが、壁の刺しゅうは、花弁の大きなぼたんのような花と、その葉と、枝の合間を小鳥が飛び交う図になっている。

　床に敷き詰められているのは、緋色の絨毯《じゅうたん》だった。色は一色だが、よく見ると織りが凝っている。うねのような模様が走っていて、つま先が埋まってしまうほどの深さだ。裸足だったら、ほとんど足音はしないだろう。だからさっきの珠子という娘も、掃除しているふきに気づかれずに、背後に忍び寄ることができたのだ。

「ここは居間なんですか？」

　孝史の問いに、ふきはうなずいた。「お客さまもお通しします」

　孝史から見てちょうど正面に、差し渡しの幅が二メートル以上ありそうな、大きな暖炉があった。盛大に火が燃え盛っている。マントルピースと呼ぶのだろうか、暖炉の周囲は、たぶん大理石であろう淡い白色の石で造られており、その上に写真立てがいくつか乗せられているのが見えた。

　暖炉の手前には、天板にガラスをはめ込んだ大きな猫足のテーブルがひとつ。その周囲を、さっき孝史の視界を遮っていた背もたれの高い椅子が取り囲んでいる。暖炉の右手にはオットマン付きの長椅子もあり、その上に、鮮やかな柄模様の小さなクッションが三つ、飾りのように乗せられていた。

孝史が隠れている屏風は、暖炉から見て部屋の西側の隅の壁際にあった。よく見ると、そこの壁紙が一部破損している。それを隠すために配置されたものだろう。屏風の右側は大きな窓で、上下に開《あ》け閉《た》てする窓枠が、三段重なって天井近くまで届いている。雪明かりで、戸外は白く明るい。カーテンというよりは芝居に使う幕に近いようなどっしりした布が、窓枠の上のほうにたくしあげられていた。これも渋い緋色だ。端のほうに紐がさがっている。これで上げ下げするのだろう。

壁際では、大きな振り子時計がゆっくりと時を刻んでいる。

「お部屋に戻ってください」

ふきが頼むような口調で言った。

「見つかったら大変です。平田さんにも迷惑になりますよ」

孝史は腰をのばして立ちあがった。部屋の全体像がさらによく見えた。

ドアの位置は二カ所。孝史が入ってきたドアと、珠子たちが出ていったドアだ。暖炉から見て部屋の東側の隅には、大きな三角形の飾り戸棚があった。ガラス付きのその戸棚のなかには、壺や花瓶みたいなものがぎっしり入れられている。孝史はそこに近づいた。

「きれいだね」

「旦那さまのです」と、ふきが早口に言った。「ね、いろいろ見てみたいのはわかりますけど、お部屋に――」

孝史の袖をひっぱるようにして、ふきがせかす。そのとき、珠子たちが出ていったドアの方向から、人の足音が近づいてきた。

「あ」と、ふきが声をあげた。「誰か来ます、ね、早く――」

とっさの判断で、孝史はふきの袖をとらえると、急いで部屋を横切り、さっきの屛風のうしろに飛びこんだ。

「もう、どうして――」

「しいー、静かに」

ふきを制しておいて、孝史は息を殺し、居間に入ってくる人物を待ち受けた。

ドアが開いた。

現れたのは、小柄だががっちりとした体軀の老人だった。着物を着て、右手に杖をついている。実際、ひどく歩行が困難であるようだった。一足ごとに休み休み、ゆっくりと室内に入ってくる。

顎《あご》の張った、頑固そうな顔つきの老人だった。髪は豊かな銀髪、首は短くて、その分肩が盛りあがって見える。眉毛も半分以上白くなっているが、隆々と弓を描き、細い目の上にいかついひさしのように突き出していた。

「あの人は？」と、孝史はささやき声で聞いた。「旦那さま？」

ふきはびっくりしたような顔で老人を見つめている。「ええ、そうです」

では、あれが蒲生憲之か。元陸軍大将だと、平田は言っていた。昭和の軍人。

だけど、六十歳という年齢よりも、もっと老《ふ》けて見える。歩きかたのせいだろうか。

「ご病気なんです」と、ふきが押し殺した声で言った。「めったにご自分のお部屋からお出ましにならないのに、どうなすったのかしら」

蒲生憲之は、一歩進んでは止まるという歩調で、暖炉に近づいていた。炎が顔に照り返すようなところまで近寄ると、そこで歩みを止め、じれったくなるような動作で杖をマントルピースにたてかけた。

そして懐に手を入れた。何かを取り出す。白い紙——書類の綴りのようだ。

蒲生憲之は、しばらくのあいだそれを両手に、じっと見つめていた。読み返しているという感じだった。

やがて、その書類を一枚ずつ丸めると、暖炉の炎のなかに放り込み始めた。孝史は数を数えた。一枚、二枚——全部で七枚だ。投げ込まれた紙は、炎に焙《あぶ》られてあっというまに灰になってゆく。

蒲生憲之は、それをじっと見つめていた。あまつさえ、近くにある火かき棒を取り上げて、燃えあがる薪をつっつき、灰となった紙が完全に崩れてしまうのを見届けた。老人が火かき棒を手にしているあいだ、孝史はハラハラした。足元が危なくて、よろけたら暖炉のなかに転げ込んでしまいそうだったから。

ようやく作業を終えると、老人は来たときと同じ不自由な足取りで部屋を出ていった。ごとん、ごとんという杖の音が完全に聞こえなくなるまで、孝史もふきも息を殺していた。

4

豪奢《ごうしゃ》な居間のなかに、ふきとふたりきりになったことを確かめると、孝史はほうっとため息を吐き、屏風のうしろから部屋のなかへと出た。まだふきの手をとったままだった。

ふきは、たった今目にした蒲生憲之の姿が、よほど不思議で仕方がないのだろう。とっさのこととはいえ、孝史のとった馴れ馴れしい行動を咎めることも忘れて、視線はまだ蒲生邸の主が出ていったドアのほうに釘付けになっている。

孝史はふきの手をちょっと引っ張った。彼女ははっと目をしばたたいた。

の?」

「旦那さまがあんなふうにして自分の部屋から外に出てくるのは、そんなに珍しいの?」

ふきは、孝史の言葉を聞き終える前に、こっくりとうなずいた。本当に驚いているという様子だ。

「しかもおひとりで居間に降りていらっしゃるなんて——」

言いさして、そのときようやく、孝史に手を握られたままであることに気づいたようだ。口のなかで小さく「あら」というようなことを呟くと、急いで手を振り払った。孝史は思わずにやりとしてしまった。

「変わり者なんだね、このお屋敷の人たちは」

高い天井の、手のこんだ刺しゅうを見あげて伸びをしながら、孝史は言った。狭い部屋から出てくることができて、やっぱり気分は悪くない。ふきはけげんそうな顔で孝史を見守っている。

「閉じこもりっきりの旦那さんとか、あんな子供みたいなことをする娘さんとかさ、ひと昔前の青春映画の主人公みたいなボンボンとかさ。ほかにはどんな人がいるんですか?」

孝史は、明け方まだ暗いうちに、蒲生邸の前庭にひそんでいたころ、窓を開け閉てして会話をしていた男女のことを思い出していた。あの声は、今の兄妹のものではなかった。もうちょっと年かさの感じがした。

ふきは、黙って孝史の顔を見ていた。それから、思い出したように孝史のそばを擦り抜けると、床にかがんで、さっき取り落とした雑巾を拾いあげた。

「階下のお部屋にお帰りなさい」と、背中を向けたまま言った。「わたしはまだまだこれからいろいろすることがいっぱいあるんです。遊んでいられる身分じゃありませんからね。だいいちあなたは——」

きっと振り向くと、怒ったようにくちびるを引き結んでから、言った。

「このお屋敷の皆様に見つかって、追い出されたら困る身の上でしょう？　それでもあなたは構わないかもしれないけれど、平田さんはうんと困るわ。少しは、伯父さんのことも考えておあげなさい」

怒った顔もいいな。孝史はそんなふうに考えていた。隠れていた場所から外へと足を踏み出していることで、自分で意識している以上に舞いあがっているのかもしれない。

この昂《たか》ぶった気持ちは、優越感に似ていた。そのことに気がついて、孝史自身、意外に感じた。ついさっきまで、大掛かりなペテンにかけられているのかもしれないと思っていたくせに、ひとたびその疑いから足を抜いてみると、今度は振子が逆に振れて、なんだか愉快になってきたのだ。

オレは本当に過去に来ている。だからオレはこの人たちが知らない未来を知っている。

未来から来てる。この人たちの未来に何が待ってるのか知ってる。

この偉そうな屋敷に住んでる連中の知らないことを知ってる――

ぷっと頬をふくらませ気味にして、孝史とのにらめっこに負けまいとしているふきの顔の、なんとも言えない可愛らしさが、孝史の優越感をさらにくすぐった。この娘をびっくりさせてやりたい――そう思ったそばから、言葉が出ていた。

「日本は戦争に負けるよ」

ふきは目を見開いた。にらめっこは終わり、彼女の薄紅色のくちびるが、ぽかんと開いた。雑巾を握った手が、胸のあたりまでぐいとあがった。ふきは孝史に一歩詰め寄った。

「え？　今なんて言ったんです？」

孝史は繰り返し、さらに言葉を足した。

「日本は戦争に負けて、アメリカに占領されるんだ。軍人なんて、ちっとも偉いものじゃなくなる。日本は平和国家になるんだから」

口に出してみると、スッとした。特に「軍人なんて」というところが。結局、今こみあげてきている急激な優越感も、元はこれだったんだなと思った。軍人の家に使われて、ペコペコ頭をさげなきゃならないふきが気の毒で、そんなにしなくっていいんだよと言ってやりたいのだ。戦後の日本、俺の住んでる現代の日本なら、君みたいな可愛くて働き者の女の子はどんな企業だって大歓迎だし、あんな蒲生憲之みたいな上司がいていばりちらしてたって、そんなの見せかけだけのもので、そういう奴らだって使われてる身のサラリーマンなんだ。俺のいる時代では、ホントにみんな自由なんだからさ。日本はそういう国になるんだからさ。

だが、さらに言い募ろうとする孝史の目の前で、ふきはすうっと青ざめた。

「日本が……戦争に負ける？」と、小さく呟いた。目をあげると、孝史をまじまじと見つめて、「どうしてそんなことを言うの？　なんてひどい」

「ひどい？」孝史はびっくりした。ふきは拳《こぶし》を握って、孝史の胸を打つような仕種をした。「そうですよ。あんまりだわ。お国のために一生懸命働いている兵隊さんたちに、なんて失礼なことを言うの。日本が負けるなんて」

今度は、孝史のほうが開いた口がふさがらない気分になった。ふきは涙ぐみそうにさえなっているのだ。両手をふりしぼりながら、「それは……軍隊のなかではいろいろあるって……偉い人たちは勝手なことばっかりしてるって貴之さまもおっしゃってるけど、だけどそれでも、いざ戦ったら日本が負けるはずはありませんよ。だいいち、どうして戦争になるの？　どこと戦争をするの？　中国？」

「だから、アメリカと。つまり米国と」

カタカナで言ったらわからないのかと思って、言い換えた。ふきは首を振った。

「亜米利加《アメリカ》とは戦争にならないって、貴之さまはおっしゃってます」

孝史はカチンときた。ふた言めには「貴之さま」だ。

「貴之って、さっきの兄さんだろ？　彼が何を知ってるっていうのさ。どうしてそんなに彼が偉いと思うの？」

ふきは（呆れた）というように、くるりと目を上にあげた。そういう仕種は、遥か未来の平成の二十歳の女の子のそれと、とてもよく似ていた。

「貴之さまは東京帝国大学をご卒業になってるんですよ。あなたみたいな、ただの職工さんとは違います。少しは口を謹んでください！」

ふきの声が高くなったので、孝史はあわてて周囲の様子をうかがった。ふきもそれを見て、自分の立場を思い出したのだろう。口元に手をあてると、目を伏せた。乱れてもいない襟元を直すような仕種をして、声をひそめて孝史に言った。

「お部屋に帰って、おとなしくしていなさい」命令口調だった。「今度こんなことをしたら、平田さんには悪いけど、あなたを匿《かくま》うことはできませんよ」

背を向けて、ふきは、孝史がやってきたほうのドアから出ていこうとする。

「どこ行くの？」

「ちゑさんを手伝うんです。お昼の支度をしなくては」

さっき通り抜けたアイロン台のある部屋に、いい匂いが漂っていたのを思い出した。

「何をつくるの？」

「知りません」

「いい匂いだったな。ホットケーキか何か？ 俺にも持ってきてくれる？」

ふきは背を向けたまま首だけこちらに向けて、また「知りません」と言った。そして本当に、ドアを開けて出ていってしまった。完全に怒らせてしまったらしい。

ドアが閉まる。孝史はそれを見送り、いささか混乱した気分でぽつんと取り残された。

今のあの反応といったら何だろう？ お国のための兵隊さんだって？ ふき、君たちは、その兵隊さんのおかげでこれから大変な目にあうんだぜ——

(マジで、こいつは本物なんだ)

あらためて、そう思った。俺は本当に昭和十一年にやってきてる。行く手に待ち受けている悲惨な戦争を、まだ知らない人々の世界にいるのだ。

と、そのとき、一度閉まったドアが急に開いた。瞬間、孝史のうなじの毛が逆立った。が、顔をのぞかせたのは、ふきだった。まだ怒ったような口元をしている。早口に言った。「お部屋に戻りなさい。おとなしくしてたら、お昼を持っていってあげます」

そのままドアを支えて、孝史を待っている。孝史はふきにほほ笑みかけた。

「わかったよ。ごめんね」

軽く頭をさげて、孝史はドアを通り抜けた。ふきは、彼が来た道を通って階下の部屋へ降りてゆくまで、ずっとあとをついてきた。孝史は、発見された脱走兵が連行されてゆくような気分で、振り出しの平田の部屋へと戻った。

だが、ふきには悪いけれど、おとなしくしているつもりはなかった。ひとりになると、孝史は、平田が雪かきをしながら顔をのぞかせた、あの明かりとりの窓を見あげた。

ここから外へ出てみよう。屋敷のなかを通り抜けるより、そのほうがてっとり早そうだ。何か足台になりそうなものはないかと考えた。三十センチかそこらの高さの物があれば、その上に乗って窓を開け、窓枠をつかんで身体をひっぱりあげることができるだろう。

火鉢では危ない。そのとき思いついた。物入れのなかにあった、あの旅行カバンはどうだろう。孝史は急いで物入れの引き戸を開けた。

古ぼけた旅行カバンは丈夫そうな布製で、叩いてみた感じでは、枠は木でできているようだ。厚みは二十五センチくらいか。なんとかなりそうだ。

持ち上げてみると、意外に重い。そのとき初めて、奇妙なことに気づいた。

これ、誰のカバンだろう？

平田は孝史と一緒に火事に追われてタイムトリップしてきて、手回り品など持ってはいなかった。ホテルの部屋には用意してあったのかもしれないが、少なくともここには持ってきていない。あのとき、そんな余裕はなかったのだから。

しばらくカバンをじっと見つめてから、孝史はやおらそれを畳に置き、蓋を開けにかかった。が、取っ手のすぐ脇に頑丈な南京錠《なんきんじょう》がぶらさがっていて、ガタガタゆすぶってみてもビクともしない。最後には足で蹴とばしてみたが、

「痛てェ！」

損をしただけだった。

孝史は、開けっ放しにしてある物入れのなかに目をやった。そこには、平田がここへ履いてきた靴が、きちんとしまってある。平田が脱いで、ああして置いたのだろう。そのとき、彼は、このカバンを不審に思わなかったのだろうか？　思わなかったのだとすれば、これはやっぱり彼の物か？

（あのおっさん、以前にもここへトリップして来てたんだろうか？）

下準備のため？

記憶のなかに、火災の前、二階の非常口のところに立っていた平田の姿が蘇ってきた。あのとき、まるで幽霊みたいにパッと姿を消して、そのあとまた、手品のように二階のエレベーターホールに立っていた平田——

あ、と声をあげてしまった。

（あのときも、タイムトリップしてたんじゃないか？）

そう——そうだったのだ。あれはタイムトリップだったのだ。平田は、火事の最中に

孝史と一緒に「飛んで」くる以前に、あのときもタイムトリップしていたのだ。

だが、あのときの平田は手ぶらだった。それは間違いない。孝史がこの目で見たのだから。平田がこんな大きなカバンを持っていたのだったら、見落とすはずがない。

じゃ、このカバンは誰のものだ？　そして、あのとき二階の非常口から——そう、二階だったのだ——平田はどこへ、いつの時代へトリップしていたのだろう？

あれはすごく短時間のトリップだった。孝史が平河町一番ホテルの非常階段を、平田の姿を探して駆けずりまわっていたのは、せいぜい十分足らずのあいだのことだったろう。平田はどこかへ行って、帰ってきた。その短い時間のうちに。

俺、騙されてたと、孝史は思った。この蒲生邸にやってきたとき、薪小屋のなかで、早く現代に帰してくれと泣いて頼んだ孝史に、平田はこう言った。短時間のうちに何度もタイムトリップをすることはできないと。身体がもたない、下手をすると死んでしまう、と。そのほかにも色々ごたくを並べていたが、だけどそんなもの、今考えてみれば言い訳とも受け取れる。

孝史は汗の浮いてきた両手を、寝間着にこすりつけた。頭が働き出した。チクショウ、あのおっさん、クセ者なんだ。いったい何を考えてるんだ？　どこまで信用できるんだろう？

この時代で暮らしてゆくのだと言っていた。ここで生きてゆくのだと。そのための準備をしてきたと。だけどそんなことは、どこまで本当だかわかったもんじゃない。たしかにあいつはタイムトリップできる能力を持っているのだろうけれど、それを使ってここへやってきた目的も、ああして口で言っていたこととは、どこか別のところにあるんじゃないだろうか。

とんでもないことになってきた。いや、今だってとんでもないんだけど、それよりもっと厄介なことに。とにかく平田をとっつかまえて、あいつがここにいる本当の目的を聞き出さなくては。そして、現代に帰してもらうんだ。いや、何が何でも俺を帰させるんだ。

孝史の手は、まだ寝間着の浴衣に包まれた腿《もも》をこすっていた。そしてその平たい感触が、もうひとつ別のことを思い出させた。

着替える前に着ていたパジャマ。薪小屋で倒れるとき、そのパジャマのポケットには何か固い物が入れてあって、意識を失くす寸前、掌でそれを感じた。あれは、あれは

――

腕時計だ！

薪小屋でふきに見つけられたとき、平田は孝史に背を向け、ふきに悟られないように腕時計をはずし、孝史の膝の上に落とした。孝史はそれをポケットに隠した。むろん、その腕時計が平成の時代のものであり、ふきに見せるわけにはいかなかったからだ。

孝史は額をぴしゃりと打った。なんてこった、すっかり忘れてた！

必死で思い出してみた。着替えるとき、ふきにパジャマを渡すとき、腕時計はポケットに入っていたろうか？　自分の動作やふきの仕種を繰り返してみながら、懸命に考えた。

なかった——なかったと思う。着替えたとき、重みを感じなかった。それにふきは、丁寧にあのパジャマをたたんでくれた。もしポケットに何か入っていたならば、そのとき彼女が気づいていたはずだ。

じゃ、落としたんだろうか。この部屋で？

孝史はカバンをほうり出した。時計を見つけなきゃ！

あの腕時計さえ手に入れれば、それをテコに、平田に圧力をかけることができる。これを蒲生邸の人たちに見られたら困るだろ？　だったら、さっさともう一度トリップして俺を現代に帰してくれよ、と。

孝史は畳の上を這《は》いまわり始めた。

だが、しかし——

5

狭くてじめじめした室内を、それこそ舐《な》めるように探し尽くしても、腕時計は見当たらなかった。

孝史は肩で息をしながら身を起こした。あれがここにないということは、孝史がここに運ばれてくる途中でポケットから滑り落ちてしまったか、薪小屋で倒れたときに落としたか、どちらかだろう。ふきが洗濯するためにパジャマを持って出ていったときには、もうポケットに入っていなかったというのは確実なんだから。

（薪小屋か……）

もう一度、あそこへ行ってみる必要がある。薪小屋になければ、そこからここへ降りてくるまでのルートを、できるだけ丁寧に探してみるしかない。

孝史は放り出してあった旅行カバンの取っ手をつかみ、持ち上げた。明かりとりの窓の下まで運んでいって、きっちりと壁に押しつけて平らに置くと、その上に乗ってみた。木枠の頑丈なつくりのカバンは、孝史の体重を支えてびくともしなかった。

窓を押し開けてみる。冷たい外気が流れ込み、くしゃみが出た。外は明るく、人の気配も取りあえずは感じられない。

思いついて、一度カバンから降り、物入れのなかから平田の靴を取ってきて、それを先に窓から外へ投げ出した。裸足で雪の上を駆けずりまわるのは、もうたくさんだ。

次は防寒具代わりになるものだ。布団のそばにとって返し、掛布団をめくりあげた。

綿入れの夜着——半纏《はんてん》の裾をずっと長くしたような形のものが、布団の下になっている。寝ている間、おかげでとてもあたたかく、具合がよかった。これ、たしかかいまきとかいうものだったと思う。まだ小学生のころ、母の故郷の山形の家に泊まりに行ったとき、祖母がこういうのを出して使わせてくれた記憶がある。袖がついているので、浴衣の上に羽織るにはちょうどいい。これも丸めて、窓から外に押し出した。

準備よし。最後は自分だ。孝史は両手を窓枠にかけ、懸垂の要領でよいしょと身体を持ちあげた。

窓枠に頭をぶつけたり、肩を擦りむきそうになったりしながら、どうにかこうにか上半身を外に引っ張り出す。どうやら、しばらく前から雪はやんでいるようだ。平田が雪かきしたときのまま、黒い地面が剝きだしになっている。泥が孝史の指先を汚し、爪のあいだにも入りこんだ。

うんうん唸りながら、這いつくばって、ようやく外に出たときには、汗をかいていた。立ち上がると、とたんにその汗がすうっと薄い氷の膜となって身体を包んだ。あわててかいまきを拾い上げ、袖を通して着物を着るようにくるまった。でも、ぐずぐずしてはいられない。冷気で耳たぶが痛くなり、頰がつっぱる。

孝史が脱出したこの場所は、蒲生邸のぐるりを囲む庭の側面——今朝ここの前庭に到達したあとも、屋敷の脇を擦り抜けて裏庭の薪小屋へと移動したが、今立っているところは、それと反対側の側面であるらしい。すっぽりと丸く雪をかぶった生け垣は同じだが、こちらの側のほうがやや広く、生け垣の向こう側には、蒲生邸と似たような煉瓦造りの建物がひとつ、こちら側に建物の背面を向けてどしんと建っていた。建物と同じ色合いの、二メートルほどの高さのある煉瓦づくりの塀に囲まれている。塀と建物とのあいだには、孝史の高崎の家が二軒ほど入ってしまいそうなほどの距離があった。おそらく、庭があるのだろう。豪勢なものだ。

距離的には遠いけれど、隣の建物の二階部分に小さな窓が三つ並んでおり、そのうちのひとつに明かりがついているのを見つけて、孝史は急いで姿勢を低くした。そのまま、ドジな忍者みたいに這っていって植え込みの下にまわり込み、あらためて蒲生邸の壁を見あげた。

灰色の雲に閉ざされた頭上の高いところを、黒い煙がなびいている。煙突から吐き出されているものだろう。蒲生邸のこちら側の壁には、たった今孝史が脱出してきた窓のほかには、二階と、屋根のすぐ下に、三十センチ四方くらいの小さな窓があるだけだ。

左へ行けば正面玄関。右へ行けば裏庭と薪小屋。しかも右側へ進んで屋敷の裏手にまわれば、蒲生邸の背後を守る背の高い木立に遮られて、周囲の目を気にすることもない。けれども、すぐに右へ行くべきところを、孝史は一瞬の好奇心に足をとられて、左へと進んだ。屋敷の全体像を見てみたいと思ったのだ。建物の角まで進んで、そこから用心深く首だけ突き出す。

蒲生邸の正面は植え込みに囲まれているだけで、いかめしい門扉の類はない。今朝がた見かけた——そして平河町一番ホテルのロビーの写真にも映っていた、特徴のあるアーチ型の玄関まで、なだらかな斜面があるだけだ。通り道の部分だけ、たぶん平田の仕事だろうが、きれいに雪かきをしてある。ぬかるみに、人の足跡がひと組、くっきりとついていた。

蒲生邸正面の植え込みの向こう側には、公道なのだろう、幅の広い道が走っていた。孝史は周囲を見回し、人目のないことを確かめて、また忍者のように正面の植え込みの陰へと走った。そこでしばらく息を殺し、振り返って屋敷の窓を見あげる。なんの動きもない。ただ煙だけがたなびいている。

孝史は首をのばし、植え込みごしに外を見た。

平らな道だ。自動車道路だ。全体に白く雪がつもっているが、車の轍《わだち》がいく筋もついている。まっすぐに、右から左へ——あるいは左から右へかもしれないが、蒲生邸の前を通り過ぎている。そこだけ雪が溶けて泥水の色になっている。

だが、そのうちのひとつだけは、蒲生邸の前でわずかに曲がり、植え込みの手前で切れていた。今朝、薪小屋に隠れているとき、車のエンジン音を耳にしたことを思い出した。あのときの車の痕跡だろう。

（来客だったみたいだよな……）

早朝の、あわただしい来訪だった。あのきびきびした話し方、そしてこの屋敷のあるじが元陸軍大将だということから推して、あの来客も軍人だろう。だとすると、この車も軍のものか。轍は、はっきりしているところでは相当深く、タイヤの痕《あと》もよくわかった。刻みの深いタイヤみたいだ。トラックだろうか。

訪問を終えてここを離れるとき、この車はバックして向きをかえ、来た方向へと走り去っている。何度かハンドルを切り返した跡が、雪の上に残っていた。

孝史は勇気をふるって、首だけでなく背中も伸ばし、屈めていた膝も伸ばして、周囲に視線を走らせた。

最初に感じたのは、曇天にもかかわらず、空が高いということだった。建物の数が少ない――孝史の知っている平河町一番ホテル近辺に比べたら、半分以下だろう。それぞれの建物の背も低い。だから、景色が広々と感じられるのだ。

だが、ひとつひとつの建物の構えは頑丈そうで、つくりも大きい。煉瓦とか、コンクリートの灰色。石造りみたいに見えるものもある。四角いビルは、案外少ない。大半の建物に屋根や塔がついている。それらの屋根に雪が積もって、静かで美しい眺めをつくりあげている。

あちらこちらに電柱がある。数えてみたが、すぐにわからなくなってきてしまってやめた。それほど数多い。ここは東京の――東京市の中心部の一角なのだ。ちょうど、孝史の知っている永田町駅近辺がそうであるように。官庁街なのだ。建物のあいだを埋めている、今は真っ白にしか見えないところは、きれいに整備された緑地で埋められているのだろう。このころの東京のこの一帯は、きっとヨーロッパの都市のように美しかったに違いない。

目の前の道は、孝史がホテル滞在中に幾度となく歩き、右手に国会図書館を、左手に最高裁判所を仰いで通ったあの道だ。街路樹が枯れ枝を空にのばしている、ゆるやかな下り坂だった。今、街路樹は影もないが、下り坂は同じ。そして、この道の突き当たるところに、皇居のお堀と緑の森があることも同じだろう――

だが今、孝史の視界にぼうっとかすんで映る皇居の森は、真っ白に雪をかぶり、木々の枯れ枝も白く凍って、おとぎ話のなかに出てくる雪の女王の国のそれのように見えた。緑はなく、またその向こう側に、輝く銀座の明かりも見えない。

誰も歩いていない。車も通らない。今朝薪小屋で、平田が（この一帯は封鎖される）と言っていたことを思い出した。

あのとき、平田が（陸軍省の窓明かりだ）と教えてくれた建物がどこにあるのか、見当がつかなかった。頭のなかで簡単な図を描いてみて、この位置からだと、蒲生邸の陰になってしまって見えないのかなと思った。

それでも、どのみち、あの窓明かりは遠かった。陸軍の中枢の建物なのだから、おそらくお堀端にあるのだろう。襲撃されたという警視庁だって、この当時も桜田門にあったわけで、どちらもここからは徒歩で十分から十五分はかかる場所だ。

それならば、人気《ひとけ》のないこの道を下っていって、蒲生邸から充分に離れた、でもクーデター騒ぎからは遠いところに行って、そこからタイムトリップして現代に帰ることは、けっして不可能ではないだろう。平田の口振りから、このあたりまで武装した兵隊がウロウロしているような印象を受けたけれど、実際にはそんなことはないじゃないか。拍子抜けしたようでもあり、今まで平田の言いなりになってきた自分が、あらためて情けないような気がしてきた。

（もう騙されないぞ）

ただ真っ白に静まり返った景観をまぶたの裏に収めて、孝史はまた身を屈めた。蒲生邸の窓に変化はなく、玄関から出てくる人もいない。来たときに付けた足跡を踏んで、孝史は屋敷の側面へと引き返した。

途中で一度、出てきた窓から首をつっこんで、室内の様子をうかがった。ここも変化はない。気づかれていない。

孝史は裏庭へと回った。薪小屋は、真っ白な裏庭の片隅にぽつりと建っていた。裏庭は雪かきされておらず、ただ薪小屋と屋敷の向こう側の側面の通路とのあいだを、使用人たちが行き来した足跡が、ごちゃごちゃと入り乱れて残されているだけだった。孝史が平田とふきの手で屋敷のなかに運びこまれたときの足跡も、混じっているかもしれない。

孝史は一面に平たい雪の上を、遠慮せずに走った。薪小屋は蒲生邸の背後の木立に背中を向け、屋敷のほうに正面を向けて建てられている。だから扉も屋敷の側だ。孝史の方から見ると左手になる。近づいてゆくと、そのドアがほんの少し開いていることに気がついた。

風にあおられたんだろうか——と思ったとき、薪小屋のなかから声が聞こえてきた。

「ねえ、やっぱり考えすぎじゃない？」

とっさに、孝史はしゃがみこんだ。不用意に扉を開けなくてよかった。冷汗が吹き出した。

聞こえてきたのは女の声だった。記憶に間違いがなければ、今朝、前庭で耳にしたあの女の声だ。

「あたしには信じられないわ。あの人に、まだそんなことをする気力が残っているかしら」

笑いを含んだ口調だった。ちょっとはすっぱな感じもした。誰なんだろう、この女。

「君は兄さんを甘く見ているんだ」と、男の声が応じた。この声もまた、今朝前庭で聞いた声だった。正体不明のこの男女は、孝史の前に、いつもカップルで現れる。

「そりゃあ確かに、卒中で倒れて以来、ずいぶんと気力が弱っているようには見えるよ。しかし、ああいうふうに黙り込んでいたって、内側には何を溜め込んでいるかわかったものじゃない。もともとは剛毅《ごうき》な人なんだから」

「どうかしら。あたしには、あの人はもう芯《しん》から萎えているように見えるけど。だって、倒れる以前の気力が少しでも残っているなら、貴之があんなことで大恥をかいた時、放っておくはずはなかったわよ。あれなんか、半年以上も前のことだけどさ」

「貴之のことは、もうとっくに諦めてるんだろう」と、男は笑いながら言った。「兄さんにとっちゃ、貴之がとんだ臆病者だってことは、最初からわかってたことなんだしな。親父にならって職業軍人になる道を選ばなかったんだから。そのくせ、ことごとに親父と対立するへ理屈好きのひとり息子さ」

「本当にねえ」女もせせら笑う。

「それにしてもなあ」と、男が真面目な口調に戻って言った。「今度の騒動も、元をたどればあの相沢《あいざわ》事件と係わりがあるんだろうな。というより、相沢事件がなかったら、青年将校たちもこんな形で決起することはなかっただろう。するとしても、もっと時期を見て――」

女の声が、うるさそうにさえぎった。「難しいことを言わないで頂戴。どうせあたしにはわかりゃしないんだから」

だいたい、どうしてこんなところでコソコソ話をしなくちゃならないのよ——と、女は文句をたれた。

「あたしの部屋でいいじゃないの」

「誰が聞いているかわからない」と、男は声をひそめた。薪小屋の外で、孝史は首をすくめた。

「特に最近は、珠子が僕たちの様子に目を光らせて、しょっちゅう聞き耳を立てている。君は気づかないのか？」

「あんなバカ娘、どうだっていいわ。まったく、あの娘のどこがよくってもらい手がついたのか、あたしにはさっぱりわからない」

「珠子としちゃあ、自分が嫁に行ったあとの親父のことが心配で、なおさら君の行動が気になるんだろう。しかし、僕らが駆け落ちしたら、珠子の縁談も壊れるだろうよ」

「ざまあみろよ」

「まあ、いいさ。しかし君、これは駆け落ちの相談なんだぜ。どれだけ慎重にしたってし過ぎるということはない」

女は気乗りしない様子で言った。「だけど、どっちにしろこの騒ぎがおさまるまでは、ここを出ていくことはできないんでしょう？　間《ま》が悪かったわねえ。何も今日を選んで鉄砲の撃ちあいをしなくたっていいでしょうにさ」

女は、唾《つば》でも吐くように、「ふん、軍人なんてさ」と言い足した。

「この騒ぎが鎮まるまで、しばらくは僕たちも知らん顔を通していよう。それしかない。願わくば、彼らが失敗してくれるといいんだがね。そうなったら一石二鳥だ。駆け落ちなんかする必要もなくなる」

女の声が跳ね上がった。「何よそれ、どういうこと？　失敗って、あの兵隊さんたちが？　それがあたしたちとどう係わり合いがあるの？」

孝史は息を詰めて薪小屋に身をすり寄せた。

男の低い声が聞こえてきた。「この決起が失敗したら、兄さんは生きてはいるまい」

一瞬の間をおいて、女が飛びつくように問い返した。「どうして？　なんであの人が死ぬんですよ」

その口調に、抑えて抑えきれない喜色が混じっているのを、孝史の耳は聞き取った。ますます、女の正体が知りたくなった。

この女と駆け落ちしようとしているこの男も、どういう立場の者なのだろう？　誰を「兄さん」と呼んでいるのだろう？　貴之という名の、あの坊ちゃんだろうか。でも、声の調子からして、この男は貴之よりも年上だ。それに孝史は、蒲生邸の住人すべてを知っているわけではない。推測のしようがなかった。

「いいかね、よくお聞き」と、男が続けた。

「兄さんは皇道派の青年将校たちと親しかった。倒れる以前は、彼らを家に招いて話をしていることだってしょっちゅうあったろう？」

「ええ、そうだったわ」

「病気で退役しないで、今でも大将として陸軍の中枢に頑張っていたならば、兄さんなんか、間違いなく今決起している連中に担がれることになっていたろうね。兄さん自身、喜んで担がれたろう。昭和維新のためにさ」

女はまた「フン」と鼻を鳴らした。

「今となっては、それはできまい。でも、兄さんの気持ちは、倒れる前も今も何も変わっていないと思うよ。青年将校たちの味方さ。だからだよ、もしも彼らが失敗したら、兄さんはどう思うだろう？　とりわけ、身体の動かないひとりぼっちの老人となってしまった今、自分と同じ信念を持って立ち上がった若い将校たちが失敗するのを目の当たりに見せつけられたら？　たったひとつの夢も破れることになったら？　もしもこの決起が失敗したら、これを機会に、反皇道派の連中は陸軍中枢から皇道派を一掃するだろうな。兄さんにだって、それはわかっている。だが、そんな惨状を、絶対に見たくないだろう」

ふたりは沈黙した。やがて、息を殺して女がささやいた。

「じゃ、自決するっていうの、あの人が」

ふふんと、男は鼻で笑った。「そうだよ」

6

薪小屋のなかの男の、いかにも小気味好さそうな笑いかたに、孝史は、屋外の冷気のせいだけではなく、背中がすうっと冷たくなるような気がした。

自決というのは、自殺のことだろう。このふたりは、蒲生憲之が自殺することを望んで、それを期待してこんなところでコソコソ話し合っているのだ。

確かに、蒲生大将は自殺する。そのことは歴史的事実だ。ただそれは、二・二六事件後ではなく、事件の初っぱなでの出来事なのだが――

しかし、本当にいったい、このふたりは何者なんだろう？

男の笑い声がまだ残っているうちに、女の声が、さすがにいちだんと低くなって、こう続いた。「ねえ、そういうことになったら、あたしはどうなるの？」

「どうというのは？」

「このうちのお金よ。財産よ」

男は即座に断言した。「君のものになるだろうよ」

女の声がはねあがった。「本当に？」

「そりゃあ、もちろんさ。君は蒲生憲之の妻なんだからね」

孝史は目を見張った。このはすっぱな口のききかたをする女が、あの老人の妻だって？

どう考えたって、不釣合いだ。声の感じからすると、けっして若い娘ではなさそうだが、それでも、年齢だって、蒲生憲之よりは、あの珠子とかいう娘のほうに近いんじゃないだろうか。

（後妻か……）

すると男の方は？　彼がしきりと「兄さん」と呼んでいる相手は、やはり蒲生憲之のことか？

それもまた歳の離れた兄弟であるような気がするけれど——でも、あり得ないことじゃない。

すると蒲生夫人は、義弟とできているというわけか。

孝史の驚きをよそに、小屋のなかのふたりはくつくつと笑いあっている。

「財産ももらえて、しかも駆け落ちの必要もなくなる！」

「そういうことさ」

嬉しくてたまらないという様子だ。孝史は胸が悪くなった。

「じゃあ、待っていればいいのね？」と、女が念を押すようにきく。「今度の決起とやらが失敗するように祈りながら、ねえ」

「せいぜい、心をこめて祈るといいさ」男が言って、立ちあがるような気配がした。ごとんと音がした。

「それじゃ、僕は部屋に戻っている。君は少し間をおいて、屋敷に入れ。庭を散歩してきたとか言って、ふきに紅茶でもいれさせるといい。そのときには、その真っ赤な鼻の頭をよく見せるんだよ。表にいたという証拠になるから」

からかうような男の口調に、女がはしゃいだ声をあげた。「嫌ねえ、意地悪」

薪小屋の扉が動いた。孝史は小屋の側面に身体を張りつかせて、息を殺した。長いかいまきの裾が雪の上に広がっていたので、あわててたくしあげた。

扉が開く。ざくりと雪を踏む足音が聞こえた。男は様子を窺《うかが》っているらしい。孝史は顎を引き、後頭部を壁に押しつけて、可能な限り平らになろうとした。

ざくっと、もう一度足音がした。

「じゃあ、鞠恵《まりえ》、気をつけるんだぞ」

男は女に呼びかけて、それから小屋の扉を閉めた。あの女は鞠恵という名前であるらしい。

もし、男が裏庭を通って屋敷へ戻ろうとすれば、孝史の姿は丸見えになってしまう。

身体中の内臓がきゅうっと縮み上がるような一瞬だった。が、男は素直に前へと進み、蒲生邸の右脇を抜けて、前庭のほうへと歩いていった。雪を踏む足音が遠ざかる。

ころ合いを見計らって、孝史は素早く薪小屋の壁から身体を引き離し、男が歩み去っていった方向へと首をのばしてみた。

男はちょうど屋敷の角を左に折れ、前庭のほうへと姿を消すところだった。後ろ姿がちらりと見えた。黒いコートみたいなもので着膨れた背中が見えた。ズボンも黒っぽい。足元はゴム長靴だった。小柄な印象を受けた。

明け方、ここを走り抜けたときには気づかなかったが、屋敷のこちら側の側面には、勝手口がついていた。今はその周囲にも雪かきがされており、シャベルがひとつ、ドアの脇に立て掛けられている。ふきやちゑさんたちはここから出入りするのだろう。

(あれ? だけどヘンだな。そうすると、どこかに裏門があるわけなんだけど……)

屋敷の背後を囲んでいる植え込みは、どこも均一で、切れ目などない。せっかく勝手口をつくっても、裏門や通用門のたぐいがなければ、使用人も出入りの商人たちも、みんな前庭を通ってこの勝手口へやってくるということになる。この時代に、これだけの屋敷を構えている軍人の家にしては、妙に「平等」にできているじゃないか。

そのときまた、小屋のなかで物音がした。孝史はかいまきをたくしあげながら身を縮めた。壁にへばりつく。

「あ〜あ」と、鞠恵という女が声をあげてため息をつくのが聞こえてきた。ぶつぶつと呟くような口調で、

「寒いったらありゃしない」

何か鼻歌のようなものをフンフンと一、二節口ずさむと、またため息。落ち着きのない女だ。ついで、くしゃんとくしゃみをした。孝史もさっきから鼻がむずむずしていたし、鼻水が滴《したた》ってきて困っていた。寝間着の袖口でぬぐう。ぬぐったところが湿っぽい。

鞠恵が小屋から出てくる様子は、まだない。もうしばらく、ここで辛抱しなくてはならないようだ。

それに孝史は、どうしても薪小屋のなかに潜んでいるこの女の顔を見てみたかった。姿形を拝んでみたかった。今度のことに巻き込まれて以来、好奇心でうずうずするのは、これが初めてだ。

なにしろ彼女は、この家の当主の妻なのである。でありながら、夫と同じ屋根の下に暮らしつつ、やはり同じ屋根の下にいるらしい義弟と姦通《かんつう》し、駆け落ちしようとしている女なのである。

（姦通だって。オレ、どこからこんな言葉を引っ張りだしてきたんだろう？）

あのふたりは今朝早く、孝史がここへ「飛んで」きたときにも、ひとつの部屋のなかにいたのだ。それははっきり覚えている。窓を開けて、大雪になりそうだなんて呑気な

会話をかわしていた。あの部屋はどこだったろう?

　二階だったことは確かだ。あのふたりは、孝史と平田の気配を聞きつけて、明かりをつけ、何だろうと窓を開けたのだ。孝史たちがじっと静かにしていたので、窓を閉じて明かりを消した。してみると、居間とか客間とか、屋敷の中の「公的」なスペースではなく、私室にいたのだろう。ふたりだけで。

　当主の妻が、夫以外の男とふたりで、まだ夜明け前に、明かりを消した部屋のなかにいた。しかも堂々と、悪びれもせず、いったいぜんたい、どういう家なんだ、この家は? 道徳観念とかいうものはどうなってるんだ?

　薪小屋のなかで、また鞠恵がくしゃみをした。「ああ嫌だ」と、文句を垂れる。動く物音。孝史は三度《みたび》、ヤモリのように薪小屋の壁にくっついた。

　扉が開いて、女が外へ出てくる。が、そのすぐあとに、ちょっと離れたところで別の扉が開けられる物音が聞こえた。孝史は緊張し、心臓がはねあがった。あれは、勝手口の戸が開いた音じゃないか?

　孝史の判断は正しく、薪小屋を出たところで、鞠恵が「あら」と声を出すのが聞こえた。屋外で聞く女の声は、独特のトーンの高い感じがますますはっきりとして、不本意ながら、ちょっと魅力的な声であるように、孝史には聞こえた。

「あんた、誰?」と、鞠恵が誰かに呼びかけた。

孝史は大急ぎで動いた。長いかいまきの裾をできるだけ高く持ち上げて、薪小屋のうしろに回りこんだ。勝手口から誰か出てきたのだ。そして薪小屋の正面に立つあの女は、その誰かとまともに顔を合わせたのだろう。だから誰何《すいか》したのだ。

孝史が薪小屋のうしろの吹き溜まりに飛び込むのと同時に、鞠恵に声をかけられた人物が返事をするのが聞こえてきた。

「奥様、これは失礼申しあげました」

それは平田の声だった。孝史はハアハアいいそうになる息を殺して耳を澄ませた。

「わたくしは平田次郎《じろう》と申します。本日からお屋敷で働かせていただくことになっております。今朝早くに到着いたしましたが、奥様はまだお休みのご様子でございましたので、ご挨拶はあらためて御夕食のときでよろしいと、貴之さまからお許しをいただいておりました」

おそらく、バカ丁寧に頭を下げているのだろう。平田の口調は、書いたものを読みあげているみたいに平板《へいばん》でゆっくりとしていて、ちょっとおどおどしているようにも聞こえた。

「あら、そうなの」と、鞠恵は言った。「あんたが黒井《くろい》のあとがまなのね」

「左様《さよう》でございます」

クロイ？　そのあとがまってことは、以前の使用人のことか。

「奥様、お庭に何か御用がございますようでしたら、わたくしがたまわりますが」

使用人としては、当主の妻に、こんなところで何をしているのかと尋ねるにも、もってまわらなくてはならないらしい。孝史はおかしくなった。

「あたしは……」鞠恵奥様は言いよどんだ。あんまり頭はよくない女だなと、孝史は思った。とっさにウソを思いつくことができないのだ。

「居間の……居間の暖炉が消えそうなのよ。そうよ」鞠恵は、しどろもどろに言った。「駄目じゃないの、こんな寒い日に火を絶やしちゃ。だからあたし、薪を取りにきたのよ」

バレバレの嘘だぜと、孝史は思った。ほんの十五分かそこら前、煙突から煙がもうもうと出ているのを見たばかりだ。だいいちこの鞠恵という女は、暖炉に薪をくべることなんかできないんじゃないか。

「あいすみません、奥様」あくまでも真面目に、平田の声が応える。「すぐに薪を足すようにいたします。奥様はどうぞ内にお入りください。お風邪を召されます」

「言われなくたってそうするわよ」

バツが悪いのを隠そうとするとき、わざと怒ったふりをするのは奥様だろうと女中だろうと同じなのだろう。鞠恵はプンプン怒った口調で言い捨てて、さっさと歩き出した。軽い足音が遠ざかってゆく。

と、途中のどこかで彼女は足を止めた。声は半音、高くなった。「ねえ、あんた、平田とかいったわね？」

「はい、左様でございます」

「どの部屋に住んでるの？」

「は？」

鞠恵は焦《じ》れた。それで孝史は、彼女が何を考えているのかわかった。

（あの旅行カバンだ！）

あれは駆け落ち用の荷物だったのだ。平田のカバンじゃなかった。鞠恵と彼女の「男」が、使われていない使用人部屋に隠しておいたものだったのだ。

「黒井の部屋にいるんでしょう？」

鞠恵は完全に頭にきている。さぞかし、冷汗をかいていることだろう。

「お部屋はもう頂戴いたしましたが、そこが黒井さんの部屋だったかどうかはわたくしにはしかとわかりかねますが」と、何も知らない平田は言う。「ちゑにきいてみましょうか」

「そんなのどうでもいいわよ、いいえ、聞かなくていいわよ！」

鞠恵は大急ぎでそこをあとにした。走ってゆくことだろう、あの使用人部屋まで。それとも、男の部屋に相談に駆け付けるか。孝史は腹を抱えて笑いたくなった。こらえるのが辛かった。とんだメロドラマじゃねえか。

手で口をおおってニヤニヤ笑いを抑えていると、平田が薪小屋に近づいてくる足音が聞こえた。バケツのようなものを下げているのか、金具の鳴る音がする。

足音が止まった。ややあって、

「外には出るなと言ったはずだぞ」

低い声が飛んできた。孝史はその場で固まった。

ガチャンと音がした。バケツみたいなものを地面に置いたのだろう。足音が薪小屋の脇を回って近づいてくる。諦めて、孝史は身体から力を抜いた。もう、怖くはない。寒気のために、平田の耳たぶが赤くなっていた。怒りのせいではないだろう。

「どうしてわかったのさ?」と孝史はきいた。「物音はたてなかったつもりだけど」

平田はじろりと孝史のいでたちを観察し、それから雪に覆われた薪小屋の周囲の地面を指差してみせた。

「かいまきを引きずった跡がついている」

「なんだ、そうだったのか」

「ふきちゃんに、どう言い訳するつもりだ。かいまきを台無しにして」

孝史はわざとおおげさに肩をすくめた。

「彼女に迷惑はかからないよ」

「どうして」

　自分でも思いがけないほど挑戦的な言葉が、孝史の口をついて出た。

「オレ、このまま現代に帰るんだから」

　いっとき、孝史と平田は目と目をあわせて睨《にら》み合った。平田は雪かきのときと同じような格好で、ただ足元には下駄をつっかけている。孝史は夜逃げ中の病人のように浴衣をきてかいまきにくるまっている。第三者が見れば吹き出してしまうだろう光景だが、この睨みあいの真剣勝負に負けたら終わりだと、孝史は思っていた。

　腕時計はない。探す暇も、ここまではなかった。でも、雪の上に突っ立っている平田の顔を見たとたん、そして孝史が外へ出ていることで、これほどまでに動揺し、目尻がひきつるほど怒っている平田を見たとたん、はったりでも充分通用すると、孝史の頭は判断した。おっさん、怖がってる。オレが勝手に動き回っておかしなことを始めるのを、本当に恐れてるんだ。

「どうやって帰る」と、平田は言った。「歩いていくか」

　孝史はにんまりした。「あんたが帰してくれるさ」

「それはできないと言ったろう？　最低あと二、三日待たないと――」

「できなくてもやってくれよ」孝史はきっぱりと言った。「そうでないと俺、この家の人たちに、どうやって俺たちがここへ来たのか、あんたが何者なのか、あらいざらいしゃべっちまうよ。証拠だってあるんだし」
そうだ。
「証拠？」
平田の頬がぴくぴくと痙攣《けいれん》した。そこから、尖った神経が皮膚を破って飛び出してき
「腕時計さ」顎をそらして、孝史は言った。
「今朝薪小屋で、あんた、俺に腕時計を渡したろ？　あれを屋敷の人たちに見せたら、
どうかな？　電池式のクオーツ時計をさ。手巻のぼんぼん時計しか見たことのない人た
ちは、どう思うかな？」
両腕を脇にたらして突っ立ったまま、平田は顔を歪めた。それは孝史が初めて彼に会
ったとき、平河町一番ホテルのフロントで、彼が見せたのとそっくり同じ表情だった。
打ちひしがれて、諦め切ったような。
「あれなら、ここにある」
ズボンのポケットを探って、言葉どおり、平田はあの腕時計を取り出した。

7

かいまきの襟元をかきあわせていた孝史の手から、力が抜けた。肩すかしを食ってが

っくりしたような、それでいて、緊張が解けてほっとしたような気分だ。なあんだ、時計は平田の手元にあったのか――

「俺のパジャマのポケットに入ってたはずだよね？」

平田は親指の腹で腕時計のガラスを撫でながら、うなずいた。「君をあの部屋に運び込んだあと、ふきちゃんの目を盗んで取り出しておいたんだ」

「ずっと持ってたの？」

「むやみな場所に隠すことはできないからな」

平田は寒そうに肩をすぼめていた。ひどく疲れているように見えた。

「帰りたいんだな」と、ぼそっと言った。「そうだな、君は帰った方がいい」

孝史は黙っていた。どうやら、平田の腹は決まっているらしいから、何も言う必要はない。でも、彼の態度が気がかりだった。怒るでもなし嘲《あざけ》るでもなし、ただただ深く意気消沈しているように見える。

「帰してくれるのかい？」

そうっと差し出すようにして問いを投げてみると、平田は簡潔に応じた。

「ああ、そうしよう」

「今、ここから？」

平田はうなずいた。「ただ、ちょっとここに隠れて待っていてくれ。私は薪を取りに来たんだよ」

「居間の暖炉の？」

「いや、大将の部屋の。居間にはまだ充分に薪がある」

孝史は微笑した。「そうだろうと思った。さっきの鞠恵って女はウソをついてたんだよ。あの人、ここの奥さまなんだろ？」

奥さまという言葉に、意味ありげに力を込めて言ってみた。平田はちらっと目をあげて孝史を見てから、勝手口の方を振り向いた。

「後妻さんだ」

「やっぱりね。ねえ、さっきあの鞠恵奥さまが、あんたの使ってる部屋についてグダグダ訊《き》いてきたのは、何故かわかるかい？」

孝史が先ほどの鞠恵たちの会話について説明するのを、平田は少し顔をしかめて聞いていた。

「今頃、あわてて取りに行って隠してるよ」

「勝手にさせておけばいい。どうせ駆け落ちなどできやしないんだから」

「今はしないって、本人たちも言ってたよ」

「――どういうことだ？」

そう訊いてから、平田はちょっと周囲を見回した。

「とにかく、小屋のなかに入ろう」

平田はズボンのポケットのなかに腕時計を戻すと、バケツを持ち上げ、薪小屋のなかに入った。孝史もあたりに目を配り、人目のないことを確かめてから、かいまきの裾をできるかぎり持ち上げて、あとに続いた。

「扉を閉めてくれ」

平田は伸び上がり、上の方から薪をおろし始めた。乾ききった薪がぶつかりあうと、カツンという音がした。無造作に、慣れた感じで大きなバケツに放り込んでゆく。その作業を見ながら、孝史はさっき見聞きしたことを説明した。

「鞠恵さんの相手は、どうも大将の弟みたいだった」

背中を向けたまま、平田は言った。「蒲生嘉隆《よしたか》という人だよ」

「歳の離れた兄弟だよね？」

「大将は長男、嘉隆は六男だ。この時代じゃ、珍しいことじゃない。嘉隆はまだ四十そこそこだろう」

「やっぱり軍人？」

「話を聞いていて、そう思ったかい？」

「思わなかったよ。いくら僕がこの時代のことを知らないって言っても、感じでわかる。同じ軍人なら、大将までなった兄さんのこと、あんなふうに言わないだろうから」

「そうか」

薪がバケツに一杯になった。平田は両手をパンパンとはたいた。

「あの人は商人だ」

「軍隊ともつながりのある商売？」

「いいや。確か、石鹼《せっけん》の卸問屋の社長をしてるはずだが、軍の納入業者ではないよ。なんでだ？」

「軍人を軽蔑《けいべつ》したような口調の割には、軍のことに詳しい感じだった」

「情報は集めてるんだろう」と、平田は素っ気なく言った。「それに、この時代は、軍の人事問題だって、一般的な話題のひとつだ。君のお父さんだって、政治家の話をするだろう？　それと同じさ。むろん、選ばれた情報しか外部には出されないが」

「相沢事件がどうのとか、貴之が——貴之ってこの家の息子だろ——恥をかいたとか、あれはどういう意味なんだろ」

平田は醒めた目をして孝史を見おろした。

「貴之君を知ってるのか」

屋敷のなかを探ったことを、自分から白状したようなものだ。が、そんなこともうこだわる必要はない。

「まあね」とだけ、短く答えた。「いいじゃない、そんなこと」

「そうだな」と、平田も応じた。「彼がどんなことで恥をかこうが、君の知ったことじゃない。君はもう帰るんだから」

「ああ、そうさ」

平田はバケツを持ち上げ、出ていこうとした。

「だけど平田さんは、どうしてそんなにこの屋敷のことに詳しいんだい？　トリップしてくる以前から、いろいろ下調べしてたの？」

「そんなところだ」歩き出しながら、平田は肩越しに返事をした。「別に、悪い事じゃあるまい？」

「まあね」

孝史はお気楽な口調で応じたが、内心不安になってきていた。いともあっさりと「現代に帰してやる」という平田は、本当に本気なのだろうか。なんだか、居心地の悪いものを感じる。

「あんたが戻ってくるのを、ここで待っててていいのかい？」

「いいとも」

平田は小屋の扉を開けた。

「俺のパジャマは取り返さなくてていい？」

「かまわんよ。ふきちゃんも、特に不思議そうな顔はしなかったろう？　あの程度のものなら、どうってことないよ」

「ここから現代に帰ると、場所的にはどこに降りることになるのかな？」

平田は振り向きもしなかった。「検討しておく」

そして出て行ってしまった。雪を踏む足音に続いて、勝手口の扉が開け閉てされる音が聞こえてきた。孝史はひとりになった。

（なんだよ、あの態度）

時計のことで脅されたのが不愉快だったのなら、怒ればいい。それをあんな――怒る気持ちも萎えてしまったみたいな態度をとるなんて、卑怯《ひきょう》だ。あれじゃあ、まるっきり孝史ひとりが悪者みたいに見える。そもそも、平田が孝史をこんなことに巻き込んだのであり、責任は全部彼の側にあるのであって――

八つ当たりのような勢いでプリプリ考えてはみたものの、なんだか気抜けしてしまった。ため息が出た。まあいいさ、とにかくこれで家に帰れるんだから――と、自分で自分に言い聞かせた。

平河町一番ホテルは、いったいどうなったろうか。未明の出火から、もう何時間たったのだろうか。

そういえば、今何時だろう？

いい加減、鎮火はしたろう。焼け跡を、銀色の耐火服を身につけた消防隊員たちが歩き回り、現場検証をしている頃かもしれない。野次馬もテレビの中継車も、まだホテルのまわりをうろうろしているだろうか。

　そのど真ん中に、いきなり姿を現したら、かなり面倒なことになる。しかも、浴衣にかいまきという格好だ。今までどこにいた？　どうやって火災から逃れた？　質問攻めに遭うに決まっている。

　孝史は頭を振って、ひるみそうになる心を立て直した。いつ現代へ帰ろうと、不審がられることに変わりはない。むしろ、平田が最初に提案したように、三、四日をここで過ごしてそれから帰還する方が、もっと騒動がひどくなるかもしれない。その頃には、孝史はもう完全に死んだものとして扱われているだろうから。

　いや、今だって、親父もおふくろも、俺は死んでいると思っているだろう。希望を持ってはいないだろう――そう思うと、妙に寂しいような気がした。

　ひょっとしたら、喧嘩になっているかもしれない。お父さんがあんなホテルを勧めたからいけないんだ、そもそも、無理して東京の大学へ入れることなんかないのに――と、母が父をなじる声が聞こえてくるような気がする。孝史の母は、かなり横暴で独裁的なところのある父に対して、日頃は、端《はた》で見ている者の方が腹が立ってくることがあるほどに従順な人だ。しかし、何かの拍子にたがかはずれると、恐ろしいほどの剣幕で父に食ってかかることがあるのだ。そのことを、孝史はよく知っている。

孝史の父の太平は、高崎市内で小さな運送会社を営んでいる。もともと北関東の生まれで、家が貧しく、中学を出てすぐに地元の製缶工場で働き始めたのだが、そこでの仕事は長く続かず、二年ほどで辞めてしまった。その後も、職場も職種も転々として暮らした。遊びたい盛りに、月給の半分を実家に仕送りとして送金してしまうような生活だったから、少しでも収入の多そうな仕事を求めて右往左往していたのだ。

それでも、三十歳近くなって、市内の運輸会社に就職し、運転手稼業が性にあっていたのか、ようやく落ち着くことになる。そのころ上司の薦めで見合いをし、結婚した。それが母だ。一年経って孝史が生まれ、さらに一年経って妹ができた。そうして、その妹が小学校にあがった年に、太平は勤め先から独立し、軽トラック一台だけを資産に会社を興したのである。それが、「尾崎運輸」の始まりだった。

現在は、自社のトラック三台、社員は三人、契約運転手二人、一応鉄骨鉄筋二階建ての車庫付き社屋を持つ有限会社である。太平は社長だが、運転もするし、荷下ろしもするし、万事に先頭に立って働く。まあ、その位の規模の会社なのだ。それでも、太平ひとり身ひとつで、二十年かからずにそれだけの会社を創り上げたのだから、孝史としては、なかなか偉い親父だと思うことはある。それを口に出して言ったことはないけれど。

それだからこそ、今、父や母はどうしているだろうかと心配だった。孝史が死んだと思いこんでいるはずの両親は。父は絶望していないか。母は近隣を驚かすような声を張り上げて、孝史を平河町一番ホテルに泊まらせた父をなじってはいないか。それでなくても、母は孝史のあのホテルへの投宿には乗り気でなかったのだ。

　そこへ、生きてるよ――と帰ってゆく。みんな喜ぶだろうな。俺がどんな説明をしようと、そんなのどうでもいい、生きて帰って来れてよかったって、手放しで喜んでくれるだろう。そう思うと、微笑が浮かんだ。

　あれが新聞ダネになるほどの大火だったなら、マスコミはちょっと騒ぐかもしれない。でも、ごまかす方法ならあるだろう。火災の夜、あのホテルにはいなかったと言えばいいんだ。友達と遊び歩いていた、でも、予備校受験に来ている手前、家族にもすぐには打ち明けるのが決まり悪くてグズグズしてしまった――そんな説明でいいじゃないか。移り気な世間は、すぐに孝史のことなど忘れてしまうに決まっている。

　そして俺は普通の学生に戻るんだと、孝史は思った。

　歴史のことなんかに係わらずに、受験科目だけ勉強してりゃいい。二・二六事件をこの目で見ることができるといったって、俺には猫に小判だ。

　ほんの三十分ほど前に、ふきに「日本は戦争に負けるよ」と教えてやったときの、彼女の反応はどうだったか。せっかく親切に、これから起こることを報せてあげたのに、てんから信じようとしなかった。それどころか、目に涙を浮かべて孝史を非難した。こんな時代、俺の手には余るよと、孝史は思った。

そうして、薪小屋のなかで寒さに震え、冷え切った手足の指を動かしながら、苦笑した。いやいや、タイムトリップなんてものは、たとえ歴史の研究家にとってさえ、御《ぎょ》しきれる経験ではないだろう。

だってそうじゃないか。誰も信じないんだぜ？　どれだけ丁寧に説明しても、証拠になるようなものを——新聞記事とか書籍とか——積み上げても、そんなものはねつ造だとか言って、ばしんと否定されてしまうに違いない。たとえば、現代史家がここへタイムトリップしてきて、文献を抱えて、今この時点で包囲されている警視庁や首相官邸とかに乗り込んでいって、青年将校たちに、君たちの決起は失敗する、君たちの大半は死刑になり、しかもこの事件を契機に軍部独走態勢がつくりあげられ、日本は泥沼の太平洋戦争へ突入して行くんだと、どれだけ真心をこめて真摯《しんし》に訴えかけたとしても、彼らは聞く耳を持つまい。狂人扱いされるか、下手をすると殺されてしまうかもしれない。

そのとき、ふっと顔をあげて、孝史は目をしばたたいた。

その場合——その現代史家はどうなるんだろう？

過去に戻って殺された瞬間に、現代での彼も永久に姿を消すことになる。だとすると、彼がその後、未来のあるべきときに命を失うまでのあいだに、現代で挙げることになっていた研究成果はどうなるんだろう？　彼の子孫はどうなるのだろう？　彼の子孫がゆくゆく日本を背負って立つ政治家になるとかいうことだったら、彼が殺された瞬間に、未来が変わってしまうということにはならないか？

あれこれと考えているうちに、孝史はとんでもないことを思いつき、ここにトリップしてきて以来初めて、総毛立つような恐怖を感じてあっと声をあげた。

俺、どうなるんだろう？

心臓が胸の奥で暴れ出した。孝史は浴衣の胸元をぐっとつかんだ。

俺は――尾崎孝史は、タイムトリップできるおっさんとなんか知り合わなければ、そしてあそこで彼に助けられなければ、本来、平河町一番ホテルの二階の廊下で焼け死んでいるはずの人間だった。ところが、それがこうして命を拾い、いっとき過去に足を置いて、それから現代に――自分の生きる時代に帰ろうとしている。

これは正しいことなのか？　孝史は、こうして生き延びることによって、歴史の歯車を狂わせてしまうのではないか？

（冗談じゃないぜ……）

胸のドキドキは、いっそう激しくなる。掌に汗が浮いてくる。何度も浴衣をつかみなおし、必死に頭を整理して考えてみようとした。死ぬべきだった人間に未来はあるか？　死ぬべき人間が死ななかったことによって歴史は狂ってしまうんじゃないのか？　死ぬべき孝史が生き延びたことによって、孝史が思う「現代」は、もう別の世界に変わってしまったのではないか？

だとすると、そこに孝史の居場所はあるのだろうか。

出し抜けに、薪小屋の扉が開いた。孝史は文字通り飛び上がった。顔をのぞかせた平田が、目を剝いて後ずさりをした。

考えに夢中になっていて、平田の近づいてくる足音が聞こえなかったのだ。孝史は身を縮めてまじまじと平田の顔を見つめた。彼が何か言い出す前に、唾を飛ばして問いかけた。

「俺、帰る場所はある？」

唐突な問いに、平田は仰天した様子で目をぱちぱちさせた。それがますます孝史をあわてさせた。

「訊いてんだよ、答えてよ。俺、ホントなら死んでるはずの人間じゃないか。戻っていって、居場所はあるの？」

今まで考えていたことを、ひと息に並べ立てて説明した。周囲の様子をうかがいつつ、そっと薪小屋の扉を閉め、その場に腰をおろした平田は、孝史が息継ぎのために言葉を切ったときを選んで、あっさり言った。

「その心配は無用だ」

孝史は息を切らしていた。「ホントかよ」

「本当さ」と、平田は苦笑した。「君の帰るべき場所はちゃんとあるよ」

「だけど俺、歴史を変えちまったんだよ?」

平田は首を振る。「関係ないさ。大丈夫だよ」

「どうして断言できる?」

食い下がる孝史に、平田は言い放った。

「歴史にとって、君はさほどの重要人物じゃないからだ」

孝史はぽかんと口を開いた。ちょっと言葉が出てこない。そりゃまあ、自分が世の中にとってなくてはならない存在だとは思っていないけれど。

「確かに、俺は歴史をどうこうできるような人物じゃないよ。けど、今言ったことの意味はそうじゃなくて、俺は生き延びたことで事実を変えちゃったわけじゃない? 事実ってのは歴史の一部だから――」

せきこんで説明する孝史を手で制して、平田は笑った。「わかるよ。君の言おうとしていることはよくわかってる。焦らなくていい」

孝史の顔を見つめながら、平田は笑みを広げた。

「今の言葉で気を悪くしたのなら、ごめんよ。それに君は今、とても大事な核心をつくようなことを言った」

「俺が? 何を言った?」

「君は事実を変えた――そして事実は歴史の一部だということだ」

孝史はうなずいた。「そうさ。それぐらい、いくら俺がバカでもわかってるよ」

「君はちっともバカじゃないよ。あんまり自分を卑下《ひげ》するもんじゃない。よくないクセだし、君自身にも、まわりの人たちのためにもならないことだ。誰が君にそんなクセをつけさせたんだろうな？」

孝史の脳裏に、父の太平の顔がちらっとよぎった。どうせ俺なんか学がないから――と愚痴る声まで聞こえてきた。

「まあ、それはともかく」と、平田は続けた。

「君の言うとおり、事実は歴史の一部だ。歴史を構成している。天災なんかの自然現象を除けば、事実を起こすのは人間だから、歴史上では事実イコール人間ということになる。人間は歴史の一部だ。だから、取り替えがきく」

孝史は目をむいた。「何だって？」

「我々人間は、歴史の流れにとってはただの部品だということさ。取り替え可能なパーツでしかない。パーツ個々の生き死には、歴史にとっては関係ない。個々のパーツがどうなろうと、意味はない。歴史は自分の目指すところへ流れる。ただそれだけのことさ」

孝史は二の句がつげなかった。ムラムラと腹が立ってきた。

「個々の生き死にに意味はないって？　なんてことを言うんだ！　あんた、自分がそんなふうに暗くって歪んでて誰にも愛されないもんだから、ひがんでるんだ！　あんたにとって意味のある大切な人が誰もいないから、そんな無茶苦茶なことが言えるんだ！」

　いきり立つ孝史を、平田は静かに見つめた。

「それは違うよ」

「違うもんか！」

「私にだって、意味のある人びとはいるんだ。今この時には、君だって私にとって意味のある人なんだ。だからこそ、ホテルから助け出したんだから」

　平田をぶん殴ってやろうと拳を固めていた孝史は、力が抜けた。

「私にも、大切な人たちはいるよ」と、平田は小さく呟き、ほとんど聞こえないくらいの声で付け足した。「だから辛いんじゃないか」

「だったら……なんなんだよ。何が言いたいんだよ」

「落ち着いて考えてくれ。私はさっき、個々の人間にとって互いの生き死にに意味がないなんて言ったわけじゃない。歴史にとっては、個々の人間の生き死にに意味はないと言ったんだ。主語が違うんだよ」

「それだって、あんた歴史を擬人化しすぎてるよ。歴史をつくるのは人間じゃないか」

　平田はふたたび笑みを浮かべた。くたびれたような、寂しい顔だった。

「歴史が先か人間が先か。永遠の命題だな。だけど私に言わせれば結論はもう出てるよ。

歴史が先さ。歴史は自分の行きたいところを目指す。そしてそのために必要な人間を登場させ、要らなくなった人間を舞台から降ろす。だから、個々の人間や事実を変えてみたところでどうにもならない。歴史はそれを自分で補正して、代役を立てて、小さなぶれや修正などをすっぽりと呑み込んでしまうことができる。ずっとそうやって流れてきたんだ」

平田の口調には、高いところから孝史を見おろして「教えてやろう」というような響きはなかった。職場の理不尽や不公平に対し憤る後輩を、しょせん世の中そんなものさ諦めろと慰める先輩社員のような、疲労感の入り交じったなげやりな響きがあるだけだった。

「なぜ、そんなふうに考えるのさ?」

歴史には歴史自らの意思があり、行きたい方向へ行くのだ――なんて、今まで聞いたことのない説だ。

「どうしてそんな自信たっぷりに断言できるんだよ」

平田はわずかに肩をすくめた。そばでよく見ると、彼の肩を包んでいる不恰好な上着は毛玉だらけだった。右の袖口には、別の布地で継ぎをあててある。

「これまで何度もタイムトリップをして、そういう事実を確かめてきたからさ」

驚いたことに、平田の口元が歪んだ。泣き出す直前の子供のそれのように。

孝史は息を詰め、平田と名乗っている男の不細工な顔を見つめた。ほんの一昨日知り合ったばかりのこの男の顔を、これまでの人生のなかで巡り合った誰の顔よりも、頻繁に、そして熱心に見つめてきた。どれほど真剣なまなざしで見つめても、彼がパッとしない顔をしていることに変わりはなかったし、見つめる回数を重ねたところで、彼の周囲に漂う負のオーラ——目をそらしてしまいたくなる不愉快な雰囲気が少なくなるということはなかった。ただ、こちらが慣れてきたというだけで。

それなのにどうして今、目の前で平田が悲しげな顔をしていることに、これほど心を動かされるのだろう。

「どんなことを見たの？」

「さまざまなものを見たよ。大きな事故や事件、良いことも悪いことも。もちろん私は、それらのことが起こるのを知っていた。そこでこれから起こる出来事は、私にとっては周知の出来事だった。だから、悪いことのなかには、私の手で、いったんは食い止めることのできたものもある。でも、最終的にはなんにもならなかった。歴史的事実を変えても、歴史は変わらなかったということさ」

平田の声がだんだん低くなり、孝史は身を乗り出さないと聞き取れなくなった。

「いったんは食い止めた？　どういう意味？」

平田は宙を仰ぎ、言葉を探すように少し考えた。

「君が知ってそうなことといったら……そうだな。昭和六十年の八月に、日航のジャンボ機が墜落したろう？」

「五百人以上の人たちが死んだ大事故だったよね」

「そうだ。あの飛行機を墜《お》としたのは私だよ」

庭のどこかで、おそらくは植え込みの上からだろう、どさりと雪の落ちる音がした。

孝史は目を細くした。「――どういう意味さ？」

「少し、ややこしい話なんだが」と、平田は続けた。「あれは平成元年のことだったよ。ジャンボ機の墜落事故を防ごうと思って、昭和六十年にタイムトリップしたのは。私が、過去に起こった大事件を事前に防ぐことを目的に、タイムトリップをした、それが最後の機会だった。逆に言えば、それが上手くいかなかったので、諦めをつけることができたわけなんだが」

いいかい、よく注意して聞いていてくれと、平田は念を押した。

「その時点、平成元年の時点で、私が防ごうと思っていたジャンボ機墜落事故は、八月十二日のあの事故じゃなかった。八月十日に起こった事故だったんだ」

「そんな事故、なかった――」

口をはさんだ孝史に、平田は咎めるように手を振った。「だから注意深く聞いてくれと言ったんだ。いいか、私が平成元年の時点で、過去に起こったと認識していた事故は、八月十日のジャンボ機墜落事故だったんだ。同じ日航のジャンボ機だったが、行き先も違えば機体ナンバーも違っていた。別の飛行機だったわけさ。ついでに言えば、墜落地点も南アルプス山中だったよ。それでも、大惨事だったことに変わりはない」

平田は両手でつるりと顔を撫でた。辛そうに見えた。

「仮にそのジャンボ機を、001便とでもしておこうか。私は001便の墜落を防ぐために昭和六十年にトリップして、いろいろ考えた挙げ句、実に簡単な手段をとった。日航に脅迫電話をかけたんだ。001便に時限爆弾を仕掛けた、一億円支払えば、爆弾の場所を教えてやる——とね。大騒ぎになったさ。もちろん警察も動いたし、001便は徹底的な捜索を受けて、欠航となった。だから墜ちることもなかった。飛ばなかったんだから」

「じゃ、あんたは成功したわけだ」

「いったんはな」と、平田は素早く言った。

「さっき言ったろう。結局は同じことになった」

「その001便として飛ぶことになってたジャンボが、八月十二日に、大阪へ行く途中で墜ちたってこと？」

平田は首を振った。「いや、違う。八月十二日に墜ちたのは、別のジャンボだ。機体ナンバーが違ってた。だから、群馬県山中に墜落したジャンボを墜としたのは私だって言ってるんだよ」

困惑する孝史に、平田は声を励ますようにして言った。「わからないか？　私は001便が墜落することは防いだ。でも、その二日後に、別のジャンボが墜ちた。私のしたことは、歴史を変えることになんかならなかったわけだ。私はただ、墜落するジャンボを001便から他の飛行機に替えただけだったんだ。八月十二日以降も昭和六十年に留まっていた私は、リアルタイムでそれを知らされたよ」

平田は両手で頭を抱えた。

「がっくりしたよ。いや、がっくりなんてもんじゃない。あれで自分に見切りがついたんだから。やっぱり駄目だ、歴史を変えることなんかできない、とね。それまで以前にも、私は何度も何度も似たようなことを繰り返してきていた。ひとつの過去の惨事を防ぐ。そうすると、まるで私の努力を嘲笑《あざわら》うみたいに、必ず似たような事件が起こるんだ。むろん、場所も違い、係わる人びとも違う。でも事件の性質はそっくり同じだ。起こる事件そのものを絶対的に防ぐことなんて、できやしないんだよ」

「だけど、それでもあんた、ひとつのジャンボ機に乗ってた人たちを助けたじゃないか」と、孝史はおそるおそる言った。「それはやっぱり歴史を変えたことになるんだよ」

平田はさっと顔をあげると、怒鳴るように言った。「助けてなんかいないさ。何も変えることはできなかったんだ！」

平田の勢いに、思わず孝史は首をすくめた。

「まだわからないんだな。何度同じことを言えばいいんだね？　君は歴史的事実を変えることと歴史を変えることを混同してるんだ。君が私が変えた変えたと騒ぐのは、墜ちたジャンボ機の機体ナンバーや、そのときの搭乗員や乗客たちの名前や、墜落場所のことだろう？　そうさ、そういうことならば、確かに私は変えたさ。別のジャンボを墜としたんだからな。SFが好きな人なら、私がそうすることによってパラレル・ワールドをつくったんだと表現するだろう。001便が墜ちた世界では、慰霊碑は南アルプス山中にある。そして私が変更した後の世界、君が知ってる世界では、慰霊碑があるのは群馬県山中さ。違いがあるよ。私は歴史的事実を変えたさ」

平田は拳をかため、自分の膝をどんと叩いた。

「だが、あるジャンボ機が墜ちて、乗っていた五百数十人の人びとが死んだっていうことに変わりはない。場所がどこであろうと、乗客が誰であろうと、事故があったということに変化はない。私が『歴史は変えられない』っていうのは、そういう意味なんだ」

わかるかいと、平田は嗄《しわが》れた声を出した。

「歴史の流れは決まってるんだ。昭和六十年のあたりで、この日本の国内で、社会の許容量を超えるような人的損害をもたらす航空機事故が起こる、と。その事故が起こることで、些細《ささい》なことから大きなことまで、この社会には様々な影響が生まれる。実際、八月十二日の事故以来、日航の親方日の丸体質が糾弾されたり、ジャンボ機の安全性に対して疑問が生まれたり、日航の社長が引責辞任したり、いろいろなことがあったのを君も知ってるだろう。国内だけじゃない、あの大事故は、世界の航空業界に衝撃を与えることになった。歴史は決めてたんだ。そういう事故を、昭和六十年ぐらいに、日本で起こそうと」

孝史は膝立ちになって平田に近づいた。彼の腕に手を置いて、強く揺さぶった。

「やめなよ、バカな考えだよ。歴史が自分で物事をああしようこうしようと決めてるわけないじゃないか。歴史は、人間がつくるものなんだから」

平田は目を閉じた。大きくひとつ深呼吸すると、まぶたを開き、腕に置かれた孝史の手をじっと見つめた。そして、まるでこわれものにでも触れるかのように、そろそろと孝史の手をつかむと、自分の腕の上から除《よ》けた。

「たしかに、歴史を擬人化するのは間違ってるんだろう。あまりに安直だからね。だから、こう言おうか。歴史は人間が積み上げてゆくものだ。だから、積み上げたものが崩れるときはどうやっても崩れるし、歪むところはどうつくろっても歪む。その流れは必然で、過去を知っている未来の人間がタイムトリップしていってあれこれ忠告したところで、根本的に変えることなど不可能だ、とね」

いろいろやってみたんだ、本当だよと、平田は呟いた。

「さっきのパラレル・ワールドの話で言えば、私は今まで、誰にも気づかれないうちに、クサるほどたくさんのパラレル・ワールドをつくってきたんだろうさ。何度も何度も過去へ行っては、事故や事件を防ごうとして、単に起こる時期や場所を動かすだけに終わってきたんだから」

今聞かされた話を頭のなかで消化してみようとすると、孝史の手は自然に動いて、こめかみをおさえた。理解し難い話を、頭のほうが拒否しているのかもしれない。

「それじゃ、タイムトリップの能力なんて、持ってても何にもならないじゃないか」

孝史の言葉に、平田はうなずいた。「そうさ。なんの足しにもならないよ。でも、世の中にとってはそれでいいのさ。ただ、この力を持っている人間は不運だったってことだ」

手をあげて顔をぬぐうと、平田は続けた。

「タイムトリップの能力を持つ者は、いわば、まがいものの神なんだ」

「まがいものの神？」

「そうさ。歴史が頓着しない個々の小さなパズルの断片、役者の位置を変えたり、彼らの運命を左右したりすることはできる。私の好みで、私の自己満足のために」

こんな大きな権力があるか？　と、平田は両手を広げた。

「私は死ぬ運命にある人を助けることができる。その人間が気にくわなければ見殺しにすることもできる。あるいは、大きな事故が起こるとわかっている場所に、自分の嫌いな人間をわざと行かせて、殺したり傷つけたりすることもできる。そうして何の罪にも問われず、誰にも気づかれず、恨まれることもない。ああ気持ちがいいさ。爽快だよ」

言葉とは裏腹に、平田の顔は蒼白だった。

「でも、まがいものはしょせんまがいものだ」と、吐き捨てるように言った。「私の個人的な好悪や趣味だけで、そんなことをしてごらん。ツケは必ず、私自身にはねかえってくる。歴史の流れはなんの影響も受けなくても、私自身は、自分のしたことによって生じた結果と、まともに向きあわなきゃならなくなる。それはまがいものの神だからだ。本物の神には、罪悪感も使命感もない。私は小賢《こざか》しい知恵をはたらかせて八月十日のジャンボの乗客たちを救い、十二日の乗客たちを殺した。それが何だ？　それが誰のためになった？」

ぐったりと、平田は肩を落としている。

「何年か前の、連続幼女誘拐殺人事件というのを覚えてるか？」と、うなだれたまま、孝史にきいた。

「覚えてるよ。小さい女の子ばっかり、四人も殺されたよね」

「あの事件が起こったころ、私はもう、今話したような結論に達していた。たとえば私が過去にトリップして、生まれたばかりのあの容疑者の青年を殺してしまうとする。そうすれば、彼はあんな連続誘拐殺人事件を起こすことはできなくなるだろう。被害者の四人の女の子たちは助かるだろう。だが、それでどうなるかと言ったら、なんのことはない、彼じゃない別のAだかBだかの心を病んだ青年が現れて、あの四人の女の子じゃない別の女の子たちをさらって殺す——そういう事件が結局は発生するんだ。歴史が、あの時点で、ああいうタイプの犯罪がこの国の社会に登場するという方向に流れてゆく以上、それはどうしたってそうなるんだ。つまり私は、容疑者と被害者を別の人間に置き換えただけということになる」

孝史は黙っていた。

「それでも、ニュースを見ていると心が動いたよ。嘆き悲しむ両親の顔や、あの女の子たちの可愛い顔写真を見つめていると、もう一度、もう一度だけ過去にタイムトリップして、この事件を防いでみたらどうかって。でも、そのたびに思い留まったんだ。なるほど、それはできるだろう。けれど、そのあとテレビのニュースで、まったく別の女の子たちの顔写真を、泣きくずれる母親の顔を目にすることに、自分は耐えられるだろうかと思ってね。しかも、あの容疑者の青年の存在を消すことで私がつくりあげるパラレル・ワールドのなかに現れる別の幼女連続誘拐殺人者は、四人殺すだけじゃ飽きたらないかもしれない。六人も、八人も、十人殺すまで捕まらないかもしれない。そんな危険な賭けに、おまえは耐えられるか、とね」

歴史はかわらないんだよと、平田は呪文のように呟いた。

「私が大車輪で過去に戻り、歴史的事実に修正を加えようと行動を起こすとしよう。それでも、大東亜戦争は起こるだろう。原爆も落ちるだろう。高度成長も起こるだろうし、ぜんそくや有機水銀中毒症のような公害病も出てくるだろう。それは広島じゃないかもしれない。四日市《よっかいち》や川崎じゃないかもしれない。水俣《みなまた》じゃないかもしれない。でも、どこかで起こる。誰かが巻き込まれる」

寒さが身にしみてきて、孝史はかいまきのなかに縮こまった。

「東條英機《とうじょうひでき》という名前を聞いたことがあるかい？」

と、平田は訊いた。

「知らないかな。戦後の我が国で、もっとも忌み嫌われ、国民の怨嗟《えんさ》の声を一身に背負った名前なんだけどな」

「軍人ですか」

「うん。陸軍大臣で首相で参謀総長で――一時期にしろ、最高権力をひとりの手で握った人物だ。極東軍事裁判、いわゆる東京裁判で死刑の判決を受けて、絞首刑に処された。我が国の太平洋戦争における最高責任者さ。国民を戦争へと引っ張っていった張本人さ。最も偉大なる戦犯さ」

「――知らなかった」

「だけどね、東條さんも最初から偉かったわけじゃないんだよ。どちらかと言えば陸軍のなかの冷飯食いだった。その彼が、軍の中枢部へ進出する足がかりをつかむことができたのは、ほかでもない、現在進行中の二・二六事件のおかげだ。二・二六事件の後、皇道派が一掃されて、人事が大きく動いたからね」

平田は陸軍省の方向を仰いだ。

「しかし、だからと言って、もし二・二六事件が成功していたら東條英機は現れなかっただろう、ひいては戦争も起こらなかっただろうなんてことは、私には言えない。あるいは、東條英機が権力をつかむ以前に病死していたら、太平洋戦争の展開は変わっていて、もっと犠牲も少なかったろうなんてことも、軽々しく言うことはできない。東條英機がいなければ、必ず代役の人物が出てくる。歴史が東條英機にあてがった役割を、そして東條英機が果たした役割を果たすために」

孝史を振り返ると、平田は口の端を引っ張るようにして何とか笑みを浮かべた。

「君の言うとおり、歴史的事実は変えることができる。それでパラレル・ワールドをつくることもできる。でも、流れは変わらない。個々のパラレル・ワールドの内容が、とんでもなくかけ離れたものになるとは、私には思えない。小説にはよくあるよ。たとえばヒトラーのいないドイツはどうだったかとか、な。だが、私に言わせれば、たとえヒトラーを暗殺して彼のいないパラレル・ワールドをつくったところで、ドイツで起こったことやあの戦争の内容に大差はないよ。ヒトラーがいなければ、必ず彼の代役が登場する。それはそれで、多少、殺されるユダヤ人の数が少なくて済むかもしれない。でも、あの戦争の起こった原因や経過、その結果に大きな変化はないだろう。人間にとっては大変化でも、歴史にとってはほんの些細な細部の修正でしかない」

平田は苦笑した。

「もっとも、そういう細部の修正を面白がり、個々の人間の運命を左右できることに醍醐味を感じるタイムトリップの能力者もいるんだがね」

平田の苦笑の「苦」の色が濃くなって、彼は顔を歪めた。それはやや唐突な変化で、たとえば人が何かいやな思い出を思い出したときの様子に似ていた。

孝史はぼそっと呟いた。「あんたと同じ立場に置かれたら、そういうふうになるヤツの方が多いんじゃないかな……」

「そうだな。昔は私にもそういう時期があったしね」

「やっぱりそう？」

「ああ。だけど、続けているうちに空《むな》しくなった。誰を助け、誰を見捨てるか。そんな判断をするなんて、もう嫌だ。誰かを助ければ、別の誰かが身代わりになる。そんなこともう嫌だ。今は歴史に相対したときの自分の無力さに、ただ呆然としているだけだよ」

歴史に対して、人は無力だ。その言葉を、孝史は心のなかで繰り返してみた。それはあまりにも悲観的なような気がした。

ほっと息を吐いて、平田は孝史を見あげた。

「大演説だったな。でも、とにかく私の言いたいことは、君には戻る場所があるよということだ。たしかに、君が帰ってゆく世界は、君があのまま平河町一番ホテルで焼け死んだあとの世界とは違うパラレル・ワールドになってるだろう。でも、君はそのことを意識する必要なんてない。私が『助けた』昭和六十年の001便の乗客たちだってそうなんだから」

ぽつりと、孝史はきいた。「あんたは、どうして俺を助けてくれたの？」

平田に出会ってなければ、間違いなく死んでいたはずの孝史なのだ。

「あんた、タイムトリップ能力を持つ人間が歪んで生まれつくのは、他人と係わらないためだって言ってた。今までの話を聞いてて、その意味もよくわかったよ。あんたの能力を知って、あんたを利用して、自分に都合のいいパラレル・ワールドをつくりあげようとする人間に出会っちまったら大変だもんね。逆に、能力者のほうが自分に具合のいいパラレル・ワールドをつくって支配しようとしたときも、まわりの人たちから疎《うと》まれるってことがブレーキになる。どんな支配者や独裁者だって、支持者がついてこなきゃやっていかれないもの」

平田は他人事《ひとごと》のような様子でうなずいた。

「そうだろうね」

「それに何より、あんたが孤独であればあるほど、他人と係わらずにいればいるほど、誰かに好感を持って、その人の未来にひどいことが待っていると知ったときに、それをどうにかしてあげたいなんて誘惑にかられなくて済む。世捨て人みたいに暮らしていることは、あんたにとっては大変な意味があるんだ」

平田は微笑しただけで、何も言わない。

「ホントに、あんたは歪んでる。光を吸い込む穴ぼこみたいに暗いし」孝史は思い切って言った。「俺、初めてあんたを見たとき、思わず後退《あとずさ》りしたもんな。あんたにだって、俺があんたを気味悪がってることがわかったろ？　だからもう一度質問するよ。そんな俺を、どうしてあんた、放っておかなかったのさ。他人と係わることを自分で自分に禁じてるあんたが」

平田は孝史に目を向けると、口元の微笑を広げた。

「君はどうしてだと思ってる？」

「――成り行きじゃないかな」

「成り行きか。でも、成り行きというだけなら、今まで君を助けたと同じようにして助けてあげることのできたはずの大勢の人たちを、私は見殺しにしてきたよ」

「じゃ、どうして俺だけ？」

平田は軽く目を閉じた。つい一昨日のことを考えているはずであるのに、遠い昔を回想するかのような表情を浮かべて。

「君が、申し訳なさそうな顔をしてくれたからかな」

「え？」

「さっき自分で言ったじゃないか。初めて私を見たとき、思わず後退りしたって。フロントでのことだよな。でもあのとき、君はまるで、そうやって態度で嫌悪感をあらわにしたことを、すまながっているような顔をしていた」

「それはだけど……」

誰だってそうなんじゃないかと言いかけた。平田はそれをさえぎって続けた。

「ほかにも、そういう人はいた。数少ないがね。でもそのあと、君は私が非常階段から消えるのを見たとき、必死になって私を探してくれたと言ったよね。エレベーターで出会ったときの君の顔は強《こわ》ばっていて、君の言葉に嘘のないこと——飛び降り自殺かと思って、好奇心や野次馬精神で私を探していたんじゃないということを裏付けていた。私にはそう感じられた。だから、あの火事が起こったとき、私は君の身が心配になった。数少ない、行きずりの、私の身を案じてくれた人のことが気にかかった。無事逃げただろうかと思った。それで、確かめるために二階へ降りて行ったんだ」

「……そしたら、俺が死にかけてた」

「そう。だから、君を連れてここへトリップしてきたんだ」

「だけど、それはあんたが、やっちゃいけないって自分に禁じてきたことじゃないか。それなのにどうしてかかって聞いてるのさ」

平田は少し考えた。それから答えた。「これを、あの時代への置き土産みたいに思ったのかな。最後にひとつ、やっておこうかと。それにああいう火事での犠牲者なら、ひとりふたり数が変わろうと、歴史はあとから埋め合わせて帳じりをあわせようとはしないだろう。私は、火事そのものを防いだわけじゃないからね。とっさに、そう考えた。もっとも、君を探しにいく途中で手荷物を失くしてしまったのは痛かったけど」

「今着てるものは？」

「ふきちゃんとちゑさんが貸してくれた。彼女たちは、我々がこしらえあげた言い訳を疑ってはいないよ。この時代にはまだ、使用人を虐待する経営者というものが、信じ難い存在じゃなかったんだ」

平田は笑みを浮かべて、孝史の右腕をつかんだ。「さあ、話は済んだ。君の現代に帰る用意はできているか？」

一瞬、孝史はひるんだ。「待ってよ。もうひとつ教えてほしい」

「まだ何かあるかい？」

「ホテルで、あんたが非常階段から姿を消したときのことさ。あのときも、あんた、タイムトリップしてたのかい？」

平田はちょっと虚をつかれたかのように口をつぐんだ。

「そうなんだろ？　俺、さっきそのことに思いついてさ。それで、短時間にタイムトリップを繰り返すことは危険だっていうあんたの言い分は嘘じゃないかって思ったんだ」

平田は、ふふっと笑った。「やれやれ、そうだったのか。それで時計をテコに私を脅かそうなんて思ったのか」

「そういうこと」

蒲生邸のほうから、女の高い笑い声がかすかに聞こえてきた。薪小屋のなかの世界に閉じ籠もっていた孝史の心は、そのときふと今ここの現実に引き戻された。あの声は珠子だろう。また、ふきをからかって遊んでいるのでなければいいのだが。

「――たしかに、あのときもトリップしていた」と、平田は言った。

やっぱりそうか。

「ここに？」

「うん。万事遺漏がなく、無事つつがなくここへ到達できるかどうか、直前に一度様子を見にきたというところかな。私が降り立つことになるはずの場所に、軍用トラックがエンコしてたなんてことになってちゃまずいからさ」

だから、消えてすぐに平河町一番ホテルに戻ってくることができたのだ。

「下調べは以前からしてたんだろ？」

「そうさ。この時代で暮らしてゆくのに必要なものを手にいれるためにね」

「やっぱりね……。ただ、それも不思議で仕方ないことなんだけど」孝史は正直に言った。

「現代のほうがずっと豊かで暮らしやすいのに、どうして前の時代に住み着くの？　なんでわざわざこれから戦争に突入しようという時を選んで住み着きにきたのさ？」

平田はちょっと肩をすくめた。「人によって、好みは違うのさ。それに、それこそ君には関係のないことだろう？」

「さあ、もう行こう」と、平田はもう一度孝史の腕をつかみなおした。「旦那さまの部屋で薪をくべながら検討してみたんだが、ここからトリップするのがいちばんよさそうだ。平河町一番ホテルのゴミ捨て場のブロック塀の向こう側に降りることになるよ。君は気づかなかったかもしれないが、あのゴミ捨て場を囲っているブロック塀の向こう側には、隣のビルの小さな裏庭があるんだ。錆びた自転車や古いクーラーの室外機が転がしてあった。いくらホテルは丸焼けになっても、ブロック塀くらいは残ってるだろうから、ホテルのほうに人がいたら、しゃがんで身を隠してくれ」

孝史も、蒲生邸とホテルの位置関係を考えてみた。平田の言うとおりなら、この蒲生邸は、平河町一番ホテルとほぼ直角に交差する位置に建っていることになる。なおかつ、ホテルは、現在蒲生邸が面している道路のほうにはみ出しているのだろう。

孝史はごくりと唾を飲んだ。「じゃあ、いいよ」

声が震えるのが、自分でもわかった。

「怖くはないよ」と、平田が微笑した。「ただ、最初にここへ来たとき、私が君に言った言葉は嘘じゃない。タイムトリップは身体に負担をかけるというのは本当だし、私ひとりでも、短い時間内には二度が限度だ。ましてや、君を連れてということになると、条件はさらに悪くなる。できるだけ頑張ってみるが、ひょっとすると駄目かもしれない。失敗する可能性もあることは、先に言っておく」

「失敗するとどうなるの？」

「ここへ戻ることにする。大丈夫だよ、時間軸を飛び出したきりどこにも戻れないってことはないから」

平田がぐいと、孝史の腕を握った。孝史はあわてて、つかまれていないほうの手で平田の上着の裾をつかんだ。

平田が宙をにらんだ。その目の色が、すうっと薄くなったように見えた。孝史の視界に霞がかかってきた。

身体の周囲に、何か電荷のようなものが集まってくるのを感じ始めた。指先がピリピりする。ホテルからここへ来るときは、火災の熱と煙にまぎれてわからなかったのだろう。この感じ。あたかも身体の外からある種のエネルギーが入りこんできて、それが孝史の骨の芯にまでもぐりこみ、そこで溜まって、溜まって、臨界点を待っている——

平田の額に汗が浮かび始めた。かすんだ目で見つめるうちに、一筋、二筋と流れ落ちる。平田が目をつぶった。孝史の腕を握る手に力がこもった。

蒲生邸のほうから、またひと声、女の笑い声が響いてきた。さっきより、もっとずっと遠く聞こえる。ゼラチンの壁を通して聞く音のようだ。珠子だな、と思った瞬間、ふきに別れをつげることができなかったこと、礼のひとつも言えないまま去ってゆくことへの、強い後悔の念がわいてきた。

身体がどんどん熱くなる。足も温まり、軽くなり、霞がどんどん濃くなって——

次の瞬間、がくんという衝撃と同時に、孝史はあの暗闇のなかへと躍り出ていた。

宙に浮いている。飛んでいる。わずかなあいだの意識の中断のあと、孝史はそれを感じた。飛び上がっている。そう感じた次の瞬間には、するりと下降してゆく。と思うとまたあがる。翼に傷を負った鳥がかろうじてはばたき飛び続けているかのように。はっきりとした実体感があるのは、孝史の腕をとらえている平田の手の体温と、彼の上着をつかんでいる自分の掌に感じる、目の粗い繊維の感触。耳元で風がうなっている。時間軸の外にも大気というものがあるのか。それともこれは、孝史の耳の底で響く、身体の抗議の唸《うな》り声だろうか。

やがて孝史の身体は下へと落ちてゆき始めた。はっきりとわかる、降下、降下、降下。目を開けることができないので、自分が平田より先に落ちているのか後になっているのかわからない。手を放されたくなくて、より必死になって平田の上着を握り締める。

落ちる、落ちる、落ちてゆく。

いきなり、孝史は尻からどすんと着地した。ひどい痛みに声も出なかった。頭のてっぺんまで鉄棒が突き抜けたかのようだ。

が、衝撃でかっと見開いた目に飛び込んできたのは、平田の言っていたブロック塀の向こう側の裏庭ではなく、埃だらけのクーラーの室外機の横腹でもなく、スポークが折れた錆びた自転車でもなかった。

孝史は炎のまっただなかにいた。

啞然《あぜん》と口を開け、ホテルはまだ焼けているのかと、頭のなかで叫んだ。半日経っても、まだ鎮火していないのか？

だがしかし、そこで燃えているのは薪の山だった。床も焦げていた。天井から炎が覆いかぶさってきていた。明かりとりの窓の向こう側に、真っ赤に染まった夜空が見えた。

なんてことだ、俺、まだ薪小屋にいる！

傍らに平田がいた。彼は前かがみに、身体を丸めるようにして倒れていた。彼の上着の背中に火がついた。悲鳴をあげながら孝史は飛び付き、彼の背中を叩いて火を消しながら絶叫した。

「違うよ、平田さん、違うここじゃない！　戻ってきちゃった！」

わめきながら平田を抱えあげて、いっしょに小屋の外へと引きずり出した。火がまわっていた薪小屋の扉は、孝史たちが外へ転がり出るのと同時に、炎の尾を引きながらはずれてばたんと庭へ倒れた。

孝史は目をあげ周囲を見回した。

空が赤くなっている。夜空なのに。空気が熱い。黒い影となってそびえたつ蒲生邸の屋根のあたりから、濃い煙がもくもくと立ち上っている。暖炉の煙突じゃない。煙には無数の火の粉が入り交じり、そして――

悲鳴が聞こえた。屋敷のなかから。

見返れば、屋敷の裏手の木立にも火がついている。道路の向かいの建物にも、いや、平らな夜の底のあちこちで、真っ赤な新芽のような炎がたちあがり、どんどん大きくなってゆく。

「危ない」

呻《うめ》くように言って、平田が孝史の身体をうしろに引っ張った。

「伏せろ！」

平田の言葉と同時に、ひゅうっと空を切る音が聞こえた。孝史は身をよじり、平田に引っ張られた方向に、プールに飛び込むようにして地面にダイビングした。身体が空に浮いているとき、地面に何かがぶつかる衝突音が耳に飛び込んできた。

蒲生邸の裏庭は、孝史をどっしりと受け止めた。顔が地面で擦りむけた。伏せた顔、背中を向けていても、ほんの今まで孝史がいた場所で、ぱあっと新しい炎が燃え上がるのがわかった。

「離れろ、離れろ！」平田が叫ぶ。「焼夷弾《しょういだん》だ。油がかかると燃え移る！」

孝史はがむしゃらに地面を這った。爪で土をひっかくようにして這って逃げた。一歩先にいる平田が孝史を引っ張ってくれた。ふたりで植え込みの下まで逃げた。振り返ると、今落ちてきた焼夷弾の炎が、生き物のように蒲生邸の煉瓦の壁を這い上がってゆくのが見えた。窓枠に火がついた。

屋敷のなかから、ひときわ高い悲鳴が聞こえてきた。勝手口のドアが、破裂するような勢いで外に開いた。失神しそうなほどの恐ろしさでまばたきすることも忘れている孝史の目の前に、火だるまになった人の形をしたものが転がり出てきた。

手をあげ、足を踏み、身体にまとわりついた炎から逃れようと、その人は気が狂ったように踊り回り、叫び、地面にごろごろと転がった。出発前に孝史の見た裏庭の雪はなく、乾いた地面に炎を消し止める力もなく、泣き叫ぶその人は、孝史のすぐ近くにまで転がってきて腕をのばした。

その手をとってやることもできず、釘付けになった孝史は、しかし、そのとき見た。髪は焼け、肌に無数の水泡をつくり、焦げて焼けただれた腕を、救いをもとめてこちらに差し伸べている女の顔を。

ふきだった。

8

孝史の頭のなかにも炎が燃えあがった。まぶたの裏が真っ赤に染まり、一瞬目が見えなくなった。理性がショートして、暗黒の目の奥で火花を散らした。

だがそれでも、こちらに向かって突き出されたふきの腕は見える。虚空をかきむしるその手の指先に、庭土がこびりついているのが見える。網膜に焼きついているその腕の皮膚がぼろぼろと焼け焦げてゆくのが見える。

そのとき、周囲のどこかで轟音が響いた。バリバリと何かが倒れてゆく。轟音は四方八方から聞こえてくる。この地面そのものが地団駄を踏み、地上にあるものすべてと、夜空をも粉々に壊してしまおうとしているかのようだ。

爆音は孝史を現実に引き戻した。火だるまになったふきが地べたで転げ回っている現実に。すべての分別と理性を投げ捨てて、孝史はふきに飛びつこうとした。が、足が地面を蹴るその寸前に、背後から強い力で襟首をとらえられ、無情なほどの勢いで引き戻された。

「無駄だ、やめろ！」

平田の声だった。孝史は彼に引きずられてたたらを踏み、力尽きたのかぐったりと頭を地に伏せ、それでもまだ燃え続けているふきに向かって、泳ぐように両手を差し伸べた。

孝史は絶叫した。「離せよ、離してくれ！」

「手遅れだと言ってるんだ」

平田も怒鳴り返す。彼は空いているほうの腕で孝史の腰を抱えこみ、しゃにむにふきから遠ざかろうと引っ張る。ふきの真っ黒になった腕がぱたりと地面に落ち、身体が動かなくなった。それを見た途端、孝史を支えていたものがぼきりと折れた。平田に引きずられるまま、ずるずると後退した。自分で自分の裾を踏んでしまい、かいまきが肩から大きくずれた。平田に引っ張られて動き出すと、かいまきは脱げてそこに残った。

「前の道路へ出るんだ、こっちだ、早く！」

平田は声を限りに叫びながら、つんのめるようにして、孝史を前庭の方向へと引っ張ってゆく。孝史には右も左も前後もわからなくなり、膝ががくがくすることだけが感じられる。背後で、ばちゃんというような音がした。振り向くと薪小屋が焼け落ちたところだった。倒壊すると同時に、薪小屋はそれまで内部に封じ込めていた炎と熱とをいっぺんに吐き出した。熱風が孝史と平田を襲い、孝史は自分の髪や眉や鼻毛が焦げてゆくのを感じた。

ふきが飛び出してきた勝手口は、そのまま開け放しになっていた。平田に引きずられよろめきながらその前を通りかかったとき、そこからも熱風が吹き出してくることに気づいた。蒲生邸の内部が燃えている。煉瓦造りの屋敷が燃えている。孝史の腹の底から、困惑と憤怒の叫びがこみあがってきた。

「いったいどうなってるんだよ！」

平田は足を止め、蒲生邸を見返った。彼が動きを止めると、身体がぐらぐらとぐらついていることがわかった。平田の顔が炎を照り返し、真紅に染まったり蒼白に戻ったりした。目だけはかっと見開かれている。その口元からよだれが垂れていることに、孝史は気づいた。

「く、空襲だ」と、平田は苦しそうに言った。

「米軍機の空襲だ」

「くうしゅ――」

言葉を出そうと口を開けると、喉が焼けた。孝史は激しく咳込み、平田はそんな孝史をまた引っ張る。ふたりはしがみつきあうような格好で、蒲生邸の前庭までまろび出た。

ついさっき、夜の底に萌え出た赤い新芽のように見えた炎の群れは、今やあちらでもこちらでも、大きく幹を太らせ枝を張り伸ばして燃え盛っていた。この地区一帯を取り囲む森や緑地は、夜の底に黒く沈んでいる。そこに蠢《うごめ》く炎の筋や触手。孝史の頭のなかに、昔写真で見たことのある、ハワイ島の火山爆発で流れ出た溶岩の有様が浮かんできた。

いきなり破裂音がして、頭の上に硝子《ガラス》の破片が降ってきた。手で顔をかばいながら見あげると、蒲生邸の一階の角の部屋の窓硝子が砕け散り、その勢いで窓が片方ばたんと開いたのが見えた。そこから炎が吹き出す。と、見つめるあいだに、今度はその隣の窓が、そして二階の中央の窓が、見えない狙撃兵に狙い撃ちされているかのように次々と木端微塵《こっぱみじん》になり、躍り上がるようにして炎が吹き出してきた。炎は平田と孝史につかみかかってくる。ふたりを屋敷のなかに引きずりこもうとするかのように。

熱風は、前から吹いてくると思えば今度は後ろから、右から殴りかかってきたかと思えば左からと、孝史を翻弄《ほんろう》した。さっきまで離せとわめいていた平田の腕をしっかりとつかみ、平田が前かがみになって進んでゆくあとを、ただくっついていった。平田は植え込みに倒れかかり、孝史がそれを引き起こし、蒲生邸の前の道路はもう目と鼻の先、だが煙と熱気とで、目を開けてそれを確かめることさえ難しい。ようやく、這うようにして道路まで出たとき、蒲生邸の割れた窓のどれかから、「鞠恵、鞠恵」と男の声が気が触れたように叫ぶのが聞こえ、「まりえぇぇ」と長く尾を引いて最後は絶叫に変わった。

孝史は道路に膝から倒れた。引きずられるように平田もくずおれた。孝史は膝立ちのままどうにか身体を支えることができたが、平田は両手を地面について、あえぐように大きく肩を上下させている。

孝史の目に、この道のずっとずっと先、緩やかな坂をくだっていったところにある、皇居の黒い森の輪郭が見えた。その周囲でも、そしてそのなかでも、赤い炎が孝史を嘲るように長い舌をちらちらさせている。声も出せずにそれを見つめているとき初めて、閉ざされた夜空のなかを、銀色の機体がいくつか、邪悪なほどのすばしこさで横切ってゆくのが見えた。

夜に火がついてる。ほとんど見とれるような思いで、孝史はそう呟いた。連中、夜にまで火をつけやがった。

だけど「連中」とは誰だ？「連中」とはどこだ？　米軍機だって？　まだ戦争も始まっていないはずなのに。

「皇居が燃えてるよ……」

しゃべると、口のなかに灰と煤《すす》の味がした。平田が呻くように答えるのが聞こえた。

「現代まで戻れなかったんだ」

孝史は膝をつき両腕を身体の脇に垂らしたまま、呆然と平田の後頭部を見おろした。彼はまだよつんばいになっていた。その身体が妙に小さく縮んだように見える。

「やっぱり、短期間のあいだに、何度も、トリップをすると、しかも私ひとり、じゃない、失敗しちまうんだ、ジャンプ、しきれなかったんだ」

途切れ途切れに、俯《うつむ》いたまましゃべる平田の声は、地面を撫でるようにして聞こえてくる。

「しかし、なんでこんなところに落ちたのかわからん……」

「ここはいつ？」

「たぶん、昭和二十年の、五月二十五日」平田の声は喉を締めあげられながらしゃべっているように聞こえる。「宮城《きゆうじよう》まで燃えた、大規模な空襲の日だから」

平田の言うとおり、皇居の森のなかで炎が踊り狂っている。

「そんな話、いっぺんも聞いたことないよ。皇居が空襲で燃えたなんてさ」

ぼんやりと言い返しながら、「ジャンプしきれなかった」という平田の言葉の意味を考えていた。昭和十一年から平成六年まで行こうとしてたのに、はるか手前の昭和二十年で失速墜落しちまったってことか……

熱風が孝史の顔をなぶり、不用意に口を開けると喉が痛い。

蒲生邸の、すべての窓の硝子が割れていた。煙と炎の吹き出していない窓は、屋敷の内部の闇を四角くのぞかせて、うつろに孝史を見おろしている。

ふきは死んだんだ。

突っ立ったままバカみたいに燃えてるあの屋敷で死んだんだ。煉瓦でできてるくせに燃えやがった。ふきは死んだんだ。

無意識のうちに、腕をあげて顔をぬぐっていた。涙が流れていた。煙と熱気のせいだと思った。だってほかに何があるっていうんだ？　あの屋敷の人たちのことも、ふきのことも、全然知らないのだ。ちょっと係わりあっただけなのだ。

だけど、だけど——

「俺たち、どうするの？」

屋敷に目をやったまま尋ねると、平田はひとしきり苦しそうに咳込んだあと、かろうじて声を出した。

「十一年に、戻ろう」

孝史は平田に目を向けた。彼はよろよろと身を起こし、顔をあげた。

孝史は、もうこれ以上ショックを受けることなどないと思っていたのにもかかわらず、ひゅっと息を飲み込むほどに驚いた。平田の口元には泡がくっつき、くちびるの端がぴくぴくと痙攣《けいれん》している。だが、もっともひどいのは彼の目だった。血走っている。特に左目の白目は、こっぴどく殴られたみたいに、どろりと濁った赤色に染まっている。

「あんた……」

手をのばして、孝史は平田の顔に触れようとした。が、平田はそれを払いのけた。

「もう一度、十一年に戻るジャンプくらいならできそうだ。いや、やらなきゃならん。このままここにいても、どうしようもない」

早口に、絞り出すようにしてしゃべる。肩が上下している。

「そんなことをしたら、あんた、死んじゃうよ」

思わずそう言った。が、平田は首を振る。

「ここにいたって死ぬことになる。空襲では死ななくても、昭和二十年だぞ。どうやって生き延びる？　君には無理だ。私にも準備ができてない」

平田は手を伸ばしてきた。孝史は彼を支えようとしてその手を受け止めた。が、平田は孝史の浴衣の袖をきつくつかむと、

「つかまってろ」と、低く囁《ささや》いた。

闇のなかを飛びゆく旅は、今度はおそろしく長かった。そしてそれは、孝史にとっても苦しいものだった。過去三回で初めてだ。身体が宙に浮いたままバラバラにされてゆ

くような気がするときもあれば、周囲の闇に圧迫されて押し潰されそうに感じるときもある。移動はゆっくりで、まるで亀の歩みのようにゆっくりで、動くたびに息がつまり、身体が浮くたびに目がくらみ、下がるたびに腹がよじれた。

落下の瞬間、意識が途切れた。それが慈悲のように感じられた。

——冷たい。

目を開けてみる。最初は右のまぶたを。次に左を。

泥と雪。そして車の轍《わだち》。

頭を持ち上げてみる。孝史は平田と、蒲生邸の前のあの道路、今朝エンジン音を聞いた車の残していったタイヤの跡の残っている上に、折り重なるようにして倒れていた。

——戻ってきた？

蒲生邸は灰色に凍った空を背景に建っている。窓に明かりがともっている。煙突からは煙がたなびき、周囲ではこそりとも音がしない。

平田はうつ伏せに倒れている。触れても動かない。あわてて脈をさぐってみる。ごくかすかで、途切れ勝ちだ。子供のころ飼っていたヒヨコが死んでしまう直前、こんな感じだったことを思い出した。

今度は孝史が平田を担ぎあげ、引きずって移動する番だった。彼の身体は濡れた毛布のように重く、手ごたえがなかった。蒲生邸の誰かに気づかれたり見とがめられたりする前に、あの半地下の部屋に戻らなくては。

　孝史も疲労困憊《こんぱい》で、手も足も思うように動いてくれなかった。平田を支えて歩こうとして、もんどりうって雪のなかに倒れた。立ち上がり彼を抱えると、今度は逆の方向に倒れた。雪に顔を埋めて、このまま何もかも放り出してしまいたいと思ったとき、蒲生邸の方向でドアが開閉する音がした。

　雪を踏み、泥水を跳ねとばし、足音が近づいてくる。孝史は目を閉じたまま、その時を待った。聞こえてくる声を待った。

「孝史さん……」

　脅えたような声は、ふきのそれだった。孝史はなんとか、頭を起こした。

　彼女はひとりではなかった。すぐうしろに、あの貴之という青年がくっついていた。ぐっとしかめられた眉と眉のあいだも、短く刈り込まれたこめかみも、同じように青々としている。いかつい肩が動いて、ふきを脇に押しやると前に出た。

「いったいどうしたんだ？」

　孝史の心のなかに、無数の答え、無数の言葉が乱舞した。本当にききたいかい？　俺たちが何者か知りたいかい？

　だが、口元から出てきたのは、濾過《ろか》された嘘、半日足らずのあいだに、平田とのあいだでつくりあげ、彼にたたき込まれてきた嘘の真実だった。

「俺が逃げようとして――伯父さんが追い掛けてきて、言い争ってるうちに、伯父さんが倒れた」

孝史の腕のなかで、平田は動かず、呼吸している気配さえ感じられない。

「死んじまうかもしれない」

貴之は素早く孝史に近づくと、片膝をついてかがみこみ、平田の身体に手を触れ、そっと揺り動かした。

「おい、しっかりしろ」

平田はぴくりともしない。貴之は彼の身体をひっくり返した。雪よりも白い顔が現れた。目は閉じていた。

貴之は平田の胸に耳をあて、彼の頭を起こしてやって、鼻の下に指先を当てた。

「生きてる」と、小声で言った。そして、ぎょっとしたように自分の手を見た。孝史も見た。血がついていた。

「鼻血だ」

貴之は、両手を胸の前に組み合わせ、目をしばたたきながら見つめているふきを見あげた。

「脳出血かもしれない。部屋に運ぼう」

ふきは勢いよくうなずいた。貴之に手を貸し、平田の身体を抱える。平田の腕を自分の肩にかけながら、貴之が孝史に顔を向けた。

「君は歩けるか？」

反射的に、孝史はうなずいた。できるかどうかわからなかったけれど。

「じゃ、ついてくるんだ。ぐずぐずしていられないぞ。親父や鞠恵さんに見つかったらいろいろと面倒だから。ふき、部屋はわかるだろう？」

貴之が首尾よく平田を抱えあげ歩きだすと、ふきが戻ってきて孝史に手をかしてくれた。霜がおりていた孝史の意識が、ふきの温かい手に触れたとたんに、解凍されたかのようにはっきりとした。

「無茶なことをして」と、ふきはささやいた。語尾が震えていた。「どこにも行けるはずがないのに。お堀端には兵隊さんがいっぱいいて……」

ふきの声が喉で詰まった。

「ごめんよ」と、孝史はつぶやいた。「もう逃げたりしないから」

ふきは黙ったまま孝史を抱えて歩き出した。急いでいた。彼女の焦りが伝わってくる。ちらちらと蒲生邸に視線を投げながら、できるかぎりの早足で前庭を通り過ぎた。

ふきの体温が感じられた。息遣いが聞こえた。こんなに温かく、優しい。ほんの少し薬臭いのはふきの上っ張りの匂いか。生きてる。息づいてる。今は生きてる。ふきは生きて、ここにいる。

「ごめんよ」

もう一度呟いて、孝史は声を呑み泣き出した。ふきは驚いたように孝史の顔をのぞきこんだが、母親が子供をあやすようにして孝史の身体をゆすると、小さく言った。

「大丈夫、平田さんはよくなりますよ」

伏せた顔から、ぼろぼろと涙がこぼれる。孝史は首を振り、ふきのやわらかな身体にしがみつくようにして蒲生邸のなかに戻ってゆく。一歩、また一歩と。

泣いてるのは、君のためだ。胸のなかで言っていた。そして、心に決めていた。俺は帰らないよ。たとえ今帰れるとしても、現代には帰らないよ。

平田は言った——自分の好悪だけで人を助けたり見殺しにしたりする、それはしょせんまがい物の神のやることにすぎないと。でも、俺はまがい物でもなんでもいい。そんな理屈にかまっちゃいられないんだ。ふき、俺はここにいる、ひとりで帰ったりはしないよ。

君を、あんな死に方をする運命から救い出すまでは——

9

平田は眠っている。寝息も聞こえない。昏睡《こんすい》に近いような深い眠りだ。

孝史は、彼の枕元に座っている。今はふたりきりだ。平田に与えられた、あの半地下の部屋にいる。ふきが都合してくれたズボンとシャツとセーターに着替えている。どうやら、貴之のお古であるらしい。

蒲生邸前の路上から平田と孝史を連れ帰ると、蒲生貴之はてきぱきと指示を飛ばし、ふきと孝史に手伝わせて、平田をこの部屋の布団に寝かしつけた。孝史は、両手があわあわと震えるのを抑えることが難しかったが、懸命に手伝った。

それでも、部屋に足を踏み入れたとき、畳の上から、ここを脱出するとき足場代わりに使った旅行鞄が消えてなくなっていることには、ちゃんと気がついた。やはり、鞠恵があわてて回収していったのだろう。

平田の介抱をしているあいだ、貴之は、彼にとっては使用人である平田の行動や、本来ここにいるはずはない孝史の存在について、咎めるようなことはひと言も口にしなかった。これには孝史のほうが落ち着かなくなって、言いよどみながらも説明をしようとすると、貴之はきっぱりとそれをさえぎり、こう言った。

「大方の話はふきから聞いている。とにかく今は、病人の手当てをするほうが先だ」

そして、医者に電話をかけてみようと、階上にあがっていった。

「医者なんて呼んでもらっていいのかい」

思わず、本物の使用人気分になって、孝史はふきにきいた。すると彼女はうなずいた。

「貴之さまがそうおっしゃるなら、遠慮することはないですよ。でも、とてもありがたいことですからね。ほかのお屋敷じゃ、特にこんな事情のときには、そこまでしてはいただけませんよ」

「だけど、医者が来れるかな？」

二・二六事件は、目と鼻の先で現在進行中である。封鎖されているだろうこの地区に、外から医者が入ってくることができるだろうか？

ふきも眉をくもらせた。「それはわからないけれど……」

「来てくれそうな医者のあてはあるの？」

「旦那さまと奥様のかかりつけの先生が。以前はこの近くにお住まいだった方で……去年、他所《よそ》へ移ってしまわれたんですけれど、ずっと診ていただいています。お住まいは、たしか小日向《こひなた》のほうだったと思うけれど」

ふきが平田の濡れた衣服を脱がせ、清潔な浴衣を着せかけているあいだに、孝史は彼女の目を盗み、平田のズボンの尻ポケットをさぐってみた。例の時計を取り出しておこうと思ったのだ。が、時計はそこになかった。途中落下してしまったあの時、昭和二十年五月二十五日夜に、落としてきてしまったのだろうと思った。今度こそ、時計は消えたのだ。

平田は、寝かしつけたあとも、しばらくのあいだ、少量ではあるが鼻血を出していた。

濡らした手ぬぐいで、孝史は懸命にそれを拭いとった。もう止まるか、今度は止まったかと思いながら手ぬぐいを押しつけるのに、手を離すと、血はまたたらたらと流れ始める。平田の生命力が流れ出てゆくのを見せつけられているような気がした。

「平田さん、よほどひどい倒れかたをしたんですか」

眠る平田の顔を見守りながら、ふきがぽつりときいた。

孝史が逃げようとして、それを追ってきた平田が雪道で倒れた。嘘はつき通さなければならない。孝史はゆっくりと首を振ると、ふきの顔を見つめた。

「よくわからない。具合が悪くなって倒れたのが先なのか、それとも滑って転んで頭を打ったからこんなふうになっちまったのか」

ふきは黙っていた。手をのばして、平田の頬に触れる。「冷たい」と言った。

「ここにいちゃ、悪いような気がしてきたから、逃げ出したんだ」

黙っているのが辛くて、きかれてもいないのに、孝史は言った。ふきは、平田の顔から視線をはずさないまま、小さく答えた。

「そのことは、もういいですよ。だけど平田さんが心配ですね」

「お屋敷の人たちは……」

ふきはすかさず言った。「貴之さましか、あなたのことはご存じありません。道に倒れているあなたたちを見つけたのも貴之さまだったんです。ほかの方でなくてよかった」

「じゃ、俺がここに匿ってもらっていることは、今でも秘密なの？」

「ええ。旦那さまや奥様には、今日から奉公に来た平田が、雪かきをしていて滑って転んで怪我をしたということだけお話ししておきます」

ふきはちょっと微笑し、安心させるように孝史にむかってうなずきかけながら、

「大丈夫ですよ。もともと、こちらのお屋敷では、あまりたくさんの御用があるわけではないんです。わたしとちゑさんだけで、なんとか手が足りていたくらいで」

孝史は、薪小屋の前で鞠恵が平田を呼び止めたときのことを思い出した。

「でも、以前には、ひら――いや、伯父さんみたいな男の奉公人がいたんだろ？ 下男て言えばいいのかな。たしか、黒井さんとか」

その名を聞いたとたん、暖かな屋内から吐く息の凍る屋外に出たときのように、ふきの顔がつと強ばった。

「黒井さんをご存じですか？」

孝史はここでも嘘をついた。「伯父さんに聞いた。前の奉公人だって」

「そうでしたか」

ふきが安心したように見えたので、孝史はかえって気になった。

「黒井さんて人は、なぜ辞めたの？」

ふきは堅い顔のまま答えた。「もうお年でしたから」

「その人が使っていたのは、この部屋？ ほかにもうひとつ、空き部屋があるよね」

特に興味にかられてというより、なんとなく口をつぐむのが不安なので口に出した質問だったのに、思いがけず、ふきは厳しい反応を見せた。

「そんなこと、どうして気になるんです？」

「いや……べつに……」

「ほかの部屋って、じゃあ孝史さん、見てまわったりしてたんですか？」

孝史は黙って肩をすくめた。

ちょうどそこへ、廊下で足音がして、貴之が顔を出した。

「葛城《かつらぎ》先生が来てくださるそうだよ」と、孝史にではなく、ふきに向かって言った。

「よかった」と、ふきは顔の前で両手をあわせた。「でも、おいでになれるのでしょうか」

「あの先生は、自家用車を持っているじゃないか。車が動かなくなったら、あとは歩いてでも行こうと言ってくだすったよ」

ふきはまだ心配顔だ。

「でも、兵隊さんが道をふさいでいるとかいうお話でしたが」

貴之は、ちらと笑った。「こちらでもそれを気にしたんだが、先生、その心配は要らない、急病人を診に駆けつける医者を撃つような兵隊なら、もともとお国のためにもならん。遠慮なくどやしつけてやろうと言っておられた」

貴之は、ここで初めて孝史を見た。

「そういうことだから、心配しないでいいだろう。葛城先生というのは、うちの掛かりつけの医者だ。年配だが、腕はいい」

「ありがとう」孝史は頭をさげ、あわてて付け加えた。「——ございます」

「先生は、手が空き次第、すぐにあちらを出ると言っておられたが、夜になるかもしれないな」

夜か——孝史は平田の表情のない寝顔を見おろした。そんなにのんびりしていられるだろうか？

「その前に、どこかの病院に運ぶわけにはいかないですか？」

貴之は、ちょっと困ったように太い眉を動かした。「それはどうだろう。うちには車がないし、それにこの天気だ。戸板に乗せて運んでいったりすれば、かえってよくないかもしれない」

だがしかし、平田が本当に脳出血を起こしているのだとしたら、手当ては早いほうがいいではないか。

孝史の苛立ちを感じとったのか、貴之が続けた。「葛城先生の話では、頭を打っているようなら、妙に動かさずに安静にしていたほうがいいということだったよ」

孝史はそこで、今さらのように、時代の違いに思い当たった。今は昭和十一年――平成六年とは違うのだ。脳疾患や脳挫傷の患者を、分秒を争う早急な手当てによって救うことができるというような、医療の進んだ時代ではないのだ。医者の手当てが数時間早かろうが遅かろうが、死ぬ者は死に、助かる者は助かる。そう考えるしかない時代なのだ。

それならば、たしかに、じたばたせずに安静にさせておいたほうがいいのだろう。濡れた毛布のように、疲労が孝史を包みこんだ。平河町一番ホテルを逃げ出してからこっち、運命は何ひとつ、孝史の思うようにはなってくれない。

慰めるように、貴之が言った。「葛城先生とは、まめに連絡をとりあうよ。先生がこちらに向かって家を出られたら、時間を見計らって途中まで迎えに行ってみよう」

「迎えなら、俺が行きます」

気負いこんで孝史が言うと、貴之はふきと顔を見合わせ、微笑した。

「好きにするさ。また相談すればいい。ふきの話じゃ、君も怪我をしているそうだし」

「もう大丈夫ですよ」

貴之は、それには何とも応えなかった。部屋を出ていこうとしながら、ふきに言った。

「ふき、葛城先生には、今夜は泊まっていただくことになる。それに、あの騒動がどうなるかによっては、何日か留まっていただかなければならなくなるかもしれない。支度を頼むよ」

はいと、ふきは頭を下げた。貴之が出ていったあともしばらく、彼がいたところを見つめていた。

「ずいぶん、よくしてくれるよね」

有り難いはずなのに、助かったはずなのに、孝史はつい、そう呟いてしまった。あの貴之とは、どうもそりがあわない。

ふきは、今の話に気をとられて、すっかりお留守になってしまっている孝史の手から、濡れ手ぬぐいをとりあげながら、

「貴之さまは、わたしたちのような者にもお優しいのです」

そして、ほっとしたような声をあげた。

「鼻血が止まったみたい」

ふきのいうとおり、出血はおさまったようだった。だが、平田の顔はますます白く、まぶたさえぴくりとも動かず、寝息は深い。まるで死人のように見える。

「孝史さん、今度は逃げ出したりしないで、伯父さんの様子を見ていてあげてくださいね」

言われるまでもない。「うん、ちゃんと見ているよ」

「わたしは階上《うえ》におります。どうしても用があるときには、ほら、居間にあがってくる途中に、小さい部屋がありましたでしょう？」

「アイロン台のあるところだね」

「はい。そこに顔を出してみてください。わたしも気をつけて、ときどき様子を見にきてみますから。くれぐれも、お屋敷のほかのところを歩き回ったりしないでくださいね。貴之さまだけは、あんなふうにお優しくしてくださいますけれど、ほかの方に知れましたら、追い出されてしまうかもしれませんよ」

「わかったよ」

　立ちあがり、ふきは部屋を出てゆく。彼女の着ている白いうわっぱりみたいなものが、今までよりも、少し灰色っぽくくすんで見える。部屋が暗くなってきた――午後も、もう大分すぎたのだろう。

　こうして、孝史はぽつりと取り残され、平田の顔を見守っている。今はほかにできることもない。

　平田は回復するだろうかと、ぼんやり考えた。

　回復しなかったなら、万が一、彼が死ぬようなことになったなら、孝史はこの時代で生きていかねばならなくなる。これから戦争に突入していこうという時代に。後世、亡国の危機であったと評されるようになる時代に。

だが今は、そのことを思っても、あまり現実的な恐怖は感じなかった。そんなことを、今考えて不安がっても仕方がない。

それよりも、振り払っても振り払っても頭から離れてゆかないのは、丸焦げになって死んでゆくふきの姿のほうだった。蒲生邸の窓という窓からガラスが吹き飛び、夜の闇の底が真っ赤になるあの空襲の夜の光景だった。

（ふきを助けるために、俺は何が出来るだろう？）

できるだけ早く、とにかく昭和二十年の五月二十五日が来る前に、あの娘をこの屋敷から外に出すことだ。ここにいなければ、ここに落ちた爆弾のために命を落とすこともない。平田が言っていたことを受け入れるならば、ひとつの世界では死ぬべき運命にあったふきを助けたところで、歴史そのものの邪魔にはならないわけだから、孝史は何の遠慮もなく、ふきのことだけを考えてもいいのだ。

平田のかわりに、ここで働くことにしたらどうだろう？　今までの事情を――むろん、嘘の事情なわけだけど――率直にこの屋敷の主人に打ち明けて、伯父の代わりに僕が働きますと言えば、なんとかなるかもしれない。

淡々と、時間はすぎてゆく。孝史は平田の寝顔を見つめ、心があの空襲の場面にさまよってゆきそうになると、強いてそれを追っ払った。

疲労と無力感のあまり、少しうとうとと居眠りをした。予備校の試験を受けている夢を見た。スラスラと解答を書くことができる。来年こそ、志望校に入るのだ——はっと目を覚ました。平田の様子に変わりはない。なんであんな夢を見るのだろう。今まで、現代のことなんて思い出したこともなかったのに。

（まあ、そんな余裕もなかったもんな）

じっとしているのに飽きて立ちあがり、頭上の裸電球のスイッチをひねった。ふたたびあたりが静かになると、遠くからぼそぼそと人声が聞こえてくることに気がついた。耳を澄ます。

一本調子のひとり語りだ。会話ではない。どうやら、肉声でもなさそうだ。

孝史はそっと平田を見おろし、彼の様子に変わりがないことを確かめると、足音を忍ばせて部屋を出た。廊下に出ると、ぼそぼそ声が少しはっきりしてきた。階段をあがり、アイロン台のある小部屋に通じるドアを少しだけ開けてみると、もっと明瞭に聞こえるようになった。

ラジオだ。ラジオのニュースだ。

雑音が多く、聞き取りにくい金属的な声ではあったが、それはラジオのアナウンサーの声だった。ドアに手をかけたまま、孝史はじっと聞き入った。

「ひとつ、本日午後三時第一師団管下戦時警備下命せらる。ふたつ、戦時警備の目的は兵力をもって重要物件を警備し併せて一般の治安を維持するにあり――」

ラジオの声は、居間の方向から聞こえてくる。誰が聞いているのだろう？

「みっつ、目下治安は維持せられあるをもって一般市民は安堵して各自の業に従事せらるべし」

おそらく、貴之が「あの騒動」と表現した事件、二・二六事件についての報道なのだろう。が、こうして聞いているだけでは、何が何だかさっぱりわからない。みっつめの、一般市民は安心しろというところが、なんとか理解できた程度だ。

少し、膝が震えた。ああ、本当に起こっていることなんだなと思った。

孝史はドアを閉めると、静かに後退した。無用な騒ぎを起こさないように、ふきの言い付けに従おう。とにかく今は。医者が来るまでは。

踵を返したそのときだった。孝史の頭上、蒲生邸のなかのどこかで、唐突に一発の銃声が轟いたのは。

第三章　事件

1

正しく言うなら、その音は「轟《とどろ》いた」というほどのものではなかった。孝史が机に縛りつけられて過ごした去年の夏、近所の公園から頻繁に聞こえてきた花火の音と同じくらいの程度のものでしかなかった。

それでも、なぜかしらそれが銃声であるとわかった。一拍遅れて、心臓がどきんとした。今度はいったい、何が起こった？

息を呑んだ次の瞬間に、しかし孝史はひらりと思い出した。平河町一番ホテルの壁に掛けられていた、蒲生憲之の経歴を。

（――昭和十一年二月二十六日、二・二六事件勃発当日に、蒲生大将は、長文の遺書を残して自決しました）

そうか、そうなのだと孝史は目を見開いた。あれがそうだ。今の銃声が、蒲生大将の自決の瞬間なのだ。

「あれはなんだ？」

問いかける声が、居間の方向から聞こえてきた。貴之の声だった。孝史は閉めかけたドアをもう一度開け、アイロン台のある部屋の中ほどまで進んだ。

すぐに、貴之が孝史の左手のほうから現れて、孝史がそこにいることに驚いたような顔をした。が、咎めるより先に、

「今の音を聞いたか？」と尋ねた。

「聞きました。階上《うえ》だと思う」

貴之は孝史をやりすごし、小走りに右手のほうへ進んだ。孝史もあとをついていった。

アイロン台のある小部屋を抜けると、そこにまた小さなドアがあり、開けるとそこは土間のように少し低くなっていた。台所だった。鉄兜《てつかぶと》みたいな形のガスコンロがふたつ、煉瓦造りの壁際に鎮座している。それと背中あわせに流し台があり、ふきと、いくらか腰の曲がった小柄な老女が、揃いの白い割烹着《かっぽうぎ》姿で並んで食器を洗っていた。小さなプロペラみたいな古風な形の栓がついた蛇口から、水が流れ出ている。ああ、水道が通ってると孝史は思い、当たり前かと考え直した。江戸時代じゃないんだし、ここはこんなお屋敷なのだ。

孝史が飛び込んでゆくと、ふきと老女は驚いたように顔を起こした。ふきは急いで割烹着の裾で手を拭いた。主人の命令を承る女中の動作だった。が、彼女が何か言うより先に、貴之が急き込《せ》んで尋ねた。

「今の音を聞いたかい？」

「今の音――でございますか？」

あやふやな口調でふきが繰り返し、老女と顔を見合わせた。

「台所の物音ではないのだね？」

たたみこむ貴之に、ふたりはますます困ったような顔をする。孝史は歯がゆくてしかたなかった。今のはおまえの親父さんが自決した、その銃声だよと大声で教えてやりたかった。その分、大声になった。

「さっきも言ったでしょう、音がしたのは階上のほうです。ここじゃないですよ」

すると貴之は、急に、糸が切れた操り人形のように生気を失ってしまった。どこかぼうっとしたような目つきで孝史を見返った。

「ああ、そうか」と、呟いた。「やっぱりそうか」

「やっぱりって……」と、ふきが不安そうに問い返す。だが貴之は、周囲に人がいることを忘れてしまったかのように、ただ突っ立っているだけだ。

「聞き違いじゃないですよ。僕もあの音を聞いたから。階上です。二階です」

一語一語に力をこめて、孝史はゆっくりと言った。そして貴之の顔を見つめながら、彼には、父親の自決について、何か予感するところがあったのだろうかと考えていた。それが「やっぱり」という言葉になったのか。

「階上を見にいかなくていいんですか？　あれは銃声ですよ」

貴之は、物憂《ものう》げにまばたきをした。そのときになって初めて孝史は、肩を並べると、自分のほうが貴之よりも若干長身であることに気がついた。

「何かあったんでございますか？」

ふきが顔を曇らせる。貴之は、その声を聞いて正気づいた。ちょっと頭を振ると、

「ふきとちゑはここにいなさい。僕がいいというまでは、ここを動かないように」と命令した。

貴之は居間の方向へとって返した。また、孝史もついていった。ふたりが居間に駆けこんだとき、ちょうど部屋の反対側のドアが開いた。あの珠子という娘が、やはり急いだ様子で部屋のなかに飛びこんできた。

「あ、お兄さま、ここにいらしたの」

彼女はぱっと足を止めた。昼間見たときと同じ着物姿で、袖がふわりと揺れた。

「お父さまのお部屋で変な音がしましたわ。何かしら」

「僕も、物音は聞いた。確かに親父の部屋だったかい？」

「ええ、そうよ」

「行ってみよう」

貴之は走り出す。階段をあがってゆく。それを見送り、初めて、珠子は孝史に目をとめた。小首をかしげて、しげしげと見つめた。

「あなた、誰？」

こんなときだというのに、孝史はふっと、間近で絵画を見ているような気分になった。静止している珠子は美しい。昼間見かけたときの、しゃべったり笑ったり動いたりしている彼女とは別人のようだ。今、孝史が見つめているのは「珠子像」だった。

「お兄さまのお友達？」

さらに問われて、孝史はやっと自分の立場を思い出した。衝動的に貴之にくっついてここへ出てきてしまった。前後の事情を忘れていた。

「いや、あの……」

居間のなかではラジオが呟き続けている。その音声が邪魔になると思ったのか、珠子は一歩孝史に近寄った。

「なあに？　なんて言ったの？」

「あの……階上へ行ってみたほうがいいんじゃないですか」

頭が働かなくて、孝史はそんなことだけを言ってみた。すると珠子は意外なことをした。つと手を伸ばし、孝史の手を握ったのだ。

「あたくし、ひとりじゃ怖いわ。あなた一緒に来て頂戴」

そう言うなり、珠子は孝史を引っ張って階段のほうへ進んでゆく。ここへ居残る理由も見つからず、言い訳もなく、孝史はずるずる引きずられていった。

幅が広く段差の浅い階段は、つややかな栗色で、中央に緋色の絨毯が敷かれていた。

珠子は足袋《たび》裸足《はだし》で、孝史は靴下裸足で、その絨毯を踏んでのぼっていった。階段は緩やかに右側に蛇行し、のぼりきったところは同じ栗色の板張りの廊下で、同じ絨毯が敷き詰められている。廊下に沿ってどっしりとしたドアが並び、ドアとドアのあいだに、金縁の額に納められた絵画が掛けられていた。

珠子は孝史の手をしっかりと握り締めている。ふっくらと柔らかく、滑らかな手だった。少しの湿り気もなく、さらりとしていた。

「お父さんのお部屋はどっちですか？」

「あちらなの」

珠子は廊下を右に進んだ。孝史は手をとられたままくっついていった。並んでいるどのドアからも、人が出てくることはなかった。誰もいないのだろうか？　さっきの音を聞かなかったのだろうか？

廊下の突き当たりのドアを指差しながら、珠子は足を止めた。

「あのドアよ」

孝史の手を握ったまま後退《あとずさ》りをして、彼女は、空いているほうの手で手摺をつかんだ。

「お兄さまはなかにいらっしゃるのかしら。開けてみてくださる？」

孝史は珠子の顔を見つめた。彼女はドアを見ている。ひどく怖がっている。彼女も、さっきの音を銃声だと認識しているのだろうか。

「ね、声をかけてみて」

珠子は孝史の手を離すと、その手で孝史の背中を押した。孝史はドアに近寄り、拳を握ってノックをした。

一度、二度。返事はない。仕方がない。たぶん真鍮《しんちゅう》だろう、鈍い金色のドアノブを握って、回してみた。動いた。孝史はドアを押し開けた。

思っていたよりもはるかに広い空間が、孝史の目の前に開けた。同時に、顔にふうっと暖気があたるのを感じた。一歩踏み込むと、その理由がわかった。室内の暖炉に火が入っているのだ。

孝史の目に入ってきた室内の光景は、部屋のつくりや装飾的なことだけを言うならば、階下の居間のそれとよく似ていた。足元に敷き詰められた絨毯。正面は一面に窓。緞子《どんす》のようなカーテンとレースのカーテン。窓は閉まっているがカーテンは全部開けてある。天井は高く、梁は太く、交差する梁のあいだには刺しゅうをほどこした布が張ってある。

部屋のほぼ中央に、たたみ二畳分ほどはありそうな大きな机が据えてあった。シンプルな形のスタンドがひとつ、その上に乗せられている。ほかには何もない。机の上に上半身を伏せて、人がひとり、倒れていることだけを除けば。

その姿勢であっても、全体の雰囲気や頭の感じや服装で、孝史にも、それがこの部屋の主《あるじ》、蒲生憲之であるとわかった。

すぐそばに人の気配を感じて、孝史ははっと身じろぎをした。開けたドアの内側に隠れるようにして——隠れていたわけではないのだろうが——貴之が突っ立っていたのだ。

彼の視線は、机につっぷして倒れている父親の背中に据えられていた。両手を身体の脇にたらし、顎《あご》を落とし、肩を下げて、まるで、今この場で見えないロープに首をくくられているかのような姿勢だった。

「大将は死んでいるんですね」と、孝史はきいた。

貴之は父を見据えているだけで答えない。

孝史はドアから離れ、思い切って机に近づいていった。足元の絨毯は毛足が短く、廊下に敷いてあるものよりも、ずっと硬い感触がした。

ドアから机の前まで、六歩で着いた。孝史は机をはさんで蒲生憲之の遺体と向き合う位置に立った。この机は暖炉を背にして据えられている。暖気がいっそう強く感じられるようになった。太い薪が勢いよく燃えあがり、火の粉がはぜる。灰色の石を積み上げてつくられたマントルピースの脇に、居間で見かけたとき蒲生憲之が手にしていた杖が立て掛けられていた。

蒲生憲之は、右のこめかみから血を流していた。勇気を出してのぞいてみると、そこに小指の先ほどの大きさの丸い穴が開いていた。

自分で自分の頭を撃ったんだ。本当にこういう死に方があるんだ。とっさに思ったのは、そんなことだった。

　出血の量は多くなかった。手のひらほどの大きさの血だまりができているだけだ。傷痕も、右のこめかみにしか残っていない。弾は貫通しなかったのだろう。

　手を触れていいものだろうか。うつ伏している蒲生憲之のうなじを見つめながら、孝史は考えた。うなじの部分に、白髪が集中してはえていた。そのせいで、うなじだけがひときわ老いて見えた。

「死んでいる」と、背後で貴之が言った。読経のような、妙な抑揚をつけた口調だった。

　孝史は振り向いた。貴之はさっきと同じ姿勢で、同じところを見つめている。

「確かめてみた。脈がない」

　では貴之も、一度は死体に近づいてみたのか。それでいて、今はあんなところへ尻込みしていって、棒を呑んだみたいに立ちすくんでいる。

　孝史はもう一度、蒲生憲之の死体を見おろした。ちょうど万歳しているかのように、両手が頭の脇に投げ出されている。相当高価な品物なのであろう机の上に、骨ばった老人の手が、珍奇な装飾品のように並んで置かれている。その中央に白髪まじりの頭——

「銃を取り上げたんですか」

　首をよじって肩ごしに、孝史は貴之にきいた。蒲生憲之は空手《くうしゅ》だ。何も持っていない。

しかし自決なのだから、銃は近くにあるはずだった。

貴之は返事をしない。孝史がもう一度質問を繰り返すと、やっと視線を動かして、

「えっ？」ときいた。

「銃です。銃が見当たらない」

貴之はぼやっと孝史を見つめ、それからようやく質問の意味がわかったという感じで、室内を見回し始めた。

「さっきは気づかなかった。そのへんにあるんだろう」

孝史は身をかがめ、床の上をぐるりと眺めて見た。絨毯の上には何も落ちていないようだ。

「身体の下になってるのかもしれない」

頭を撃った瞬間に銃を取り落とし、その上にうつ伏したということはありそうだ。

「動かしたらまずいですか」

「まずいと思う」これには、貴之は素早く答えた。「少なくとも、今は。ここはこのままにしておかないと」

それは孝史もそう思った。「警察を呼びましょう」

「警察？」貴之はおうむ返しに言った。

「お兄さま、お父さま死んだの？」

廊下のほうから、珠子の声が呼びかけてきた。彼女はまだ、そこを動けずにいるらし

い。

「ああ、死んだ」と、貴之は簡潔に答えた。配慮も何もない、無機質な返答だった。

「珠子は階下に降りていなさい」

「あんた、大丈夫かい？」

貴之のそばに近寄りながら、孝史はきいてみた。なんだか、貴之が正気を失っているのではないかと思えてきたのだ。だって、父親が自殺したばっかりだっていうのに、この兄妹の反応はなんだ？　珠子は、父の姿を確かめようとさえしないのか？

だいいち、ほかの連中はどうしてるんだ。鞠恵は？　彼女は蒲生憲之の妻だろうが。彼女はどこで何をしてるんだ？

「あんたたち、これがどういうことかわかってるのかい？」

貴之をつかまえて、ゆすぶってやりたいと思った。

「親父さんが死んだんだよ？　わかるかい？　わかってるのかい？」

「わかっているさ」

貴之は答えた。口元がゆるんでいた。ほほ笑んでいるのではない。緊張感を失って、口の端が下に下がっているのだ。孝史はぞうっと寒気を覚えた。何を考えてるんだ、こいつは。どうしちゃったんだ。

「あんたが来たとき、ドアは開いてたの？」

孝史の問いに、貴之はまぶたをぱちぱちさせた。ちょっと正気づいたようになって、目が晴れた。

「ドア――この部屋のドアか。いや、閉まっていた。鍵はかかってなかったが。だから、声をかけても返事がないんで、入ってみたんだ」

「じゃあ、あんたがいちばん最初に見つけたわけだね」

「そうなるな……」貴之は窓の方へ視線をやった。「窓も閉まってるな」

そう言いながら窓に近寄り、窓枠に手をかけた。動かない。

「鍵がかかってる」

孝史も窓へ寄ってみた。貴之の言うとおり、掛け金式の鍵がきちんとかかっている。ガラスを通して、屋外の雪がぼんやりと白く浮き上がって見える。

「とにかく、階下へ降りよう」

貴之はぎくしゃくと身体の向きをかえ、部屋を出ていこうとする。

「もうすぐ葛城先生が来る。ちゃんと調べてもらって、死体を動かしてもいいということになったら、きちんと安置しよう。僕にはいろいろすることがある。考えなくてはならないことがある」

独り言のような口調だった。悲しんでいるようにも、驚いているようにも、嘆いているようにも聞こえない。孝史は呆れてしまって、何を言っていいのかわからなかった。

「ほかの人たちには知らせないの？」

ふたりは廊下に出た。貴之が機械的に振り向いて「ドアを閉めてくれ」と言った。それから続けて、「皆には知らせるよ。君は階下へ降りていてくれ。台所にいるといい。そうだ、ふきとちゑに事情を話してくれ」

貴之は、廊下を先へ進んでゆく。彼の身体が、わずかにだが前後に揺れている。倒れそうに見える。足がもつれかかって、絨毯につまずいた。酔っ払いみたいだ。

だがそれでも、孝史がついていこうとすると、追いやるように階段の下をさした。

「降りていてくれ。僕は鞠恵さんに話してくるから」

貴之は廊下を進み、左から二番目のドアをノックした。返事があるまで、三度ノックを続けた。やがて「はい」という声が聞こえ、貴之はドアを開けてその内側に消えた。

二階の様子に心を残しつつ、とりあえず孝史は階下へ降りて居間に入った。珠子がひとりでぽつりと椅子に座り、ガラス張りの豪華なテーブルに向かって、頬杖をついていた。着物の袖が肘《ひじ》のところまで垂れ下がり、真っ白な腕が剝き出しになっている。

孝史が近づくと、彼女は振り向いた。目と目があうと、ちらとほほ笑んだ。珠子には、人と顔をあわせたら、反射的にほほ笑むという癖があるのかもしれなかった。笑うと、彼女の左のほっぺたにえくぼができることに、孝史は気づいた。

「お父さんをみてあげなくていいんですか？」

声をかけると、珠子は笑みをひっこめ、ぼうっと目をそらした。

「お兄さまがいいとおっしゃるまでは、わたくしはあの部屋には行かないの」

「心配じゃないんですか」

「でも、もう死んでいるんでしょう？」

珠子の口調は、素っ気ないというよりはむしろ無邪気そのものという感じだった。

「死んでいるなら、今さらあれこれ世話を焼いても仕方ないわ」

これという理由はないが、孝史はこのとき、珠子が「あなた、煙草を持ってる？」ときいてきそうな気がした。「わたくし、煙草を吸いたいわ」と言い出しそうな気がした。むろん、この時代の良家の娘が喫煙などするわけもなく、実際、珠子は黙ってまた頬杖をつくことに専念してしまったのだが、孝史の頭のなかでは、珠子が白いきれいな指先に煙草をはさみ、ちょっとくちびるを尖《とが》らすようにして紫煙を吐き出す光景が、鮮やかに浮かびあがっていた。

それは孝史のなかにある、孝史の知っている「現代の若い女の子」の姿なのだと、そのとき思った。それを珠子に重ねあわせたところで、ぴったりくるわけもない。でも、こうしてぽつねんとしている珠子には、いかにも煙草がよく似合いそうだった。

ラジオは消してあったから、居間のなかは静かだった。暖炉では盛大に炎が燃えている。ぱちぱちと薪がはぜる音がする。

窓はすべて閉められ、カーテンが引かれている。居間はもちろん、屋敷のなか全体が荘厳なまでにぴんと静まりかえっていた。この屋敷自体が、ほかの誰よりも厳粛に、主人の急逝《きゅうせい》という事実を受け止めて、襟を正しているかのようだった。

窓に近づいて、カーテンをめくってみた。ガラスは曇っている。窓の桟に雪が薄く積もっている。暗い夜空から、ちらちらと白いものが舞い落ちてくるのが、ぼんやりと霞んで見える。貴之が「あの騒動」と呼んだクーデターの最中にいる将校たちも兵隊たちも、凄く寒いだろうなと、唐突に思った。

カーテンを元に戻し、振り向くと、珠子がさっきと同じ姿勢で頬杖をついたまま、ほろほろ泣いていた。顔は正面に向け、両の掌で頬を包んだまま、涙を流していた。涙は彼女のしみひとつない顔を、窓ガラスの上を滑ってゆく雨滴のように、ころころと転がり落ちてゆく。

なんと言ったらいいかわからずに、孝史は黙って立っていた。珠子も、孝史のほうに視線を向けようともしない。声もかけない。孝史がそこにいることさえ忘れているかのような、言ってみれば身勝手な泣き方だ。

彼女は声をたてなかった。表情さえ歪めていなかった。珠子の涙は、汗と同じように、身体の調節機能のひとつとして、本人の意思にかかわりなく、勝手に流れているかのように見えた。もっとも孝史には、珠子が汗をかいている様など、想像することはできなかったけれど。

孝史は無言のまま珠子の脇を通り抜け、台所へと足を向けた。ふきと、さっきの老女の様子を見てこよう。彼女たちなら、当たり前の心配の仕方をして、心を痛めているに違いない。

台所に通じるドアをノックすると、すぐに内側で「はい」というふきの声がして、ドアが開けられた。そこに孝史がいるのを認めると、ふきはちょっと伸び上がるようにして、孝史の背後をのぞき見た。貴之を探しているのだと思った。

「貴之さんは、まだ階上《うえ》にいます」

土間に降りてゆきながら、孝史は言った。

「鞠恵さんに知らせると言ってました」

「何があったんでしょう」と、ふきがきいた。身体は孝史の方を向いているが、視線は時々ドアのほうへと飛んだ。

ガスコンロのそばに、あの老女が立っていた。食器洗いは済んでおり、台所には火の気がない。天井は高いし湿気はあるし、ここはひどく寒かった。

さっきは気づかなかったけれど、突き当たりの壁のところに、ドアがひとつある。あれがたぶん、孝史が庭の側から見た勝手口のドアだろう。

「あなたがちゑさんですか？」

孝史が問いかけると、老女はまずふきの顔を見て、答えていいものかとうかがいをたてるような目をした。明らかに、ふきの祖母と言ってもいいような年配者で、骨ばった手をしている。腰も少し曲がり気味だ。蒲生邸では、こんな老人を働かせているのだ。珠子のような娘が遊んで暮らしているのに。

「ちゑさんです」と、ふきが代わって答えた。「ちゑさん、こちらが平田さんの甥子さんの孝史さん」

「いろいろご迷惑おかけしました」

孝史が頭を下げると、ちゑも頭を下げ返した。そして、

「そんなことより、あんたさん、こんなところにうろうろしていていいんですか」と、いかにも心配そうにきいた。

「貴之さんは、事情を知ってます」と、孝史は答えた。「だから、もう隠さなくてもいいと思います。伯父にかわって僕が働きますから、なんでも言い付けてください」

ふきが目をぱちぱちさせている。ちゑは、相談をもちかけるようにふきの顔をのぞき見た。

「でも、旦那さまがなんておっしゃるかねえ」

孝史は口元を引き締めてから、ゆっくりと答えた。「その心配はもうないです。亡くなりましたから」

並んで立っていたふたりの女中は、ほとんど同時に同じ動作をした。胸の前に手をあげ、握り締めたのだ。

「亡くなった？」きいたのはふきだった。

「そうだよ。階上の部屋で。ピストルで頭を撃ち抜いたらしい。さっき、ぱちんというような音がしたんだ。僕と貴之さんがここへ駆け込んできて、何か聞こえなかったかと言ったでしょう？　あのときにね」

ふきは少しくちびるを開いたまま、何か言いかけてはやめ、言いかけてはやめ、結局、ゆるゆると首を振るだけで、口をつぐんでしまった。

「ここでは何も聞こえませんでしたけれどねえ」と、ちゑが言う。

孝史は台所の高い天井や、ガスコンロの周囲の頑丈な煉瓦の壁に目をやった。

「ここは大将の部屋からはいちばん離れているし、それに、さっきは水を使っていたでしょう？　だから耳に届かなかったんですよ」

そのとき、ふきがその場ですうっとしゃがみこんだ。倒れるのかと思って、孝史はあわてて手を差し伸べたが、ふきは床に片手をつき、身体を支えた。

「旦那さまが亡くなった……」

喉の奥で、かすれたような声でそう言った。顔は蒼白で、まぶたの縁がぴくぴく痙攣《けいれん》していた。その様子に、孝史は、ふきもまた、大将の自決を予見していたのかなと思った。貴之もふきも、恐れていたものが現実になったから、こんなにも動揺している？

ちゑがふきに近寄り、ふきの身体を抱えるようにしていっしょにしゃがみこんだ。老女は流しの縁や壁に手をついて、伝い歩きをした。歩みはけっしてスムーズではなかった。足腰が弱っているのだろう。またぞろ孝史の心に、この屋敷に対する――いや、この時代に対する反感が、ちくちくとこみあげてきた。

「とにかく、居間に行きましょう。皆さん、集まるだろうから」

孝史は言って、ドアを開いてふたりを促した。が、ふきもちゑも動こうとしない。

「どうしたんですか？」

「わたしどもは、ここに……」と、ちゑが言う。

「なんで？　貴之さんに、呼びにくるまでここにいろって言われたからですか？」

ちゑは申し訳なさそうに首を縮めてうなずいた。「わたしどもは女中ですから」

「そんなこと――この際どうでもいいじゃないですか」

だがふたりは動かない。ふきは放心状態で、孝史の声さえ聞こえてないようだ。

「じゃ、僕が貴之さんに許可をとってきます。こんなところにずっといたら、風邪をひいちゃいますよ」

それを聞くと、ちゑはちょっと不思議そうな顔をした。それで孝史も気がついた。ふたりとも、風邪なんかひきゃしないのだ。こういうところで働き、暖房らしい暖房もない半地下の部屋で寝起きすることが、そのまま日々の暮らしなのだから。寒さや暑さ、立ち仕事や水仕事が、そのまま彼女たちの人生なのだから。

「とにかく、俺は居間へ行ってます」

言い置いて、孝史は台所を出た。アイロン台の上に乗せられているアイロンの、だんだら模様の太いコードを見つめていると、この屋敷に対する嫌悪感が、紙でできた蛇のように、ちくちくと喉元に這いあがってくるのを感じた。あんな湿った、薄暗い、立ってるだけで病気になりそうな台所。わざと、使用人たちに不快な環境を与えるがために、屋敷のなかでいちばん日当たりの悪い場所を選んでつくったかのようだ――

そう思って、ふと気がついた。この屋敷には台所に勝手口がついている。しかし、通用門が見あたらないのだ。孝史も屋敷のぐるりを詳しく観察したわけではないけれど、今まで見てきた限りでは、芝生の前庭を横切って正面玄関に達するルートのほかに、外部からこの屋敷の敷地内に入る道はなさそうに思えた。

ということは、ふきたち使用人も、前庭を横切って屋敷に近づき、そこから横手に回って勝手口から出入りするというわけなのだろうか。それでは意味がないように思える。家の裏方で働く使用人たちが、表にいる家人や来客たちに姿を見られずに動き回れるようにするための勝手口なのだから。今の状態では、客が来たときなど、ひどくばつの悪い思いをすることがあるのではなかろうか。

あるいは、来客なんてないからそんな心配は要らないのだろうか。だけど今朝は、人が来ていた。短時間だったけど、あれは確かに訪問者だったはずだ。

ヘンだよな――いろいろとおかしな家だ。

廊下を進んでゆくと、人の話し声がぼそぼそと聞こえてきた。孝史は足を止めて耳を澄ませた。家族が居間に集まっているらしい。

何人いるのだろう？　そのなかにはもちろん、孝史が声だけ盗み聞きした、鞠恵奥さまの密《ひそ》かな恋人、蒲生憲之の弟・嘉隆も混じっているに違いない。どんな男だろう？

薪小屋で耳にした会話が、頭のなかによみがえってきた。

(この決起が失敗したら、兄さんは生きてはいるまい)

(じゃ、自決するっていうの、あの人が)

(そうだよ)

あのふたりこそ、もっとも正確に、惨《むご》いくらいに的確に、蒲生憲之の最期を予見していたのかもしれない。彼らは今どんな気持ちでどんな表情を浮かべているのだろう。

考えこんでいるうちに、しかめっ面になっていた。寒さで指がかじかんできた。通路には暖房などないからだ。

居間へ行こうと歩きだし、階段の手前まで来て、不意に、ずっと平田をほったらかしにしていることを思い出した。居間の方も気がかりだが、平田のことも気になる。今のうちにちょっとでも様子を見ておこう。孝史は急いで半地下へ降りた。

引き戸をそっと開けて、首をつっこんでのぞいてみる。平田は、孝史が部屋を出たときと同じ姿勢で布団に横になっていた。火鉢の炭火が真っ赤におこっているが、明かりとりの窓が少し開けてあるので、部屋の空気は外気と同じくらい冷えていた。

明かりとりの窓を開けたのは、ふきだった。孝史が、それじゃ寒いと文句を言ったら、火鉢を指して、閉め切りだと危ないと言ったのだった。一酸化炭素中毒のことを指しているのだと、すぐにはわからなかった。

寝床に近寄って、上から平田の寝顔をのぞきこんでみた。両目が閉じている。膝をついて、片手を彼の額にあててみた。

と、平田が目を開けた。文字通り、孝史は飛びあがるほどに驚いた。

「起きてたんだね?」

平田の両目は真っ赤に充血していた。それも尋常な色合いではなかった。彼の頭蓋骨《ずがいこつ》の内側で、脳がじくじくと血を流している様が目に見えてくるような色だった。

平田はゆっくりとまばたきした。

「しゃべらなくていいよ」と、孝史は言った。

「あんたは安静にしてなくちゃならない」

そういえば、葛城とかいう医師がやってくるのだ。

「医者を呼んでもらったからね」と、平田にうなずきかけながら言った。「診てもらえば、きっとよくなるよ」

平田のどこがどう悪いのかもわからないし、この時代の医者がどの程度あてになるかどうかも知らないのに、口をついて出てくるのはそんな言葉だ。孝史は、こんなことを言って、俺は自分で自分を励ましているのかもしれないと思った。

平田の口が動いた。くちびるを開こうとすると、唾液《だえき》が糸を引いた。頰が痙攣して、醜いしわのような筋ができた。

「しゃべらなくていいんだって」

押し止める孝史の言葉を聞いていないのか、平田はしきりとまばたきをしながら、懸命にくちびるを動かした。そして言った。

「い……いっしゅうかん……あれば」

孝史は平田を見つめていた。また泣けてきそうだと思ったけれど我慢した。

「なおる……から。もとへ……もどれる……から」

孝史は何度もうなずいた。「わかってる。でも、今はそんなこと考えないでいいよ」

平田はまぶたを閉じた。また、死人の顔になった。こめかみから血を流していた蒲生憲之よりも、もっと死人らしく見えた。

孝史は立ち上がり、息を吸いこんで、背中をしゃんと伸ばした。平田は死なない。必ず治る。そして俺は現代に戻れる。でも、その前にやるべきことがある。

部屋を出て、孝史は居間に向かった。

2

孝史が居間に入ってゆくと、さっきと同じ椅子にかけていた珠子が、さっと頭をあげてこちらを見た。

「あら、あなたなの」と言った。

居間のなかには、あとふたりの人物がいた。ふたりとも珠子と離れて暖炉のそばに立っている。ひとりは鞠恵だ。昼間見たのと同じ着物姿だが、大きなストールのようなものを肩から羽織っていた。

もうひとりは、孝史が初めて見る顔だった。鞠恵のそばに、鞠恵に寄り添うように立っている。それだけで、誰だかわかった。この男が大将の弟、蒲生嘉隆であろう。

四十代の男性だ。チャコールグレイの上着に焦げ茶色のズボン、白いシャツの下に手編みのベストのようなものを着ている。こざっぱりとした感じだ。平田は確か、彼は石鹼の問屋の社長だと言っていた。だから清潔なのかな。小作りだが肩幅が広く、いかつい顔の輪郭は、彼の兄のそれとよく似ていた。

「おや、どなたただね？」

　ちょっと眉を動かして、彼は鞠恵にきいた。その声は、前庭の雪のなかにひそんでいたとき、頭上の屋敷の窓から聞こえてきた声だった。薪小屋のなかで、大将の自決を予測してほくそえんでいた声だった。

「どなたなの？」と、鞠恵は珠子にきいた。詰問口調だった。薪小屋の前で、平田に声をかけたときとそっくり同じだ。

「この人は、お兄さまのお友達よ」と、珠子が説明した。

　鞠恵はストールの前を手でかきあわせながら、一、二歩孝史のほうに歩み寄ってきた。用心深い足取りだ。この目に見慣れない者は、すべて自分よりも卑《いや》しく汚れた人間だから、うかつに近寄ってはいけないと思い込んでいるかのようだ。

「あなたが貴之の友達ですって？」

　鞠恵の目はすばやく動き、孝史の身形《みなり》を点検している。次第にその視線が険しくなる。なるほど、ふきが出してくれたお古を着ている孝史が貴之と同等の友人に見えるわけがない。その点では、彼女の眼力は正しい。

「僕のことは、あとで貴之さんに聞いてください」

　きっぱりと、孝史は言った。何も知らずに、いきなりこの女と顔をあわせていたら、もっとへいこらしていたと思う。だが今の孝史は、薪小屋での駆け落ちの相談や、そのために荷物を隠していた部屋に平田がいるかもしれないと知ったときの鞠恵のあわてぶりを知っている。そして、泡を食って鞄を取りに行ったに違いない彼女の、そのときの様子を想像してみることもできる。臆《おく》するところはなかった。

「貴之が知ってるっていうの？　あんたは誰なの？」鞠恵の声が尖る。「どうしてあたくしの知らないあいだに、この家に客が来ているの？」

珠子が面倒くさそうに顔をしかめた。

「そんなことどうでもいいじゃないの、鞠恵さん」

鞠恵は鋭く珠子を見返った。「お母さまとお呼び」

珠子は失笑の顔をしただけで返事をしなかった。また頬杖をつく。今度は、きれいな二の腕の肌まで丸見えになった。

「ねえあなた、紹介するわ。こちらは嘉隆叔父さま。お父さまのいちばん下の弟よ」

珠子は、鞠恵の傍らにいる男をさして、孝史に言った。

「叔父さま、こちらは貴之お兄さまのお友達の――」

名乗っていなかったことを思い出して、孝史は言った。「尾崎孝史といいます」

嘉隆叔父は無言のまま、ごく軽く会釈をした。男には珍しい、つるりとした顔をしている。皮膚がきれいなのだ。やっぱり石鹼のおかげかな――などと、孝史はふと考えた。

それはちょっとおかしい考えだったので、笑みが浮かびそうになった。駆け落ちの相談を偶然耳にしてしまったことで、孝史はなんだかこの男の弱みを握ったような気分になっていた。同時に、彼がほくほくと期待していたとおりに大将が死んでしまったこと、彼のもくろみどおりに事が運んでゆくことが腹立たしくもあった。冷笑のひとつぐらい、浮かべてやっても罰はあたるまい。

蒲生嘉隆の方は、そんなことなど知るはずもない。彼の視線はずっと、値踏みするように孝史の全身を見回していた。

「たかしさんていうの」珠子はほほ笑んだ。

「いいお名前ね。お兄さまと似てる。わたくしとお兄さまの名前は、亡くなったお祖父さまがつけてくだすったの。あなたの名前は、どなたがつけたの？」

「珠子さん、こんなときによけいなおしゃべりをするんじゃありません」

鞠恵がぴしゃりとさえぎった。が、珠子は知らん顔だ。「どういう字を書くの？　たかしのたかは、お兄さまと同じ？」

「珠子さん！」

すると珠子は、いっそうにこやかに続けた。

「漢字もちゃんと書けない方には面白いお話じゃありませんものね」

視線は鞠恵のほうを向いてはいない。孝史を見ている。が、鞠恵に向かって言った言葉であるのは明らかだ。鞠恵はストールにかけた両手を握り締め、歯を食いしばるようにして珠子をにらみつけた。

が、彼女が何か言いながら珠子に近づこうとすると、嘉隆が後ろから手をのばし、肩を抱くようにして止めた。鞠恵はちらと嘉隆を振り向き、わずかな間をおいて、ふうと鼻から息を吐き出した。そのまま、珠子からいちばん離れたところにある椅子のところまで、怒りのせいか妙にぎくしゃくした足取りで歩いてゆくと、着物の裾をはらうようにして腰かけた。孝史は内心、珠子に喝采を送った。

嘉隆は暖炉のそばから動こうとしなかった。面白そうにくちびるの端をねじ曲げて、珠子の顔を横目で見ている。そのうち、つと孝史に背中を向け、そんな必要もないのに炎をかきたてた。どうやらそうやって笑いをかみ殺しているらしいことに、孝史は気づいた。なるほどそうだろう。彼としては、笑って笑って笑い倒したいところだろう。

珠子のこんな強気も、あとどれくらい持つものか。大将の死によって、この屋敷内の家族の力関係が、嘉隆と鞠恵がもくろんでいるような方向へ変わってゆくのだとしたら、孝史はその様を見たくはない。ふと、珠子が気の毒になってきた。

「何か、お手伝いできることがありますか」

ようやく、孝史はそう言った。誰も反応を示してくれなかった。鞠恵と嘉隆は、自分には答える義務はないというような顔をしている。珠子はそんなふたりと孝史を見比べている。

「ご主人――さまのご様子は見てきましたか」はっきりと鞠恵に向き直って、孝史は問いかけた。

鞠恵は怒ったような目つきのままだったが、とりあえず孝史の顔を見てうなずいた。

「貴之に呼ばれて」

「どこかへ知らせるとか、いろいろしなければならないことがあるでしょう。言ってくれれば――」

孝史が言い終えないうちに、鞠恵は口の端で笑いながら吐き捨てた。「知らせるところなんかないわ。あの人が死んだところで、誰がかまうもんですか。世捨て人なんだから」

「でも……」

今朝は誰かが訪ねて来ていたようでしたよと言いかけて、孝史は黙った。まだそんなことまでは話さないほうがいいし、だいいち、今朝の車での来客が、誰に会いに来たどんな人物だったかわかっていないのだ。

「それより、お酒を飲みたいわ。何かつくってちょうだい」

鞠恵に言われて、思い出した。「よろしければ、ふきさんとちゑさんをこちらに呼んでもいいでしょうか」

鞠恵は眉をひそめた。濃くて細い眉だった。「あのふたりはどこにいるの？」

きが先に立ち上がった。


「台所に控えています」

「じゃ、呼んできて」

　孝史は急いで居間を出た。ドアを閉めるとほっとした。

　ふきとちゑは、土間の端に腰をおろして小さくなっていた。孝史が声をかけると、ふきが先に立ち上がった。

「奥さんが酒を用意してくれって言ってる」

「皆さまはどちらに？」

「居間にいるよ。奥さんと、嘉隆という叔父さんと珠子さんだ」

「貴之さまは？」

「まだ階上だ」

　そういえば、何をしてるのだろう？

「すぐご用意いたします」

　ふきとちゑはきびきびと動きだした。仲の良い母娘のようだった。あたかも、知人の家で不幸があったので、炊《た》き出《だ》しの手伝いにきているのだ、というような感じだ。揃いの真っ白な割烹着を着て。

「僕は階上を見てきます」

　言い置いて、孝史はまた居間へ駆け戻った。ここを通り抜けないと二階へはあがれない。誰にも何も話しかけられないうちに、とっとと通り抜けた。なんだかひとりだけでおたおたしているような気がした。

階段をあがって右に折れ、まっすぐに蒲生憲之の部屋に向かった。ドアは閉じていた。孝史は二、三度素早くて強いノックをしただけで、返事を待たずにドアを開けた。

なかに踏み込むと、うつ伏せに机に覆いかぶさっている蒲生憲之のすぐ脇で、貴之がはじかれたように身体を起こした。見ると、彼の足元一面に、書類みたいなものがたくさん散らばっている。

孝史は立ちすくんだ。貴之も、起きあがった姿勢のまま凍りついている。右手に、黒表紙で黒紐で綴《と》じてある書類綴りのようなものを持ったままだった。

「何してるんだい？」

大きな声を出したつもりはなかったのだが、貴之は見るからにびくりとした。（貴之は臆病者）という嘉隆の言葉が、孝史の頭の端のほうをよぎって消えた。

「ここはこのままにしておいたほうがいいんじゃなかったのかい？」

女たちは、夫や父親が死んだばかりだというのに、それとは全然関係のないことで口喧嘩をしている。弟は兄の死を笑いをかみ殺して喜んでいる。少しはものわかりがよさそうに見えた息子ときたら、父親のまだ温かい遺体の脇で、引き出しのなかを漁《あさ》っている。

暖炉の炎が揺れる。その光を照り返して、貴之の顔が赤くなったり白くなったりする。

「ちょっと……探し物だ」

「親父さんの遺書とか？」

言ってしまってから、まずかったかと思った。孝史は大将が長文の遺書を残したことを知っている。知っているから口に出してしまったのだが、無学な工員としてはうがちすぎの言葉じゃなかったか。

貴之はびくりとした。「遺書？」と、妙に言葉を励まして鼻先で笑うように言うと、「そういう言葉の意味がわかっているのか？」と吐き捨てて、書類綴りを片づけ始めた。

孝史は室内を見回した。そういえば、その大将の遺書はどこにあるのだろう。さっきは、机の上などにそれらしきものは見あたらなかった。長文だというから、引き出しにでも保管してあるのか――

（そうか）

孝史の視線から逃れるように、散らばった書類を片づけている貴之を見ながら、思い出した。大将の遺書は、「発見当時は遺族の配慮により公開されませんでした」と書いてあったじゃないか。軍部の独走を諌《いさ》め戦争の先行きに対して厳しい予測をした遺書だというから、当時の（というか現在の）蒲生家遺族の心情としてはそれも無理のないところだろう。

貴之は今まで、ここで父親の残した遺書に目を通していたのかもしれない。きっとそうだ。そして、その内容の厳しいことにあわてて、隠そうとしているところなのだ。いくぶん、彼の立場に同情を感じた。だが同時に、かすかだけれど、ごまかしようのない不快感も覚えた。

死にゆく人が遺書を書く。それはなぜか。残してゆく親しい人々に、自分の思いを伝えるためだろう。だが、蒲生大将が残した遺書は、そういう私的な手紙みたいな性質のものではない。なぜならそこには陸軍批判が盛り込まれているからだ。

批判だけではない。将来に対する分析と、それによって生み出される懸念。近い将来に予測される最悪の事態としての対米開戦にまで言及してあったというじゃないか。そんなものを家族に、家族だけにあてて書くわけがない。大将は軍人なのだ。軍の将来を憂えた遺書は、当然陸軍中枢部に向けて残されたはずだ。大将の遺書は、自決と引き替えに差し出される直訴状に近いものなのである。

それを、家族である貴之が一存で握りつぶす。

でも仕方がないのかな。時代が時代なのだ。強いものには逆らえない。大将の遺書は、戦後の時代でこそ評価を受けたけれど、この時代においてはきわめて危険で悪質な文章なのだ。そして、それを下手に公開して、あとで災厄をこうむるのは、生き残っている遺族なのだ。

だいいち、この時代の人である貴之には、父親の書いている文章の内容が、正確に理解できないかもしれない。それが現状と未来に対する鋭い分析であるとわかるのは、孝史が戦後の「未来」から来た人間であるからで、貴之には無理だ。世迷いごととしか見えないかもしれない。それならば、伏せておこうと思うのも、身勝手ではあるけれど、父親に対する思いやりかもしれない。

孝史はそっと声をかけた。「何か手伝いましょうか」

「おまえの知ったことじゃない」

突然、貴之は居丈高《いたけだか》な口調になった。自分と孝史の身分の上下を思い出したのかもしれない。身を起こし、落ち着き払った手付きで書類綴りを机の隅に載せる。

「何をしに来たんだ」

「いつまでも降りてこないから、様子を見にきたんだよ。階下では女の人たちがおろおろしてる。この家の家長は、あんたなんだろう？　仕切ってくれなきゃ」

「どうすることもないさ」と、貴之は素っ気なく言い捨てた。「医者を待つぐらいしか」

「本当に、警察とか軍隊には知らせなくていいのかい？」

貴之は冷笑した。炎の色が顔に映るので、ひどく歪んだ笑いに見えた。

「さっきから、おまえは馬鹿なことばかり言っているな。いくら教育を受けていない職工だといっても、今、この帝都で何が起こっているか知らないわけじゃあるまい？　警視庁は青年将校たちに占領されている。陸相は、今はまだ殺されていないようだが、あの腰抜けのご仁のことだ、さてどうしていることかな。首相も殺された。内大臣も殺された。こんな事態のなかで、親父が自決したところで、そんなささいなことに、いったい誰がかまうものか」

言葉を言いつのるうちに、どんどん語調が激しくなってゆく。怒っているというより、脅えているように、孝史には聞こえた。この脅えが貴之を駆り立て、父親の残した遺書を隠させ、なお何か面倒な事態を招く元になりそうな書類を探して引き出しを漁らせているのだろうか。

「三日もしないうちに、この帝都は陸軍のものになる。軍人の天下になるんだ」

貴之は断言した。逆立ちしても、その「軍人の天下」を歓迎しているようには聞こえなかったけれど。

短いあいだに、孝史の頭のなかに、きれぎれの思考が飛び交った。たしかに、三日ぐらいでこのクーデターは終わるよ。だけど青年将校が勝利するわけじゃない。でも軍人の天下はやってくる。オレはそういうことを知ってる。なぜかと言えば未来から来たから。けど、歴史のことには詳しくないから、実際のところ、オレもあんたと同じくらい、何がどうなるのか知らないんだ。歯がゆいよ――

さまざまな断片的思考は、結局言葉にならなかった。孝史はこう言った。「お医者は、本当に来てくれるのかい？」

話題がかわったからか、貴之の肩がすっと落ちた。力が抜けた。

「来ると言っていた」

「遅いね」

「道路が封鎖されているからな。止められているのかもしれない」

このとき、唐突に、自分でも思ってもみなかったほどの気軽さで、言葉が孝史の口をついて出てきた。

「途中まで迎えに行ってみるよ」

貴之は、わずかに怪訝《けげん》そうな顔をした。

「おまえがか？　危険かもしれないのに？」

どんなふうに危険なのだろう？

「行ってみなきゃわからない。どっちに行けばいい？」

「葛城先生が来るとしても、宮城のほうからは来られるわけがない。四谷から、赤坂見附のほうを通って来るだろう。そこも通れたらの話だが」

「てことは、玄関を出て、左のほうへ歩いていけばいいんだな？　一本道だよな？」

「赤坂見附の交差点までは、そうだ」

「じゃ、行ってみるよ」

踵《きびす》を返して部屋を出る寸前に、思いついて、孝史は言い足した。「女の人たちは居間にいる。珠子さんと、鞠恵さんと、嘉隆というあんたの叔父さんだ。ふきさんやちゑさんも呼んだ。全員集めたほうがいいと思ったから」

「わかった。早く行け」

追い払うような言い方をされたことにカチンときて、孝史はきっと貴之を見つめた。彼も負けじと睨み返してきた。

ひとつ頭を振って、孝史は背を向けた。ドアを閉めるとき、もう一度目をあげてみると、貴之はまだこちらを睨んでいた。その光景だけを切り取ってみるならば、つっぷした父親の遺体を前にしたその姿は、まるで、怒りに任せてたった今親父を殺してしまったが、何か文句があるかと主張しているかのように見えた。

孝史は階段を降りていった。居間に戻ると、さっきの三人のほかにふきがいて、鞠恵と嘉隆に酒を給仕していた。彼らふたりにとっては祝杯なのだろう。孝史の喉の奥で苦い味がした。

「あら、あなた」と、珠子が場違いに陽気な声をあげた。「お兄さまはまだ？　あなたも何か召し上がる？」

珠子は紅茶のカップを手にしていた。顔はまだ青白く、目が異様にきらきらしている。

珠子は珠子なりに衝撃のなかにいて、そこでどうにかこうにかバランスをとっているのだろう。しかし鞠恵と嘉隆は違う。彼らのひそめた眉やうち沈んだような表情の一枚下には、大将の自決を喜び手をうって小躍りしている野蛮人の顔が潜んでいるのだ。彼らを見ることが、ただそれだけで不愉快でならなかった。外へ出ることにしてよかった──自分自身のために、今、外気を吸うことが必要なのだと孝史は思った。無意識のうちにそれを感じていたから、とっさに自分が医師を迎えに行くと言い出したのかもしれない。

大きな盆をテーブルの上に乗せて、ふきが孝史に声をかけてきた。「貴之さまは降りていらっしゃいますか？」

「それよりふきさん、お医者さんがなかなか来ないので、途中まで様子を見に行ってこようと思うんだ」

ふきは眉を寄せた。「でも、外には……」

「貴之さんの許可はもらってあるんだ。危ないようだったら、すぐに引き返してくるし」

すると珠子が、急に顔を輝かせて立ちあがりかけた。「素敵だわ、外に出るの？　あたくしもいっしょに連れて行ってくださいな」

鞠恵が、鞭《むち》をふるうような口調でぴしゃりと言った。「馬鹿なことを言うもんじゃありません。外へ出たら危ないわ」

珠子はいっこうにこたえる様子もなく、薄く笑った。「鞠恵さんに行けと言ってるわけじゃありませんわよ。あたくしが行くの」

「だから、あたしはあなたのことを心配して言っているのよ」

「それはありがとう存じます、お母さま」

珠子は馬鹿丁寧に頭を下げた。鞠恵は珠子を睨みつけている。

付き合いきれない。孝史は歪んだ三角形をつくって座っている女ふたりと男ひとりのあいだを通り抜け、さっさと台所のほうに向かった。勝手口から外に出よう。

「ふきさん、履く物を貸してください」

肩ごしにふきに声をかけると、彼女はあわててあとについてきた。アイロン台のある部屋を通り抜け、台所のとっつきのところで孝史に追いついた。

「本当に外へ出てゆくのですか？」

「うん。明かりはどうしたらいいかな」

「わたしどもは、提灯を使っています。あの……」

ふきの言葉をさえぎって、孝史はてきぱきと言った。

「じゃ、それも借ります」

台所のコンロの前にちゑがいて、小鍋で牛乳をわかし、それを小さな白いポットに移し替えていた。

「葛城先生を迎えに行くんだそうです」

ふきが言うと、ちゑはガスの火を消して、

「外套《がいとう》がいりますねえ」と言った。「ちょいと、待っていてくださいまし」

腰をかがめて、よちよちと台所から出てゆく。孝史は、勝手口のすぐ脇に、今朝がた平田が雪かきをするときに履いていた編み上げ靴が揃えてあるのを目にとめて、すぐにそれを履きにかかった。少し小さめだが、履いて履けないことはない。

「これ、誰の？」

ふきが答えるまで、ちょっと間があった。

「黒井さんが使っていたものです。軍の払い下げ品をいただいたとかで」

それから、そういえばこれは黒井さんのだったわと、小さく呟いた。

「ねえ、孝史さん――」

孝史はふきの顔を見ずに、編み上げ靴の紐を結んだ。ここ何年か、こういうタイプのハイカット・ブーツが流行している。苦労はなかった。

靴の革はすっかりよれよれになっているし、底は片減りしていた。新しそうなのは、靴紐だけだ。平田が雪かきに使ったためだろう、靴底が湿っていてひやりと冷たい。それでも下駄を履くよりはずっと具合がいい。

ちゑが戻ってきた。ずっしりと重そうな灰色のコートを手にしている。引きずりそうになっているので、孝史は急いでそれをちゑの手から受け取った。

「これも黒井さんのだわ」と、ふきがまた呟いた。すると、思いがけないほど素早く、だが口調は優しく、ちゑが「お屋敷のですよ」とたしなめた。

孝史はコートに袖を通した。重たくて、防虫剤の匂いのする年老いた灰色熊に抱きしめられたみたいな感じがした。案外清潔だった。こうした衣類や備品は、ちゑが手入れをしているのだろう。

ガスコンロの脇に置いてあった大箱のマッチをすって、ふきが提灯に火を入れた。丸い、白地の提灯だ。台所の隅に布巾《ふきん》掛けがあり、ちゑがそこから乾いた手ぬぐいを一枚持ってきて、孝史の首にかけてくれた。

「傘よりも、このほうがいいでしょう。かぶってお行きなさい。今は、それほどひどい降りではないみたいですからね」

「ありがとう」

ゴム底の靴を履いて立つと、忘れていた足の裏の切り傷が、ちくりと痛んだ。ホテルでガラスを踏んだときの傷だが、あれもこれも千年も昔の出来事のように、今の孝史には思えた。

「本当に行くんですか」

火をつけた提灯を持ち、孝史に渡そうとしないまま、ふきがきいた。孝史は彼女の手から提灯を取りあげた。触れたとき、ふきの指先が震えているのを感じた。

ちょっとのあいだ、孝史は足元を見つめて黙った。それから、顔をあげて言った。

「この家の人たち、みんなヘンですね」

ふたりの女中は、それぞれに孝史の顔を見つめたまま、何も言わない。

「とんでもなくヘンですよ。俺、少し外へ行って頭を冷やしてこようと思います」

ふきは目をしばたたかせた。「おかしいというのは、それはあの……奥様のことですか」

「あの奥さんも、大将の弟も、珠子さんも貴之さんも」

すると、ちゑがかすかにほほ笑んだ。「そんなことは、口に出すものじゃありませんよ」

詮索《せんさく》するなと、その目がやわらかく言っていた。孝史は思わず言いそうになった。ちゑさんはとっくから気づいていたんでしょう？　嘉隆と鞠恵ができてることを。だいたい鞠恵は本当に大将の妻なんですか？　あんな女が、後妻とは言え陸軍大将の妻におさまる——そんなことがこの時代にあったんですか？

しかし、言えばいろいろと面倒な話になる。黙って、かろうじて微笑をした。

「じゃ、行ってきます」

勝手口を開けようとしたとき、台所のドアがばたんと開いて、珠子が顔をのぞかせた。

「あら、行ってしまうの？　あたくしは置いてきぼりかしら」

孝史は目をあげて、「お嬢さんは家にいてください。危ないというのはホントですよ」

珠子は満面に笑みを浮かべていた。目が踊っている。

「ねえ、兵隊はあなたを撃つかしら」と、いきなり言った。楽しい内緒話を打ち明けるような口調だった。

孝史が絶句していると、くつくつ笑いながら、なおも続けた。「もしも撃たれたら、あなた、死なずに帰っていらしてね。あたくし、手当てしてさしあげるわ。だからきっと帰っていらしてね」

孝史は珠子から視線を移して、ふきの顔を見た。彼女は俯《うつむ》いていた。ちゑを見た。老女はほほ笑んでいた。さっき、（そんなことは口に出すものじゃない）と言ったときと同じように。

孝史は勝手口から外に出た。ドアを閉めるとき、ふきとちゑの肩ごしに、まだ笑っている珠子の顔が見えた。外出する父親に、お土産を買ってきてねとねだる子供のような、明るく邪気のない笑顔だった。だが、彼女の朱色の着物は、台所の薄暗がりのなかで、濁った血の色に見えた。蒲生憲之のこめかみから流れ出していた血の色に。

外だ。

蒲生邸の周囲を取り囲む植え込みから、今、孝史は一歩外界に足を踏み出した。見あげる空はぴたりと雲にとざされている。雪の日に特有の、わずかに赤みがかったような灰色の雲。ちらちらと舞い落ちてくる雪は、今朝がた見たぼたん雪とは違い、細かな粉雪だった。

北風が孝史の頰をなぶってゆく。重いコートの裾はびくともしなかったが、耳たぶがしびれるように痛くなってきた。

屋敷を背に、左へ進路を取る。一本道だと、貴之は言っていた。

街灯のない夜道、明かりは提灯の火だけである。それでも、雪明かりで足元はそう暗くない。暗さでは、今のこの夜よりも、孝史の心のなかのほうが、ずっと勝っていた。

車の轍《わだち》の跡は、まだ残っていた。凍りついていて、足元でざくざくと砕ける。それが気持ちよくて、足をあげてはみぞれのような固まった雪を踏みくずしながら進んで行った。

周囲の光景に、ほとんど変化はなかった。黒く沈んでいる緑地に、飛び飛びに建つ建物。みな、一般家屋ではない。アーチ型の玄関を持つ屋敷であったり、古風な三角屋根の塔をいただいた灰色のビルであったり。

歩き始めてすぐに、孝史はぞくりと寒気を感じた。これは気温のせいではないだろう。

自分もまた、完璧な体調からはほど遠いのだと、あらためて思い出した。続け様にいろいろなことが起こり、今では平田の助言や行動をあてにすることもできなくなってしまっている。そのことが孝史の精神を緊張させ、頭をしゃっきりさせているのだろうけれど、身体はなかなか追いつけないのだ。

その証拠に、まだ振り返れば蒲生邸が見えるというところで、もう息が切れてきた。道はゆるい登り坂だが、何事もないときの孝史なら、坂道だと意識することさえなかったかもしれないという程度の勾配だ。

足を止め、大きく息をついた。提灯を持つ右手の甲を左手でさすって暖め、左手は握ったり開いたりする。提灯を動かして周囲を見回す。誰もいない。

それでも、遠く近くに、ぽつりぽつりと明かりが見える。夜目ではよくわからないが、どんな建物なのだろう。高いところの明かり。低いところの明かり。なかには、窓から外をのぞいていて、雪道をひとり歩いてゆく孝史の姿を目にとめ、驚いている人もいるかもしれない。

また歩きだし、ざくりざくりと音をたてながら進んでゆくと、十字路に出た。二本の道が、やや斜めに交差している。

貴之が「一本道だ」と言ったのは、ひたすら左へ、左へと、道なりに行けという意味だったのだろうか。孝史は、とりあえずそうすることにした。依然として人気《ひとけ》はない。

もうしばらく行くと、今度は道が鉤型《かぎ》に右に折れているところに出た。ここも、道なりに進んでゆく。曲がり角に大きな雪の吹き溜まりができていて、提灯の明かりに、非現実的なほど真っ白に輝いた。

孝史がここまで歩いてくる道中、車の轍の跡が、ずっと残されていた。蒲生邸の前で目にしたのと同じく、せいぜい二、三台の車がつけたと思われる跡だ。だが人の足跡らしきものは、ほとんど目にしなかった。事件が起こって以来、徒歩でこの道を通った者がまったくいなかったということではないにしろ、その数は少なく、足跡もすぐに雪に埋もれてしまったということなのだろう。

粉雪は降り続いているが、ちゑが首にかけてくれた手ぬぐいはずっとそのままにしてあった。マフラーのようで暖かい。

曲がり角を折れてしばらく行くと、前方に、今歩いている道よりもずっと幅の広い、大きな道路が、右から左へと伸びているのが見えてきた。幹線道路と呼んでいい、立派な道だ。

(左へ行けば赤坂見附なんだから、そうするとあの道は――)

三宅坂と赤坂見附の交差点とのあいだを結ぶ大通りになるはずだった。区画がかわったりして、細い道には多少の変化はあっても、ああいう大通りの位置は、そんなに変化しないはずだ。名前をなんというのかは知らないけれど、平河町一番ホテルの正面玄関を出て、少し北へ歩いて、いちばん最初にぶつかる大きな通りだ。つい一昨日、ホテルにチェックインしたあと、この道を三宅坂へと歩いていった。そして半蔵門のほうへ回り、麴町を通って四ツ谷駅前まで、長い散歩をしたのだった。

（四ツ谷駅の近くでハンバーガーなんか食ったっけ）

一昨日のことなのに、百年も昔のことのように思える。いや実際に、あのファーストフードの店は、少なくともあと五十年は時が経たないとあの場所には存在しないのだ。そして、ふと気がついた。俺、今は空《から》っけつだ。一円も持ってない。別にそれがどうということもないけれど、妙に心細くなってしまった。

孝史はふうと息をついた。だいぶ身体が温まってきた。立ち止まって、コートの肩や髪に降り積もった軽い粉雪を払い落とした。この道が幹線道路にぶつかるところまで、あと五メートルくらいだ。そろそろ、少し用心したほうがいいかもしれない――

と、目の先の道路を、車が一台、左から右へと横切った。箱型で長い鼻面と大きなバンパーのある、黒塗りの車だ。タイヤに踏みしだかれて泥色のみぞれになった雪を蹴り散らしながら、ざくざくと音をたてて走ってゆく。さらに、そのすぐうしろにもう一台、同じ型の車が続いていた。二台とも、いっそ歩いたほうが速そうなスピードだ。目をこらしてみると、運転席のほかに、後部座席にも人が乗っているのがわかった。

人影を見たことで、急に緊張が高まった反面、車が通ってるんだから、そんなに心配することもあるまいという気にもなってきた。

道の左側に寄って、孝史は大通りへと進んだ。合流地点に着くと、そばの建物――煉瓦造りだ――の壁に寄って、周囲を見渡して様子を見た。

ここもやはり、官庁街の一角なのだろう。構えの大きい建物が、街路樹や緑地のあいだに点々と立ち並んでいる。孝史の知っている平成のこの道は美しい街路樹で、三宅坂に向かって左に最高裁判所、右に国会図書館があるだけの、静かなところだ。印象としては、それとあまり違わない。けれど、妙に電柱や電線が目立つような気がした。そういえば、ここには街灯もついている。

雪が乱れている道路の中央に、その街灯の光を反射して、銀色に光るものが見えた。よく見ると、線路だとわかった。

（都電……じゃないや、市電か）

孝史は大通りに歩み出た。ここから赤坂見附の交差点まで、視界を遮るものは何もない。

そして、孝史は初めて目にした。遠く、降りしきる粉雪のカーテンを透かして、道をふさぐバリケードがつくられているのを。その向こう側に、黒い影となって立ち並ぶ兵隊たちの姿を。

3

粉雪が睫毛にくっつき、頬を凍らせる。孝史はまばたきをして目をこらした。兵隊たちが、確かにいる。ひと目では、その数を数え切ることができないほどの人数だ。皆、バリケードの向こう側にいて、半身をこちらに向けていたり、うしろを向いていたりする。

身を隠そうかと思った。ひるんだなんてものではない。膝ががくがくしてきた。足を動かすと、とたんにずるりと滑って身体が泳いだ。

遠目でも、兵隊たちが武装していることがよくわかる。肩に担いでいるのが銃だろう。映画でしか見たことがないけれど、あの先には銃剣とかいうものもついていて、それで敵を刺し殺したりすることもあるのだ。こんな曇天の下ではそんなことなどあるはずもないのに、孝史にはなぜか、今にも彼らの肩の上で銃剣がぎらりと光るような気がしてならなかった。

(君のような何も知らない人間が歩き回るには危険すぎる四日間)

平田の声が聞こえてきた。蒲生邸のなかにいるときは、心の上っ面を通り過ぎていただけの言葉だ。だが今は、それがどれほどにか切実なものに思える。

二・二六事件で、死者は出たのだろうか？

民間人の死者は？　兵隊に撃ち殺された市民はいたのだろうか？　事件の初日、この二十六日の夜半、情勢はどの程度緊迫していたのだろう？　知らない、わからない。孝史は何も知らされていない。知ろうともせずに生きてきた。

バリケードの高さはさして高くない。兵隊の腰のあたりくらいまでだ。木材を組み合わせた部分もあるが、道を横断して塞《ふさ》いでいるのは、細い針金のようなもの――それをぐるぐると輪に巻いて道路に横たえてある。だから、雪を踏んで歩き回る兵隊たちの足元まで、孝史のいるところからよく見ることができた。

まだ遅くない。そう思った。向こうはこっちに気づいてない。バリケードの内側に、まさか人がのこのこ歩いているなんて思いもしないのだろう。回れ右をして蒲生邸に戻ろう。医者には会えなかったと言えばいい。あるいは正直に、途中で怖くなって帰ってきたと白状したってかまわない。殺されるよりはましだ。

この様《ざま》はなんだと、心の片隅では思う。勇敢な孝史くん、いくら危険だろうと、あんな家のなかでごちゃごちゃした連中に囲まれているよりは、外へ出て頭をすっきりさせたいと思うだけの果敢さを持ち合わせていた尾崎くんじゃなかったのか。

だが足は動かないし、やたらに冷汗が流れる。戦争も、テロも、暴動も知らない俺たちの世代は、ひとたび本当の「武力」にぶつかると、たちまち腰砕けになってしまうんだ。たとえそれが雪のカーテンの向こうを幽霊のように音もたてず行き来する兵隊たちのおぼろな影だけであってさえ。

　駄目だ。とてもじゃないけど先へは進めない。兵隊たちの姿から、強いて視線をもぎはなし、孝史はぎくしゃくと身体の向きをかえた。来た道を引き返そう。あの建物の陰に逃げ込もう。

　が、そのとき、ちらりと横目で窺《うかが》ってみた視界の隅、白い霧のように降りしきる粉雪の向こう側で、兵隊がひとり、こちらに顔を向けるのが見えた。

　びくんと、兵隊の肩が動いた。肩に担った銃が揺れた。驚いている。それはすぐ隣の兵隊にも伝わる。ふたりがこちらを見る。三人が見る、四人、五人。バリケードから離れて立っていた兵隊たちもこちらを見る。

　ここが分かれ目だった。孝史は走って逃げ出そうと思った。今ならまだ間に合う。距離があるから。だが凍りついた雪は編み上げ靴の下でつるつる滑り、片手を提灯にとられてバランスがうまくとれない。そうか俺は提灯をさげてると、唐突に気づいた。明かりをさげてる。遠くからだって見えるんだ。

　兵隊がひとり、そしてもうひとり、バリケードを乗り越えてこちらに走ってくる。孝史は顎をぶるぶる震わせながら、それでもまだ道を横切ろうとした。

「誰かッ！」

大きな声が、雪のなかから響いてきた。

「動くな！　止まれ！」

十八年間の人生で、「止まれ」と怒鳴られたことなど一度もなかった。「動くな」と命じられたこともない。巡査の職務質問さえ受けたことのない孝史なのだ。呼びかけられただけで、心臓が縮みあがった。止まろうと思う。でも足が滑る。前のめりになりかけて膝を折り、中腰になってそれでもまだ身体は逃げ道を探している。

「止まれと言ってるんだ！」

ふたりの兵隊が走ってくる。黒い影がどんどん大きくなってくる。目をやると、銃はもう肩の上にはない。両手で持っている。銃口をこちらに向けて。

「止まらんか！」

そのひと言がとどめになって、孝史はすべてを諦めた。駆け寄ってくる兵隊のほうに顔を向けて、ほとんど反射的に提灯をほうり出すと、両手を頭の上にあげた。足元で、ぺたりとへこんだ提灯が炎をあげて燃えあがる。

ふたりの兵隊は、雪道に足をとられることもなく、一直線に孝史のそばまでやってきた。ひとりがひとりよりも後で立ち止まり、両足を踏み締めて銃を構え、孝史を狙った。もうひとりは孝史から一メートルほど離れたところで止まると、やはり用心深く銃を前に突き出して、孝史の顔をぐっと見据えた。

孝史は馬鹿みたいに両手を高くあげ、傍目《はため》にもはっきりとわかるほどに全身を震わせていた。高く持ちあげた腕の、コートの袖口に雪がくっついてゆく。髪にも、顔にも。

「ここは通行禁止区域である！」

手前の兵隊が、大声でそう言った。最初に呼びかけてきたときよりも、ずっと近くにいるのに、音量は変わらない。孝史は思わず、ぎゅっと目をつぶった。

「み、み、民間人です」

自分でも情けないほどの上ずった声で、そう言った。

「ぼ、僕は民間人です」

周囲が静かになった。孝史は身体を固くしたまま、そうっと目を開いて見た。ふたりの兵隊は、同じ姿勢のまま孝史の前に立ちふさがっている。ただ、手前のひとりがうしろのひとりをちらりと見て、若干、拍子抜けしたような顔をした。

「身分を証明する物を携帯しているか」と、手前の兵隊がきいた。

孝史はまだ万歳の姿勢のまま、がくがくと首を横に振った。

「持っていないのか？」と、手前の兵隊が言う。依然として大きな声のままだ。なんだってこんな近距離で、怒鳴るようなしゃべりかたをするんだろう。

「今は、持っていません。家に置いてきてしまいました」

つっかえつっかえ孝史は言った。くちびるに雪がついているので、しゃべると冷たい。

「名前は、尾崎孝史といいます。工員です。鉄工所で働いてます」

平田に教えられたプロフィールを一生懸命思い出しながら、孝史は言った。

「工場は——深川にあります。今日は、休みをもらって親戚を訪ねて来ていました」

急いでしゃべろうと思うので、早口になった。しゃべってしゃべってしゃべり続けていれば安全なような気がした。

「それであの、親戚が病気になって、医者に診てもらわないといけないからってそれで僕は——」

急き込んで先を続けようとすると、手前の兵隊がそれをさえぎった。

「ちょっと待て。そんなにぺらぺらまくしたてられちゃ、わからん」

ふたりの兵隊は、またちらっと視線を交わした。かすかな苦笑のようなものが、うしろの兵隊のいかつい顔の上をよぎったように、孝史は思った。

「そのまま動くな」

そう命じて、手前の兵隊が銃を肩に担ぎなおすと、孝史に近づいてきた。厚いミトン型の手袋をはめた両手で、孝史の身体を、上から下までざっと触れてみる。

「うしろを向け」

孝史は言われたとおりにした。身体検査だ。また、上から下まで手が触れてゆく。兵隊が手を離して一歩下がったあとも、孝史はそのままの格好でいた。すると声がかかった。「もうよろしい。手をさげていいぞ」

　孝史は振り向き、命じられたわけではないのに気をつけの姿勢をとった。

　近くで見ると、手前の兵隊は、まだ二十代も前半ぐらいの若者だった。立ち襟の、目の詰んだ分厚いコートを着込んで、腰のところに幅広のベルトを巻いており、そのベルトにウエストポーチみたいなものがくっつけてある。帽子をかぶっているが、その帽子の上にも、突き出したひさしの上にも、細かな雪がつもっていた。コートは膝丈で、脛《すね》にはぐるぐると包帯の厚いのみたいな布が巻き付けてあり、底の厚い頑丈そうな靴を履きこんでいた。

「親戚の家から来たと言ったな」

　いくらか、声の音量が下がった。

「はい、そうです」

「所番地は」

　孝史はまたパニックを起こしそうになった。わからないと言ったらどうなるだろう。兵隊はひさしの下からぐいと孝史を睨みつけ、「知らんのか？」ときいた。

「はい……わかりません。平河町のどこかだと思います」

「居住者の氏名は」

「が……蒲生さんです」おろおろしながら、孝史は言った。「蒲生憲之という人です。

元の陸軍大将の」

　すると、ふたりの兵隊は顔を見合わせた。うしろの兵隊が一歩足を踏みかえた。

「確かに蒲生閣下は平河町に屋敷を持っている」と、手前の兵隊に言った。「平河二丁目の電停の近くだ。退役してからは、そこにこもりきりだという噂だが」

　ほう……という様子で、手前の兵隊がちょっと口を開いた。それから、顔を引き締めて孝史に向き直った。

「それで貴様は、蒲生閣下の親戚にあたるというのか？」

　孝史は急いで首を振った。「いいえ、違います。僕の伯父が、蒲生大将のお屋敷に勤めているんです」

　兵隊の顔に認識の色が広がった。「急病人というのは、蒲生閣下のお身内のことか」

「いいえ、僕の伯父です。伯父が倒れまして、蒲生大将が電話で医者を呼んでくれたんです。でも、なかなか来ないので、僕が迎えに来てみたんです」

「医者の名前は」

「葛城先生といいます。小日向に住んでるそうです」

「かつらぎ……」手前の兵隊が首をひねった。相棒のほうを振り向くと、「そういえば、三十分くらい前だったか、医者が来ていやしなかったか？」ときいた。

　うしろの兵隊がうなずく。「道を通せ通さないというので、もめていたな。えらく高飛車な態度だったんで、伊藤が追い返したはずだ」

手前の兵隊が孝史にきいた。「病人は、どういう様子なんだ？　重いのか」

「脳溢血《のういっけつ》みたいなんです」と、孝史は簡単に言った。

それを聞くと、うしろの兵隊が言った。

「蒲生閣下のお屋敷とあっては、放っておくわけにもいくまい。ちょっと見てこよう」

そう言うなり、銃を担いで回れ右をすると、走ってバリケードのほうへ戻ってゆく。来たときと同じように、身軽にバリケードを乗り越えると、集まっている兵隊たちのあいだを通り抜け――何かひと言ふた言会話をしてから――赤坂見附の交差点を左に折れて走っていった。

孝史は、手前の兵隊とふたりになった。絶え間なく降り続く雪の下で、ぽつねんと向き合う格好だ。兵隊はもう銃を収めていたが、表情には隙がなく、ぴしりと結ばれた口元には、とりつき難いものがあった。

じわじわと、孝史は寒さを感じ始めた。雪が襟元に舞いこんでくる。恐怖の波は少しずつ引いていたが、緊張感にかわりはない。頭を動かさず、目だけをきょろきょろさせて、周囲を見回してみた。電線に、電柱のてっぺんに、白い雪が降り積もっている。道路の両脇に建ち並ぶ建物の窓は閉じられ、どこにも人の姿は見えない。

足元では、提灯が真っ黒な残骸になっている。白い雪の上に、それはひどく汚らしく見えた。粉雪はその上にも降りかかる。三十分もすれば、覆い隠されてしまうかもしれない。なぜかしら、それでほっとするような気がした。

「歳はいくつだ?」

唐突に、兵隊がきいた。ぼうっとしていた孝史は、あわてて目をしばたたいた。質問が聞こえなかったと思ったのか、兵隊は同じ言葉を繰り返した。

「十八です」答える声が、滑稽なくらいにぶるぶるしていた。

兵隊は、顎を軽くうなずかせた。それから怒ったような口調で言い足した。「貴様の言っていることに嘘がないならば、そう怖がることはない」

恥ずかしさに耳が熱くなるような気がした。けれど、きちんとした話し方をするんだなと、孝史は思った。映画で見る兵士というのは、ひとしなみに皆乱暴で、汚い口をきいている。だからそういうものだと思っていた。この人は将校なのだろうか。だけれど、将校ならば、雪道に見張りに立ったりはしないだろう。一兵卒だとするならば、ずいぶんと教育が——というか躾《しつ》けというか——行き届いているものだ。

「ラ、ラジオでもそう言っていました」何か話しかけたくて、孝史はそう言ってみた。「落ち着いて行動するように、と」

「夕方の放送か?」

「はい。蒲生大将のお屋敷で聴きました」

兵隊はまたうなずいた。なんということもなく、銃を肩からずりあげて担ぎなおした。その程度の動作でも、銃が動くと孝史は緊張を感じた。足がぴくりと動いてしまった。

「寒いですね」と言ってみた。返事はない。孝史は足元に視線を落とした。兵隊の革靴に、溶けた雪が染み込んで色が変わっている。爪先には雪が氷になってこびりつき、相当の時間、彼があのバリケードを守って立っていたことを物語っていた。

顔は俯けたまま、すくうように視線を持ち上げて、孝史は兵隊の顔をうかがってみた。丸顔で、眉毛が太い。どちらかというと愛敬のある顔だちだ。降りつぐ粉雪が、眉毛と睫毛、そして鼻の下にこびりついている。今朝早く髭をあたっただけで、その後はそのままなのだろう。顎のあたりに、青黒い影ができ始めていた。帽子の下の頭は丸刈りで、コートの襟が立てられていても、首筋のあたりが寒そうに見えた。

コートの肩のところに、赤い肩章が縫いつけてある。星がふたつ、ついていた。兵士の階級を見分けるための知識など、孝史は持ち合わせていないけれど、単純に推理するなら、これは彼が一等兵であることを示す印なのかもしれないと思った。

黙りこんだまま、孝史と兵隊は雪に降られていた。町は静まりかえっている。と、遠くのバリケードのほうで動きがあって、さっきの兵隊が――たぶん、そうだろう――こちらに引き返してくるのが見えた。走っている。

「葛城という医師が、確かに来ている」

駆け寄ってくると、彼は孝史にではなく、もうひとりの兵隊のほうに向かって言った。

「どうしてもここを通せと頑張っている。中隊長殿に直談判させせろ、幸楽《こうらく》へ入らせろと言い張って、道端から動かない」

孝史は身体から力が抜けてゆくのを感じた。まだ会ったことのない葛城医師に、心から感謝した。いてくれて、よかった。

「仕方がない。行ってみるか」と、傍らの兵隊が言って、孝史を見た。

「ついて来い」

兵隊は、前後になって孝史をそのあいだにはさみ、バリケードに向かって歩き出した。


（下巻に続く）

単行本　一九九六年十月十日、毎日新聞社刊
新書版　一九九九年一月三十日、光文社刊
文庫本　二〇〇〇年十月十日、文春文庫刊
文庫新装版にあたり、上下二分冊としました。

文春文庫

蒲生《がもう》邸《てい》事件《じけん》 上

定価はカバーに
表示してあります

2017年11月10日 新装版第1刷

著 者 宮部《みやべ》みゆき

発行者 飯窪成幸
発行所 株式会社 文藝春秋

東京都千代田区紀尾井町 3-23 〒102-8008
TEL 03・3265・1211㈹
文藝春秋ホームページ http://www.bunshun.co.jp

落丁、乱丁本は、お手数ですが小社製作部宛お送り下さい。送料小社負担でお取替致します。

印刷製本・凸版印刷

Printed in Japan
ISBN978-4-16-790957-4

（　）内は解説者。品切の節はご容赦下さい。

松本清張
強き蟻
三十歳年上の夫の遺産を狙う沢田伊佐子のまわりには、欲望にとりつかれ蟻のようにうごめきまわる人物たちがいる。男女入り乱れ欲望が犯罪を生み出すスリラー長篇。（似鳥　鶏）
ま-1-132

松本清張
疑惑
海中に転落した車から妻は脱出し、夫は死んだ。妻・鬼塚球磨子が殺ったと事件を扇情的に書き立てる記者と、国選弁護人の闘いをスリリングに描く。「不運な名前」収録。（白井佳夫）
ま-1-133

松本清張
証明
作品が認められない小説家志望の夫は、雑誌記者の妻の行動を執拗に追及する。妻のささいな嘘が、二人の運命を変えていく。狂気の行く末は？　男と女の愛憎劇全四篇。（阿刀田　高）
ま-1-134

松本清張
遠い接近
赤紙一枚で家族と自分の人生を狂わされた山尾信治。その裏に隠されたカラクリを知った彼は、復員後、召集令状を作成した兵事係を見つけ出し、ある計画に着手した。（藤井康榮）
ま-1-135

麻耶雄嵩
隻眼の少女
隻眼の少女探偵・御陵みかげは連続殺人事件を解決するが、18年後に再び悪夢が襲う。日本推理作家協会賞と本格ミステリ大賞をダブル受賞した、超絶ミステリの決定版！（巽　昌章）
ま-32-1

丸山正樹
デフ・ヴォイス
法廷の手話通訳士
荒井尚人は生活のため手話通訳士になる。彼の法廷通訳ぶりを目にし、福祉団体の若く美しい女性が接近してきた。知られざるろう者の世界を描く感動の社会派ミステリ。（三宮麻由子）
ま-34-1

宮部みゆき
誰か Somebody
事故死した平凡な運転手の過去をたどり始めた男が行き当たった、意外な人生の情景とは——。稀代のストーリーテラーが丁寧に紡ぎだした、心を揺るがす傑作ミステリー。（杉江松恋）
み-17-6

（　）内は解説者。品切の節はご容赦下さい。

宮部みゆき
名もなき毒
トラブルメーカーとして解雇されたアルバイト女性の連絡窓口になった杉村。折しも街では連続毒殺事件が注目を集めていた。人の心の陥穽を描く吉川英治文学賞受賞作。（杉江松恋）
み-17-9

宮部みゆき
ペテロの葬列（上下）
「皆さん、お静かに」。拳銃を持った老人が企てたバスジャック。呆気なく解決したと思われたその事件は、巨大な闇への入り口にすぎなかった――。杉村シリーズ第三作。（杉江松恋）
み-17-10

宮部みゆき
楽園（上下）
フリーライター・滋子のもとに舞い込んだ、奇妙な調査依頼。それは十六年前に起きた少女殺人事件へと繋がっていく。進化し続ける作家、宮部みゆきの最高到達点がここに。（東　雅夫）
み-17-7

道尾秀介
ソロモンの犬
飼い犬が引き起こした少年の事故死に疑問を感じた秋内は動物生態学に詳しい間宮助教授に相談する。そして予想不可能の結末が！　道尾ファン必読の傑作青春ミステリー。（瀧井朝世）
み-38-1

湊　かなえ
花の鎖
元英語講師の梨花、結婚後に子供ができずに悩む美雪、絵画講師の紗月。彼女たちの人生に影を落とす謎の男K……。三人の女性たちを結ぶものとは？　感動の傑作ミステリ。（加藤　泉）
み-44-1

湊　かなえ
望郷
島に生まれ育った私たちが抱える故郷への愛、憎しみ、そして憧憬……屈折した心が生む六つの事件。日本推理作家協会賞・短編部門を受賞した「海の星」ほか全六編を収める短編集。（光原百合）
み-44-2

（　）内は解説者。品切の節はご容赦下さい。

水生大海《みずきひろみ》
運命は、嘘をつく
夢に出てきた男に焦がれる月子。親友・小夜は危うい月子を心配するが……。フレンチ・ミステリーを思わせる大胆な展開と仕掛けがあなたを誘う。初野晴による特別〝解説〟短篇つき。
み-51-1

未須本有生
推定脅威
自衛隊航空機TF－1が二度にわたり墜落。機体を製造した四星工業の技術者・沢本由佳は事故原因に疑問を抱き独自に調査を始める。松本清張賞受賞の航空サスペンス。（小森健太朗）
み-53-1

三崎亜記
ターミナルタウン
かつてターミナルだった駅をほぼすべての電車が通過するようになり衰退した静原町――鉄道を失った鉄道城下町は再興できるのか。全く新しい町興しが始まる。（伊藤氏貴）
み-54-1

森村誠一
深海の夜景
妻を亡くした老人、路上生活者へと転落した若者、母子強姦殺人事件の遺族と犯人、大震災発生時に居あわせた男女など現代社会に生きる人々の心に灯る光を描く七篇。（成田守正）
も-1-25

森田健市
警視庁組対五課 大地班 ドラッグ・ルート
薬物捜査を手掛ける警視庁組対五課大地班に内部告発でもたらされた秘密の取引情報。それは、罠と裏切りで血塗られた悲劇の序章にすぎなかった――疾走感溢れる本格警察小説の誕生！
も-28-1

山口恵以子
月下上海
昭和十七年。財閥令嬢にして人気画家の多江子は上海に招かれたが、過去のある事件をネタに脅される。謀略に巻き込まれた彼女の運命は……。松本清張賞受賞作。（西木正明）
や-53-3

（　）内は解説者。品切の節はご容赦下さい。

シートン探偵記
柳　広司

〝狼王ロボ〟追跡中に起きた殺人。盗難の疑いをかけられたカラス。『動物記』で知られるシートン氏は名探偵でもあった。動物にまつわる謎を解く心優しいミステリ短編集。（今泉吉晴）

や-54-4

死命
薬丸　岳

若くしてデイトレードで成功しながら、自身に秘められた殺人衝動に悩む榊信一。余命僅かと宣告された彼は欲望に忠実に生きると決意する。それは連続殺人の始まりだった。（郷原　宏）

や-61-1

陰の季節
横山秀夫

「全く新しい警察小説の誕生！」と選考委員の激賞を浴びた第五回松本清張賞受賞作「陰の季節」など、テレビ化で話題を呼んだ二渡が活躍するD県警シリーズ全四篇を収録。（北上次郎）

よ-18-1

動機
横山秀夫

三十冊の警察手帳が紛失した――。犯人は内部か外部か。日本推理作家協会賞を受賞した迫真の表題作他、女子高生殺しの前科を持つ男の苦悩を描く「逆転の夏」など全四篇。（香山二三郎）

よ-18-2

クライマーズ・ハイ
横山秀夫

日航機墜落事故が地元新聞社を襲った。衝立岩登攀を予定していた遊軍記者が全権デスクに任命される。組織、仕事、家族、人生の岐路に立たされた男の決断。渾身の感動傑作。（後藤正治）

よ-18-3

64（ロクヨン）
横山秀夫

（上下）

昭和64年に起きたD県警史上最悪の未解決事件をめぐり刑事部と警務部が全面戦争に突入。その狭間に落ちた広報官三上は己の真を問われる。ミステリー界を席巻した究極の警察小説。

よ-18-4

（　）内は解説者。品切の節はご容赦下さい。

秦　建日子
冤罪初心者
民間科学捜査員・桐野真衣
民間科学捜査研究所の真衣は、アジアからの出稼ぎ青年に着せられた冤罪を晴らそうと奮起した。しかしひょんなことから連続殺人の渦中に——科学を武器に謎に挑む人気シリーズ第二弾！
は-45-2

東野圭吾
秘密
妻と娘を乗せたバスが崖から転落。妻の葬儀の夜、意識を取り戻した娘の体に宿っていたのは、死んだ筈の妻だった。日本推理作家協会賞受賞。（広末涼子・皆川博子）
ひ-13-1

東野圭吾
予知夢
十六歳の少女の部屋に男が侵入し、母親が猟銃を発砲。逮捕された男は、少女と結ばれる夢を十七年前に見たという。天才物理学者が事件を解明する、人気連作ミステリー第二弾。（三橋　暁）
ひ-13-3

東野圭吾
ガリレオの苦悩
〝悪魔の手〟と名乗る人物から、警視庁に送りつけられた怪文書。そこには、連続殺人の犯行予告と、湯川学を名指しで挑発する文面が記されていた。ガリレオを標的とする犯人の狙いは？
ひ-13-8

東野圭吾
真夏の方程式
夏休みに海辺の町にやってきた少年と、偶然同じ旅館に泊まることになった湯川。翌日、もう一人の宿泊客の死体が見つかった。これは事故か殺人か。湯川が気づいてしまった真実とは？
ひ-13-10

広川　純
一応の推定
滋賀の膳所駅で新快速に轢かれた老人は、事故死なのか、それとも、孫娘のための覚悟の自殺か？　ベテラン保険調査員が辿り着いた真実とは？　第十三回松本清張賞受賞作。（佳多山大地）
ひ-22-1

東川篤哉
もう誘拐なんてしない
たこ焼き屋でバイトをしていた翔太郎は、偶然セーラー服の美少女、絵里香をヤクザ二人組から助け出す。関門海峡を舞台に繰り広げられる笑いあり、殺人ありのミステリー。（大矢博子）
ひ-23-1

（　）内は解説者。品切の節はご容赦下さい

東川篤哉
魔法使いは完全犯罪の夢を見るか？
殺人現場に現れる謎の少女は、実は魔法使いだった!? 婚活中の女警部、ドMな若手刑事といった愉快な面々と魔法の力で事件を解決する人気ミステリーシリーズ第一弾。（中江有里）
ひ-23-2

藤原伊織
テロリストのパラソル
爆弾テロ事件の容疑者となったバーテンダーが、過去と対峙しながら事件の真相に迫る。乱歩賞&直木賞をダブル受賞した不朽の名作。逢坂剛・黒川博行両氏による追悼対談を特別収録。
ふ-16-7

福澤徹三
死に金
金になることなら何にでも手を出し、数億円を貯めた男。彼が死病に倒れたとき、それを狙う者が次々と病室を訪れる。ラストまで眼が離せない、衝撃のピカレスク・ロマン！（若林　踏）
ふ-35-10

藤井太洋
ビッグデータ・コネクト
官民複合施設のシステムを開発するエンジニアが誘拐された。サイバー捜査官とはぐれ者ハッカーのコンビが個人情報の闇に挑む。今そこにある個人情報の危機を描く21世紀の警察小説。
ふ-40-1

誉田哲也
妖《あやかし》の華
ヤクザに襲われたヒモのヨシキが、妖艶な女性・紅鈴に助けられたのと同じ頃、池袋で、完全に失血した謎の死体が発見された——。人気警察小説の原点となるデビュー作。（杉江松恋）
ほ-15-2

松本清張
火と汐
夏の京都で、男と大文字見物を楽しんでいた人妻が失踪した。その日、夫は、三宅島へのヨットレースに挑んでいたが……。本格推理の醍醐味。「火と汐」「証言の森」「種族同盟」「山」収録。
ま-1-13

松本清張
事故
別冊黒い画集(1)
村の断崖で発見された血まみれの死体。五日前の東京のトラック事故。事件と事故をつなぐものは？　併録の「熱い空気」はTVドラマ「家政婦は見た！」第一回の原作。（酒井順子）
ま-1-109